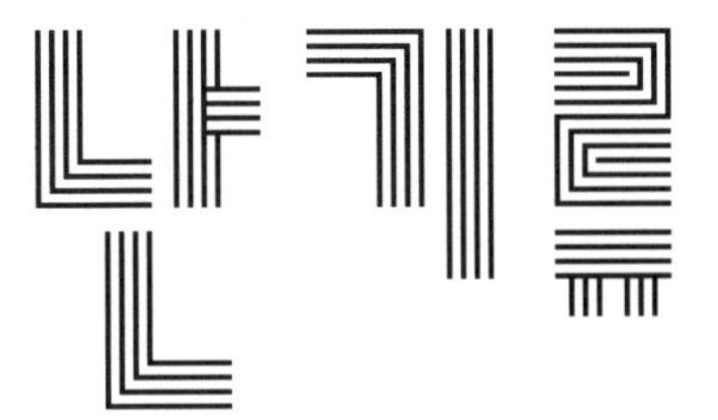
난기류

KB191256

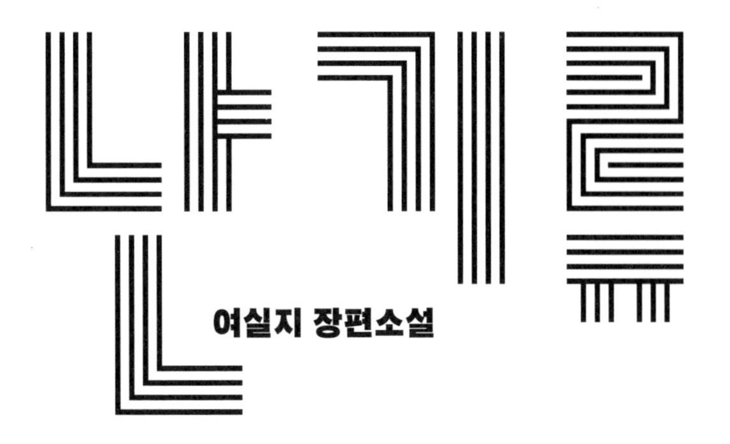

TXTY

[ ]이 보이는 것보다 가까이 있음.

'사이드미러'는 우리 모두가 목격했지만
너무 쉽게 잊히곤 하는 여러 사회적 문제를
가장 가까이에서, 더욱 자세히 바라보기 위한
텍스티의 시사 소설 시리즈입니다.
우리가 알지 못하는, 혹은 알면서도 눈 감았던 진실이
'보이는 것보다 더 가까이 있음'에 주의하시길 바랍니다.

목차

일러두기

하나. 모든 표기는 출판사 편집 매뉴얼의 교정 규칙에 따르되, 작가의 의도에 따라 필요하다 판단될 경우 절충하여 표기하였습니다.

둘. 발행 도서는 『 』로, 텍스트 작품 제목은 「 」로, 그 외 저작물은 〈 〉로 표기하였습니다.

셋. 본 작품은 픽션이며 작품에 등장하는 인물, 단체, 기업, 사건 등은 모두 창작에 의한 허구임을 밝힙니다.

프롤로그

태양이 이글거렸다. 숨 막힐 듯 뜨겁게 달아오른 공기가 일렁였다.

번화가 어딘가에서 노랫소리가 들려왔다. 드럼 소리가 나지막이 둥둥대는, 여름 휴가지에서나 들릴 법한 빠른 비트의 대중가요였다. 흥겨워야 할 노랫소리는 모진 더위에 맥이 풀려 아득하기만 했다.

또각, 또각, 또각, 또각.

일렁이는 공기를 뚫고 날카로운 하이힐 굽 소리가 울렸다.

뜨거운 아스팔트 위로 사람 형체가 우뚝 솟아올랐다. 하얀 블라우스에 빨간 에이치라인 치마를 입은 여자였다. 가슴을 펴고 허리를 꼿꼿이 세운 채, 여자는 정면을 바라보며 걸었다. 목에 두른 코랄빛 스카프가 걸음에 맞추어 살랑거렸다.

걸음은 단정했다. 열기에 흐느적대는 풍경과는 어울리지 않는, 오랜 세월 혹독하게 익히고 몸에 새긴 걸음걸이였다.

신호등 불빛이 붉게 물들었다. 여자는 건널목을 가로질러 갔다. 자동차들이 여자를 피해 방향을 꺾거나 급히 멈추어 섰다. 멈추라는 경고에도 여자의 걸음은 멈추지 않았다. 규칙적인 구두 굽 소리만 계속 울렸다. 날 선 악다구니와 으르렁대는 경적에도 여자는 아랑곳하지 않고 걸었다. 도시는 곧 여자의 기세에 눌려 숨을 죽이고 여자의 움직임을 지켜보았다.

한 줄기 땀이 흘러 여자의 눈으로 들어갔다. 소금기에 눈이 따끔거려도 여자는 눈을 깜박이지 않았다. 무엇인가가 긴 속눈썹 아래로 일렁였다. 힘주어 치켜세운 속눈썹이 파르르 떨렸다. 곱게 바른 파운데이션이 녹아 뺨을 타고 흘러내렸다. 축축한 머리카락이 얼굴과 이마에 달라붙고, 앙다문 입술에 바른 립스틱이 번져 흐릿해졌다.

여자는 오로지 앞만 보고 걸었다. 뜨거운 태양을 가리는 손짓도, 흐르는 땀을 닦으려는 몸짓도 전혀 없었다.

창백한 여자의 얼굴이 회색빛으로 물들어 갔다. 하얀 유니폼 블라우스가 땀에 젖어 속살이 비쳤다. 건널목을 다 건넌 여자가 마침내 알파에어 본사 건물에 도달했다. 거대한 회색 건물이 여자를 삼키자 거리는 참고 있던 소음을 한 번에 쏟아냈다.

더위에 환장한 매미 울음소리, 울분을 토해 내는 자동차 경적 소리, 분노에 날뛰는 운전자들의 고함 소리.

여자가 가는 길에 공허한 인사만이 오갔다.

늘 그랬듯이, 누구도 여자를 주의 깊게 살피거나 하지 않는다. 저마다 속사정에 잠식되어 타인에게 신경 쓸 겨를조차 없다. 무심코 지나치는 눈길들을 피해 여자는 계단을 오르며 옥상으로, 난간으로, 난간 끝으로 향했다.

하늘 위로 여객기 한 대가 날아갔다. 여자의 눈이 비행기를 좇았다. 미지근한 바람에 머리칼이 살랑거리자 여자는 숨을 길게 내쉬었다.

여자의 몸 안에서 어떤 선이 탁, 하고 끊어졌다. 더위에 지쳐서인지, 삶의 한계에 달해서인지 알 수 없었다.

그리고.

하늘에서 뚝 떨어졌다.

둔탁한 파열음이 거리에 울려 퍼졌다.

잘린 도마뱀 꼬리가 꿈틀대듯 마지막 움직임이 있다가 사라졌다. 삶을 다한 생명체가 싸늘한 주검이 되기 전에 스치는 떨림이었다.

여느 때와 다름없는 여름날이었고, 무더위와 소음이 요란한 한낮이었다.

적갈색 보도블록 위로 여자의 몸이 널브러졌다. 하얀 블라우스 밑으로 검붉은 액체가 스멀스멀 흘러나오자 회색 시멘트 바닥은 핏빛으로 물들어 갔다.

시신 주위로 노란 테이프가 둘렸다. 어느덧 제복을 입은 남자 두 명이 나타나 거리를 정돈하기 시작했다. 흘러내리는 땀을 연신 닦아 내고 경광봉을 휘휘 휘두르며 길을 막았지만, 햇살에 찡그린 행인들은 눈길 한번 주지 않고 가던 길만 재촉했다. 소리 없이 번쩍이는 경찰차와 구급차가 도착했다. 공무원들은 별다른 동요 없이 절차대로 일을 수행했다.

푸른 하늘에는 하얗고 기다란 꼬리구름이 상흔처럼 남았다.

1부

1. 이수연(1)

이수연은 오싹했다. 갑자기 한기가 든 것 같아 몸을 동그랗게 움츠렸다. 몸이 으스스 떨렸다. 하늘을 바라보자 유난히 파란 하늘에 하얀 꼬리구름이 보였다. 공항 근처에서 볼 수 있는 흔한 광경이었지만, 이수연에게는 말간 하늘에 남은 흉터처럼 보였다.

기분 탓인가.

에어컨 바람이 너무 세서 그런가 싶어 에어컨을 끄려는데 카페 현관문의 차임벨이 울렸다. 이수연은 얼른 마스크를 썼다. 병의원을 빼고는 실내 마스크 착용 의무화가 해제되었지만, 손님을 맞이할 때면 사장이든 이수연이든 꼭 마스크를 쓰곤 했다.

"나야, 나! 수연 씨, 그냥 놔둬! 더워!"

카페 사장이었다.

사장은 연신 손부채를 부치며 호들갑을 떨었다. 후다닥 에어컨 앞으로 다가간 사장은 온도를 낮추고 바람 세기를 최대로 올렸다. 그러는 사이, 이수연은 슬그머니 마스크를 벗은 다음 계산대 의자에 걸어 둔 카디건을 집어 팔을 끼웠다.

사장은 평소와 달리 정장 투피스 차림이었다. 50대 후반의 나이에도 청바지와 티셔츠를 즐겨 입고 화장도 안 하던 사람이, 이 더운 여름에 곱게 화장하고 정장까지 차려입다니. 분명 중요한 사람을 만나러 어딘가에 다녀온 게 틀림없다. 매출이 뚝 떨어져 월세도 못 내겠다고 앓는 소리를 달고 살더니, 기어코 프랜차이즈 본사에 다녀온 모양이었다.

"어? 이거 왜 이러지? 에어컨도 맛이 갔나? 수연 씨, 안 더워?"

이수연은 어깨만 으쓱해 보이고 나서는 계산대 의자에 앉았다.

사장은 땀에 녹아내린 화장을 고치면서 연신 불만과 욕설을 쏟아 냈다. 본사가 점주들 등골 빼먹는 데만 혈안이 되었다며, 간신히 코로나를 버텼더니 이제는 굶어 죽게 생겼다고, 병에 걸려 죽든 굶어 죽든 어차피 죽는 건 매한가지라며 목소리를 높였다. 나라에 역병이 돌면 서로 돕는 게 인지상정 아니냐며, 본사 인간들을 가리켜 인정머리라곤 개미 오줌만치도 없는 야박한 것들이지 않냐며 이수연에게 동의를 구했다.

어떤 얘기가 오갔는지 자세한 내용을 모르는 터라, 이수연은 적당히 맞장구를 치며 고개를 끄덕였다.

이수연의 호응은 소용없었다. 사장은 분을 삭이지 못하고 담아 두었던 말과 욕설을 옴팡지게 쏟아 냈다. 한참을 그러고 난 다음, 물 한 잔을 벌컥벌컥 마신 후에야 사장은 잠잠해졌다.

카페 스피커에서는 피아노 연주가 잔잔하게 흘러나왔다. 오래전 유행했던 귀에 익은 올드 팝을 커버한 연주곡들이었다. 사장의 취향이라기보다는 광고가 없어 끊기지 않는 유튜브 플레이리스트 중 하나였다. 카페는 한적했다. 길버트 오설리번의 〈Alone Again〉이 대여섯 번쯤 반복될 즈음에나 테이크아웃 손님 하나가 들렀다 사라질 뿐이었다.

갑자기 왁자지껄한 유튜브 소리가 울렸다. 사장은 언제 불같이 화를 냈냐는 듯 키득거리다가 수연 쪽을 힐끗 쳐다보았다. 이랬다저랬다 널을 뛰는 모습이 자기가 봐도 민망한지 수연에게 스마트폰을 들이밀었다.

"수연 씨, 이거 본 적 있어?"

옛날 코미디 프로그램이었다. 방청권 구하기가 힘들 정도로 인기 있었지만, 담당 PD가 바뀌고 나서는 저조한 시청률을 이유로 폐지되고, 그 여파로 출연하던 개그맨들도 생계를 잃고 밤무대나 유튜브로 여기저기 뿔뿔이 흩어져 각자도생하게 되었다던 비극의 코미디 프로그램.

영상 속에는 젊은 여자 개그맨이 과한 분장으로 웃음을 자아내고 있었다. '꽃다운 나이'라는 말이 무색할 정도로 분장은 처절했다. 전쟁터에 나간 군인처럼 위장 크림을 잔뜩 바른 얼굴을 보고 이수연은 미간을 찡그렸다. 저 당시에는 청초하고 말간 얼굴을 숨긴 채 자신을 희화화해야만 삶을 영위하고 꿈을 이루고 미래를 보장받을 수 있다고 여겼겠지. 이렇게까지 웃기려 노력하고 청춘을 바쳐 일했건만, 돌아온 건 실직과 해고라니. 그녀의 처지가 상상되자 이수연은 답답하면서도 씁쓸했다.

사장은 언제 봐도 재미있다며 개그맨 중 하나를 손가락으로 가리켰다.

"얘, 시집은 갔을까?"

시집은 갔을까.

젊은 여자가 저렇게 밉고 추하게 망가져도 결혼할 남자가 있겠냐는 말일까? 동정인지 조롱인지 알 수 없었다.

이수연은 '시집은 갔을까'라는 말이 거슬렸다. 엄마도 그렇고 사장도 그렇고, 왜들 그렇게 시집가라는 소리를 달고 사는지 모르겠다. 일하다가 이직하거나 해고를 당하거나 하는 힘든 처지가 되면, 어떻게든 일로써 위기를 벗어나야 하지 않을까. 결혼한다고 해서 직장 문제가 해결되는 것도 아니고, 남편이 온전히 먹여 살려 주는 것도 아니지 않은가. 거기다가 아이까지 생긴다면, 과연 자신이 육아까지 해낼 수 있을지도 의문이었다. 자기 몸 하나 건사하기도 힘든데, 아이까지 챙길 수 있을까. 알지도 못하는 개그맨의 근황을 걱정하기에는 이수연의 코가 석 자였다.

그건 사장도 마찬가지였다. 여기저기 문 닫는 자영업자들이 한둘이 아니었으니까. 대답을 바란 질문이 아니라는 듯 사장은 집게손가락을 까닥거리며 화면을 연신 올려댔다.

무의미한 대화가 공중에 흩어지고 다시 침묵이 흘렀다. 이수연도 자기 스마트폰을 꺼냈다. 습관처럼 메시지 앱을 열자 며칠 전에 받은 알파에어 채용 불합격 문자가 눈에 들어왔다. 눈살이 찌푸려졌다. 이수연의 눈은 다시 하늘을 향했다. 하얗고 길쭉한 꼬리구름은 어느새 사라지고 없었다. 이수연은 한숨을 내쉬었다.

면접 때 일이 자꾸만 생각났다. 옆에 있던 지원자들은 하나같이 명문대를 나오거나 외국 유학을 다녀온 사람들이었다. 이수연과 동년배였지만 대기업 인턴 출신에다가 장래를 보장받는 자격증을 가진 이들이 다수였다. 그렇게 대단한 사람들이 왜 하필 그 자리에 있었는지 알다가도 모를 일이었다. 다들 너무 대단해 보여 주눅 들었던 자신이 바보 같고, 이날까지 뭘 하며 살았는지 스스로가 한심했다. 이수연은 다시 한번 한숨을 길게 내쉬었다.

"아유, 그만 좀 하자."

사장이 한 마디 내뱉었다. 이수연의 한숨이 지겨운지 아니면 유튜브 영상이 질렸는지, 슬슬 진저리가 나는 모양이었다. 몇 달째 손님이 줄어 애먼 시간만 죽이고 있으니 답답했겠지.

예전 같으면 공항 직원들과 승객들로 붐볐을 시각이었다. 코로나 때문에 불황에 빠진 항공사들이 직원들에게 무기한 무급 휴직을 강요한 덕분에 카페도 손님이 뚝 끊겼다. 자영업자도 월급쟁이도 힘든 시간을 보내긴 마찬가지였다.

무급 휴직은 그나마 나은 편이었다. 수백 명의 승무원이 정리 해고된 항공사도 있었다. 이수연이 다니던 가온항공이 그중 하나였다. 우여곡절 끝에 승무원이 된 지 고작 2년 만에 벌어진 일이었다. 지구는 역병에 시달렸고, 하늘길은 막혔고, 이수연은 잘렸다.

이수연의 스마트폰이 울렸다.

엄마였다. 사촌 결혼식 얘기로 시작한 모녀간의 대화는 굳이 승무원을 해야겠냐고, 나이는 점점 먹어 가는데 결혼은 안 할 거냐고, 다시 영어 학원 강사를 하든지, 공무원 시험을 보라는 식의 일방적인 훈계로 이어졌다.

학원 강사는 죽어도 싫어! 학부모들 갑질 때문에 치가 떨린다고! 나 좀 그냥 내버려두라고! 내뱉고 싶은 말을 마음속 깊이 가두고서 이수연은 네, 네, 하고 조용히 대답했다.

그때, 여자 한 명이 카페 안으로 들어왔다. 빨간 에이치라인 치마에 하얀 반소매 블라우스를 입고 코랄빛 스카프를 목에 두른 모습이 영락없는 알파에어 직원이었다. 한눈에 알아본 이수연의 시선이 여자의 움직임을 따라갔다.

여자도 스마트폰으로 통화하는 중이었다. 다른 한 손으로 끌고 있는 캐리어의 크기로 보아 장시간 비행을 가려는 듯했다. 여자는 망설임 없이 키오스크로 가서 주문 버튼을 눌렀다.

주문이 접수되었음을 알리는 알람 소리가 울렸다. 사장이 사부작사부작 움직이자 이수연은 얼른 전화를 끊고 에스프레소 머신 앞으로 향했다.

이수연은 곁눈질로 여자를 살펴보았다. 곱게 빗어 올려 단단하게 고정한 머리가 단정하고 깔끔했다. 하얗고 동그란 이마에는 아치형 눈썹이 가지런히 놓여 있고, 짙은 속눈썹과 커다란 눈은 부드러운 인상을 풍겼다. 코랄 립스틱을 바른 도톰

한 입술 덕분에 여자의 하얀 피부는 더욱 밝고 환해 보였다.

"회사 그만두고 카페 아르바이트나 할까?"

여자의 낭랑한 목소리에 이수연은 알 수 없는 감정이 일렁였다. 질투심이나 열등감, 아니면 자격지심이나 상대적 박탈감일지도 모르겠다. 무엇이든 갖다 붙이면 이 불편한 감정에 어울릴 것 같았다.

여전히 회사에 다니고 비행을 나갈 수 있는 처지에 엄살이라니.

국내 1위 항공사인 알파에어 승무원의 입에서 나온 그 말이 이수연에게는 배부른 소리로 들렸다. 커피를 내리면서도 언짢은 기분은 영 가시지 않았다. 본의 아니게 엿들은 말에 발끈한 자신이 옹졸하게 느껴지기도 하고, 카페 아르바이트'나' 하는 자신의 처지가 얕보이는 것 같아서 자존심 상하기도 했다. 뭣보다도 저렇게 푸념할 수 있는 메이저 항공사 직원의 처지가 부러웠다. 어찌 됐든, 모진 풍파에도 굳건히 버틸 수 있는 건 나룻배가 아니라 군함이지 않은가. 이수연은 묵묵히 커피 두 잔을 캐리어에 담았다.

"주문하신 아이스아메리카노 두 잔 나왔습니다."

여자는 서둘러 전화를 끊더니 픽업대로 다가왔다. 그러고는 몸에 밴 공손한 태도와 살가운 미소를 보이며 커피를 가져갔다.

이수연은 여자의 뒷모습을 바라보았다. 꼿꼿하게 세운 허리와 단정한 걸음에 왜 자기 자신이 위축되는지 알 수 없었다.

"이상하네."

사장이 이수연 옆으로 다가왔다.

"뭐가요?"

이수연이 묻자 사장은 대답 대신 이수연의 얼굴을 빤히 바라보았다.

"왜 그러세요?"

"아까 그 손님, 엄청 예쁘잖아?"

"그래서요?"

"왜 수연 씨랑 닮은 것 같지?"

"아이참, 무슨 얘기가 하고 싶으신 거예요?"

"이상하잖아! 저 사람은 엄청 이쁜데, 왜……?"

이수연은 버럭 화를 내려다가 참았다. 그러기에는 사장이 너무 진지했고, 자신도 더는 옹색해지고 싶지 않았다.

다시 정적이 흘렀다.

카페 앞으로 피켓을 든 시위대가 지나갔다. 알파에어 승무원들이었다. 비슷한 조끼와 유니폼을 입고 우르르 몰려가는 사람들을 보자 이수연은 가온항공에서 정리 해고 당했던 당시의 기억이 떠올랐다.

얼마나 많은 집회와 시위에 나갔던가. 대학에 다닐 때도 집회에 나가지 않던 이수연이었다. 시니어 선배들은 끝까지 투쟁하자고 했다. 약자들이라 해도 하나둘 힘을 모으면 이길 수 있다고 서로를 응원했다. 이수연도 힘을 모으면 될 줄 알았다.

아니었다. 힘을 모은다고 되는 게 아니었다. 버틸 수 있는

'여유'가 있어야 했다. 돈이든, 시간이든, 마음이든. 여유라고 이름 붙일 수 있는 것들은 죄다. 그런 여유들이 이수연에게 부족하거나 없었다.

시간은 가진 자의 편이었다. 변이에 변이를 거듭하는 바이러스와 연일 늘어 가는 확진자 수와 사망자 수를 보면 세상은 도저히 나아질 기미가 보이지 않았다. 이러다 바이러스로 인류가 멸망할지도 모른다는 부정적인 전망도 끊이지 않았다.

바이러스로 죽으나 굶어 죽으나 매한가지 아닌가.

이수연에게는 인류의 존속보다 당장 먹고사는 생활비가 급급했다. 노후를 힘들게 보내는 부모님에게 손을 벌리느니 차라리 배신자로 낙인찍히는 편이 낫겠다는 생각이 들었다. 최저 시급을 받더라도 아르바이트를 해야 했다. 투쟁도 돈이 있어야 할 수 있더라. 이수연이 경험으로 얻은 교훈이었다.

당장 먹고살기에 급급한 사람들이 하나둘 돌아섰다. 아이들 학원비에, 대출금 이자에, 부모님 병원비까지. 써야 할 돈은 많은데 들어오는 돈은 없었다. 남은 직원들이 투쟁 자금을 보태고, 적은 인원이나마 시위에 나가면서 투쟁을 이어갔지만, 얼마 안 가 누가 더 많이 일하네, 누구는 숟가락만 얹었네, 하는 식으로 저마다의 공을 저울질하다 서로 상처를 주며 돌아섰다. 이수연도 그중 하나였다. 상처를 준 쪽에도, 받은 쪽에도 모두 해당하였다.

어느덧 알파에어 시위대는 카페 건너편 광장에 자리 잡았다. 앞장선 누군가의 목소리가 확성기를 통해 울려 퍼졌다. 시위대는 피켓을 흔들며 '임금 인상, 처우 개선', '기본 인권 보장하라', '노조 탄압 금지하라' 등의 구호를 큰 소리로 외쳤다.

배부른 소리 하고 있네. 회사에 붙어 있는 것만 해도 감지덕지 아닌가.

못마땅한 눈으로 시위대를 바라보던 이수연이 고개를 획 돌렸다. 그리고는 스마트폰으로 '공무원 학원'과 근처 고시원을 검색하기 시작했다.

2. 박은하(1)

—그 좋은 직장을 왜 그만둬?

스마트폰 너머 엄마의 말에 박은하는 씁쓸하게 웃었다. 주문한 커피가 나왔다는 점원의 목소리가 들리자 박은하는 서둘러 전화를 끊고 커피를 가지러 갔다. 부루퉁한 점원의 표정이 마음에 걸렸지만, 습관처럼 몸에 밴 미소를 지어 보이고는 서둘러 문밖으로 나갔다.

태양은 몹시도 뜨거웠다. 투명한 플라스틱 용기 표면에 낀 성에가 금세 물이 되어 흘러내렸다. 박은하는 한 손에 커피 캐리어를 들고 다른 한 손으로는 작은 가방을 하나 더 올린 캐리어를 끌면서 기계적으로 걸음을 옮겼다. 경쾌하고 단정한 걸음과 달리 머릿속은 무겁고 복잡했다. 오늘은 또 어떻게 버텨야 하나, 해결되지 않는 고민뿐이었다.

너무 일찍 도착해 버린 탓에 박은하는 알파연대 사무실부터 들렀다. 커다란 탁자에는 강바닥을 들여다보는 불곰처럼 잔뜩 웅크린 사내가 앉아 심각한 표정으로 종잇장을 노려보고 있었다.

"뭘 그리 뚫어지게 봐요?"

박은하의 말에 남상진이 고개를 들었다.

"아니, 이게 누구야? 언제 왔어?"

몸집에 어울리는 걸걸한 목소리가 박은하를 반갑게 맞이했다. 맹수 같던 표정이 언제 그랬냐는 듯 환한 웃음으로 바뀌었다. 푸근한 곰 아저씨 같은 모습에 박은하는 마음이 누그러졌다. 박은하가 미소를 지으며 커피를 건네자 남상진은 고맙다며 껄껄 웃었다.

박은하는 비품 캐비닛 옆에 캐리어를 세웠다. 벽면에 걸린 노란 조끼가 눈에 들어왔다. 동료와 선후배들이 집회 때 입는 조끼였다. 두 벌만 걸려 있는 걸로 보아 이 삼복더위에도 집회에 나간 모양이었다.

오는 길에 얼음 생수도 주문할걸.

출근 전에 미처 생각하지 못했던 점이 못내 아쉬웠다.

코로나바이러스가 창궐하기 이전에는 현장 인력이 부족해서 휴가를 쓰지도 못할 정도였다. 팬데믹 때는 일 대신 사람을 줄였고, 최소 인원으로만 업무를 감당하게 했다. 사람이 있으나 없으나, 입에서 단내가 날 정도로 늘 인력난에 시달렸다.

하늘길이 다시 열리면서 항공업계는 숨이 트였지만, 객실 승무원들은 숨통이 조여들었다. 여객 노선이 빠르게 회복되어 가는 반면, 감원했던 각 항공편에 탑승하는 승무원 인력은 충원되지 않았다. 최소 인원으로 업무를 감당해 낸 덕분이었다. 적은 수로 버티고 양질의 서비스를 제공하기 위해 악착같이 일을 해낸 노력의 대가는 고생과 수고에 대한 고마움이 아니라 계속되는 희생의 강요였다.

승객의 불만 역시 고스란히 승무원의 몫으로 넘겨졌다. 무례한 갑질을 감내해야 하는 감정 노동도 문제였지만, 민원이 발생할 때마다 승무원의 과실로 책임을 떠안아야 한다는 점도 크나큰 부담이었다. 거기다가 개인의 과실로만 그치지 않고 팀 전체의 인사 고과에 반영하다 보니 팀원 간의 갈등도 극에 달했다.

주어진 일만 하던 객실 승무원 중 일부 직원들이 더는 참지 못하겠다며 앞장서서 행동하기 시작했다. 박은하와 남상진을 비롯한 사무장급 직원들의 주도로 객실 승무원 노동조합 '알파연대[1)]'가 만들어졌다. 계기는 오너 집안의 갑질과 성희롱이었다. 참고 있던 여승무원들이 목소리를 내기 시작하면서 열악한 노동 환경의 문제점도 하나둘 드러났다.

"아, 은하가 이거 내용 좀 봐 주면 되겠다."

남상진의 말에 은하는 고개를 돌렸다. 남상진은 아까 노려보고 있던 종잇장을 은하에게 건넸다.

"조합원들한테 보여 줄 총파업 안내문이야. 내일 찬반 투표에 앞서 보여 줄 자료인데……. 수정할 내용 있으면 표시 좀 해 줘."

박은하는 테이블 속으로 들어간 의자를 빼내어 앉고는 블

1) 알파에어에는 승무원 노동조합이 두 개 있다. 하나는 '알파기업노동조합'으로 일종의 어용 노조이며, '알파연대'는 남상진과 객실 승무원들이 만든 노조다.

라우스 가슴 포켓에서 까만 티타늄 재질의 펜을 꺼냈다. 늘 몸에 지니고 다니는 호신용 택티컬 펜이었다.

'쟁의 투쟁을 위한 조합원 찬반 투표'

굵은 고딕체로 쓴 제목이 비장해 보였다. 결국 총파업까지 가는구나 싶었다.

알파연대는 알파기업노동조합(이하 기업 노조)과 교섭 대표권을 두고 의견 차이를 좁히지 못했다. 회사는 객실 승무원만으로 구성된 알파연대가 노조의 대표성을 갖지 않는다는 주장을 거듭하며 교섭을 차일피일 미루었다. 알파연대에 가입한 조합원 수가 더 많음에도 불구하고 어용 노조인 기업 노조가 교섭 대표권을 갖도록 꼼수를 부린 셈이다. 결국 알파연대는 최후의 수단인 총파업을 단행하여 회사와의 교섭에서 주도권을 찾을 계획이었다.

박은하는 진지한 표정으로 문서를 훑어보며 오탈자나 맞춤법 등을 살펴보았다. 한참을 살펴보더니 몇 군데 틀린 부분을 표시했다. 남상진은 그런 은하를 바라보았다.

"나한테 할 얘기 있지? 뭔데? 결혼하려고? 그 자식은 아무 말 안 하던데?"

박은하는 말없이 펜으로 불필요한 문장 위에 선을 그었다. 그와 헤어졌다고 알리기도 뭣했다. 굳이 비밀로 할 필요도, 알릴 이유도 없는 일이었다.

"나 회사 그만둘까 봐요."

박은하는 고개를 들어 남상진에게 문서를 건네며 말했다. 후련한 표정의 은하와 달리 남상진은 한 대 얻어맞은 사람처럼 눈을 휘둥그레 떴다.

"아니, 왜?"

박은하는 남상진의 눈길을 피해 딴청을 부렸다.

"뭐야? 그래서 이거 먹고 떨어지라고 준 거야?"

남상진이 커피를 들어 보이며 농담을 건넸지만, 박은하는 웃지 않았다.

"그냥요. 힘들어서요."

박은하는 들고 있던 펜을 만지작거리다가 가슴팍 주머니에 꽂았다.

남상진은 박은하를 가만히 바라보았다.

지칠 만도 하지.

알파연대 홍보부장을 맡은 박은하는 비행이 끝나거나 쉬는 날마다 남상진과 함께 공항에서 승무원들에게 조합에 가입하라고 홍보물을 나눠 주고는 했다. 신입 승무원들이 서툴면 대신 일을 도맡기도 하고, 남들이 꺼리는 업무도 마다하지 않았다.

더는 묻지 않고 빤히 바라보는 남상진의 우직한 시선 때문에 박은하는 얘기를 더 해야 하나 말아야 하나 고민했다. 한참 머뭇머뭇하다가 겨우 입을 열었다.

"그냥 사람이…… 힘들어서요."

동료들이 자신을 너무 적대시하고 따돌리는 게 힘들다는 말도 덧붙였다.

"여자들의 시기, 질투가 무섭긴 하지."

골수팬이 많으면 안티팬도 많기 마련이라고, 남상진은 막연히 그렇게 생각했다. 회사 홍보 모델인 박은하는 입사 때부터 주목을 받았고, 주로 VIP 의전을 담당한 데다 진급도 빨라서 선망의 대상인 동시에 그만큼 시기하는 사람들도 많았다.

"다들 힘들고 여유가 없어서 그래. 사람은 줄었는데, 일은 전혀 줄지를 않으니 말이야. 코로나 전이나 후나, 인력난은 여전하고, 회사는 이윤 따지느라 적은 승무원 수로 버티려고만 하지. 안 그래도 일하느라 힘든데, 까딱 잘못하면 팀 전체에 벌점까지 주니 다들 예민해질 수밖에."

남상진이 박은하를 달래듯 말했다. 박은하는 아무 대꾸도 없이 손거스러미를 뜯었다. 살갗이 뜯겨 나간 자리에 피가 살짝 맺혔다. 박은하는 무표정한 얼굴로 피가 빨간 점처럼 동그랗게 맺히는 모습을 내려다보다가 손끝으로 닦아 냈다.

"그 일 때문에 그래? 너무 신경 쓰지 마. 회사가 이상한 제도를 도입해서 다들 예민해져 있어서 그래. 그래서 우리가 함께 싸우고 있는 거잖아. 조금만 힘내자. 조합원도 늘었으니, 파업을 강행하면 회사도 꼼짝 못 할 거야. 본때를 보여 주자고! 임금 협상도 하고, 처우 개선도 요구하고, 큰일을 해결하면 사소한 일들은 저절로 해결될 거야."

박은하는 잠자코 듣기만 했다.

"여기서 그만두면 안 돼! 은하가 제일 고생하고 애썼는데, 너무 아깝잖아."

"알겠어요."

박은하가 마지못해 대답했다.

"그만두기, 없기다?"

박은하는 대답 대신 희미하게 웃었다.

누그러진 박은하의 태도에 남상진은 마음이 놓인 듯 어깨에 힘이 풀렸다.

다들 많이 지쳤으리라, 남상진은 언제 날 잡아서 서로 위로하고 달래 주는 시간을 가져야겠다고 말하다 무심코 시계를 보았다.

어이쿠, 하는 탄성과 함께 남상진은 객실 브리핑을 준비해야겠다며 부랴부랴 사무실을 나섰다.

우렁우렁 울리던 남상진의 목소리와 듬직한 체구가 사라지자 텅 빈 사무실 안이 휑했다. 홀로 남겨진 박은하는 한숨을 길게 내쉬고는 몸을 일으켰다. 왠지 자기 하나만 참으면 여러 사람이 행복할 듯싶었다.

때마침 동료 선후배들이 시위를 마치고 들어왔다. 작년에 같은 팀이었던 정영주도 보였다. 박은하가 반갑게 인사하며 다가가는데, 정영주가 싸늘한 표정으로 노려보았다.

"언니, 왜 그래요? 무슨 일 있어요?"

정영주는 무서운 표정으로 박은하의 뺨을 때릴 듯 손을 쳐들었다가 멈추었다. 움찔 놀란 박은하가 몸을 움츠렸다가 정영주를 쳐다보았다. 놀라 굳은 박은하를 향해 영주는 새된 소리를 토해 냈다.

"은하, 너! 네가 어떻게 그럴 수 있어?"

정영주는 감정을 주체하지 못하고 박은하가 들고 있던 테이크아웃 컵을 후려쳤다. 투명한 플라스틱 컵이 터지면서 용기에 담겨 있던 커피와 얼음이 복도에 쏟아졌다. 까만 커피가 박은하와 정영주의 유니폼에 튀었다.

박은하는 눈만 휘둥그레 뜨고 그 자리에 얼어붙고 말았다. 정영주가 식식대며 뒤도 돌아보지 않고 가 버리자 다른 동료들도 싸늘한 시선을 남기고 떠났다.

증오의 시선에 짓눌려 박은하는 몸이 땅에 박히는 기분이었다. 유니폼에 배어든 커피 얼룩이 번져 나갔다.

3. 이진혁(1)

이진혁은 아이스아메리카노 하나와 생딸기 스무디 한 잔을 주문해 놓고는 최선영을 기다렸다. 카페 안은 한적했다. 손님이라곤 구석진 테이블에 자리 잡은 이진혁 하나뿐이었다. 스마트폰을 보니 약속 시간보다 10분이 지나 있었다.

제시간에 오면 최선영이 아니지.

송골송골 물방울이 맺힌 핑크빛 스무디 잔을 보며 이진혁은 소녀 취향을 어필하는 상사를 떠올렸다. 이제 슬슬 당뇨를 걱정할 나이에 다디단 과당 음료라니. 참 젊게 살려고 애쓴다 싶었다.

과당만 문제겠나?

이진혁은 잠시 쓴웃음을 뱉고는 카페 안을 찬찬히 둘러보았다. 무슨 배짱으로 이런 후미진 골목에 카페를 차렸는지, 사장의 패기와 박력이 대단하다고 진혁은 생각했다. 덕분에 비밀스러운 회동 장소로는 제격이었지만.

나도 이런 카페나 하나 차릴까.

요즘 들어 회사를 때려치우고 조용히 카페나 하면서 결혼하고 아이 낳고 그렇게 살면 어떨까 하는 생각을 자주 했다. 지긋지긋했다. 위태로운 회사, 역겨운 밑바닥 인간들과 무능한 윗대가리들.

내가 비행기 타러 왔지, 첩자질 하러 왔나. 뭘 그리 캐 오라고 난리야.

어떻게든 잘 보이려고 여기저기 캐묻고 걸러서 전달하는 자기 자신이 한심하고 끔찍할 때면 특히 더 그랬다.

이진혁은 카페 안을 둘러보았다. 카페 직원 하나가 에스프레소 머신 옆에 놓인 조그만 스툴에 앉아 등을 잔뜩 웅크린 채 스마트폰만 내려다보고 있었다. 이렇게 장사가 안 되는데, 사장이 저 직원 월급은 제대로 챙겨 줄 수 있을지도 의문이었다.

하긴, 요즘은 자영업자들도 힘들다는데. 월급쟁이가 속 편하지.

괜한 생각을 했다 싶어 이진혁은 고개를 저었다. 커피에 담긴 얼음을 입안에 한입 가득 넣고 인조 가죽 소파 등받이에 기댔다. 달가닥거리는 얼음이 입안에서 맴돌아 얼얼했다.

하얀 벤츠 한 대가 골목 안으로 들어왔다. 골목길을 누비던 벤츠는 카페 앞 주차 공간 한가운데를 차지하더니 엔진 소리를 멈추었다. 승용차 두 대 정도는 세울 수 있을 만한 공간이었다. 차 문이 열리고 최선영이 내렸다. 익숙한 장소인 듯 최선영은 카페 안으로 성큼성큼 들어섰다.

이진혁은 차가운 얼음을 입에 넣고 오물거리다가 최선영

을 알아보고는 곧바로 자리에서 일어났다. 꾸벅 인사하는 이진혁을 향해 최선영도 가볍게 눈인사를 건넸다. 직장 상사와 부하 직원, 그 이상도 이하도 아닌 관계인 듯 두 사람은 짤막한 인사말과 간단한 안부를 주고받으며 자리에 앉았다.

"거긴 요즘 어때?"

최선영은 다짜고짜 본론부터 물었다.

어지간히 똥줄이 타는 모양이구나.

이진혁은 내색하지 않고 상대가 원하는 답변을 주고자 입을 열었다.

"부팀장님 말씀대로 알파연대가 조만간 총파업에 들어갈 계획이에요. 조합원 찬반 투표를 통해 결정되면, 민주 노총과 연합해서 대규모 집회도 열 예정이고요. 언제 투표할지는 대의원들이 조율하는 중이랍니다."

"대략 언제쯤인지는 모르고?"

"핵심 인력 몇 명만 공유하는 정보라서 알아내기 쉽지 않아요. 파업은 교섭 다음 카드로 쓸 거라 당장은 안 한다는 말도 있긴 한데……. 모르죠, 회사가 배짱부리면 어떻게 나올지. 어쨌든, 현재로서는 조합원 수가 자신감의 원천이니까요."

최선영이 미간을 찌푸리며 스무디를 마셨다. 상큼한 딸기맛과 요거트 향이 나는 우유가 시원하고 달콤했다. 순간, 반사적으로 흡족한 표정이 지나갔다. 이진혁은 그 짧은 순간을 놓치지 않고 품고 있던 말을 내뱉었다.

"신현오 덕분이죠. 한 맺힌 여직원들이 대거 가입했으니까요."

이어지는 말에 최선영은 눈만 치뜨고 이진혁을 바라보았다.

신현오. 새로 취임한 신대일 회장의 철없는 아들. 성정이 사납고 손버릇도 고약해서 어린 나이에 적을 많이 만들어 둔 미래 알파에어의 경영자. 부성애 넘치는 아버지가 추후 경영권 세습 때 적잖이 골치 아플 일을 예측하고는 미리미리 손을 써 주느라 애쓰는 금쪽같은 외아들. 그리고 충성심을 보여 준 최선영이 승승장구하게 해 준 그 사건의 당사자. 이진혁은 신현오라는 이름을 속으로 되뇌며 이를 갈았다.

알파연대의 규모가 커진 데는 사람을 모으는 박은하의 역할도 컸지만, 최선영에 대한 반작용도 제법 컸다. 최선영이 사건을 무마하려고 애쓰고 윗선의 신임을 얻는 동안, 상처받은 직원들의 발길은 알파연대로 향했다.

에둘러 '까는' 이진혁의 의도를 최선영이 모를 리가 없다. 의도는 알겠다만, 중요한 건 사소한 태클이 아니었다. 최선영은 봉투 하나를 건넸다.

"뭡니까? 이게?"

"그거 그대로 인사팀에 내면 돼."

봉투를 열어 본 진혁은 서류를 대략 훑어보았다. 남상진과 알파연대 노조 위원회가 조합원들에게서 거둔 회비를 배임, 횡령했다는 내용이 담긴 일종의 투서 형식의 문서였다. 최선영은 노조 대응 컨설팅 회사에 특별히 추가 요금까지 지급하고 받은 매뉴얼 중 하나라며 꽤 중요하다는 식으로 강조했다.

"이렇게까지 할 필요가 있나요?"

이진혁은 입을 비죽 내밀며 시큰둥한 표정을 지었다. 그런 이진혁이 거슬리기 시작했는지, 최선영은 눈살을 찌푸렸다.

"인재외류(人才外流)라고 들어 봤어?"

상대의 고급 인재가 빠져나가게 만들어 적을 약하게 만드는 수법이라며 최선영이 장황하게 늘어놓았다. 어디서 들은 사자성어인지 모르겠지만, 일단은 알파연대의 핵심 인력들을 제거한다는 얘기였다. 경찰 조사와 감사에 시달리면 누구든 못 버티고 저절로 떨어져 나갈 수밖에 없다는 얘기도 덧붙였다.

"뭐, 그렇군요. 알겠습니다."

이진혁은 봉투를 소파 옆자리에 옮겨 두었다.

"그런데, 박은하는 왜 법무팀에 배치된 겁니까? 알파연대 핵심인 박은하가 법무팀에 들어가면 회사가 노조에 어떤 식으로 법적 대응을 하는지, 그 과정을 다 지켜볼 텐데요."

최선영은 등받이에 기대며 한숨을 길게 내쉬었다. 그러고는 질문이 피곤한 듯 미간을 찌푸렸다. 이유를 설명하고 논리적으로 따지고 가타부타 논하는 일이 최선영에게는 죄다 성가신 듯한 표정이었다.

다 자르고 하라는 대로 하는 인간들만 있으면 좋겠다고, 아니 차라리 죄다 로봇들로 채우고 싶다고도 최선영은 생각했다.

얼핏 예리한 질문처럼 보이기는 했다. 박은하는 객실 승무원들이 알파연대에 대거 가입하게 만든 핵심 인물이었으니까. 그런 박은하를 법무팀에 배치한다? 앞뒤가 안 맞아 보이는 건 사실이다.

세상일이 그렇게 논리 따지고 앞뒤가 맞아야 하더냐.

최선영은 웃음이 비어져 나왔다. 굳이 알고 싶다면 알려 주겠다만, 과연 이해나 할까?

"박은하한테 적을 만들어 줘야 하니까?"

최선영이 허공을 보며 한 마디 툭 내뱉다가 높은 절벽 위에서 먹이를 관찰하는 맹금처럼 눈빛을 번뜩였다. 최선영은 이진혁을 의미심장하게 바라보았다.

"이진혁 씨, 박은하랑 무슨 사이야? 사귀어?"

"아유, 저야 영광이죠! 회사가 인정하는 미인이지, 성격도 좋지. 명문대 나왔으니 머리도 좋을 거고, 일 잘하고 인기도 많고. 박은하 씨야 뭐, 이깟 승무원 안 해도 어디서나 반겨 줄 타입인데, 나랑 사귄다면 땡잡은 거죠!"

이진혁이 너스레를 떨며 몰래 가슴을 쓸어내렸다.

역시, 섬뜩한 여자다.

최선영은 실력보다 야망이 큰 부류의 사람이었다. 야망을 이루기 위해 수단과 방법을 가리지 않는 추진력도 남다르지만, 의외의 비밀을 꿰뚫어 보는 상상력도 대단했다. 추진력과 상상력, 이 둘을 결합하는 부지런함이 미천한 개인기를 극복하고 저 위치까지 오르게 도와주었으리라. 윗선의 지시라면 개똥도 집어먹는다는 소문이 돌 정도로 온갖 추잡한 일의 뒤처리는 최선영의 몫이었다. 특히, 신현오의 성추행을 무마하고, 피해 여승무원들의 고소 고발이 이루어지지 않도록 잘 구워삶은 덕분에 신대일의 총애도 한 몸에 받았다.

최선영은 이진혁의 말에 코웃음을 쳤다. 이미 알 건 다 알지만, 모른 척하면서 이용할 수 있을 때까지 이용해야겠다고 생각했다.

"그건 가져왔어?"

최선영이 묻자 이진혁은 재킷 주머니에서 약상자를 하나 꺼내 들이밀었다. 파란 알약이 그려진 상자. 이진혁이 대리 처방받아 온 실데나필이었다. 최선영은 얼른 약상자를 받아서 핸드백 안으로 넣었다. 누군가에게 들키지 않으려는 듯한 재빠른 행동과 다르게 표정은 평온했다. 언제 어디서든, 그럴듯한 말로 둘러대고 발뺌할 수 있는 자의 여유였다.

"진짜, 멀쩡한 총각한테 너무하시는 거 아닙니까? 그냥 남편분한테 전문의 진료를 받으라고 하시죠?"

이진혁이 슬쩍 앓는 소리를 해 보았다.

"내 말 들을 사람이면 진혁 씨한테 이런 부탁을 했겠어?"

"부작용으로 심정지가 오면 어쩌시려고요."

이진혁의 말에 최선영은 한쪽 눈썹을 올리며 지그시 쳐다보았다. 한마디 해주려는 듯했지만, 이내 평정을 찾았는지 옅은 숨을 내쉬었다.

"어쨌든, 신경 써 줘서 고마워. 애써 준 만큼 인사 고과에 반영해 줄게."

최선영은 말이 끝나자마자 일어나 나갔다.

카페 통유리 너머로 최선영의 차가 사라졌다. 그 모습을 지켜보던 이진혁은 참고 있던 찝찝함을 부수듯, 얼음을 와그작와그작 씹었다.

4. 박은하(2)

박은하는 이불을 뒤집어쓰고 누워 있었다. 깊고 어두운 심연에 빠진 기분이었다. 방 안 공기가 덥고 텁텁한데도 몸이 오들오들 떨렸다. 온몸에 한기가 들고 식은땀이 줄줄 흘렀다. 여름용 인견 이불이 온몸을 짓누르는 기분이었다. 쉬는 날이 쉬는 날 같지 않았다. 오늘이 며칠인지도 알 수 없었다. 내일 비행이 퀵턴인지, 2박 3일 일정인지도 가물가물했다.

그래도 다음 날 있을 비행을 생각하면, 어떻게든 잠을 자야 했다.

시간이 흘렀다. 얼마나 흘렀는지는 알 수 없었다. 허기도 느껴지지 않았다.

그래도 뭘 좀 먹어야 하는데.

하지만 입에 뭔가 억지로 집어넣으면 곧바로 체할 것 같았다. 몸을 웅크렸다. 차라리 잠을 더 자는 편이 낫겠지 싶었다.

시간이 얼마 지나지 않아 겨우 몸을 일으켰다. 뜬눈으로 밤을 지새운 터라 머릿속이 멍했다. 정신을 차리기 위해 샤워한 후 유니폼을 갖춰 입었다. 브러시를 들 힘조차 없었지만, 시간을 들여 화장하고 머리를 단정하게 올렸다. 코랄 립스틱을 바르고 옷매무시를 가다듬었다. 마지막으로 블라우스 포켓에 택티컬 펜을 꽂으면 끝이었다.

박은하는 택티컬 펜을 멀뚱히 바라보았다.

'신현오, 그놈이 또 수작 부리면, 그땐 이걸로 여길 찔러버려.'

그가 자신의 경동맥을 가리키면서 한 말이었다. 그 사람이 해 줄 수 있는 유일한 분노이자 공감이고 위로였다고, 박은하는 생각했다. 얼마나 많은 상상 속에서 신현오의 목을 노리고 찌르는 연습을 했는지 모른다. 신현오의 뜨끈한 손이 허벅지 안쪽에 닿는 감촉이 생각날 때마다, 느끼하고 혐오스러운 눈빛이 떠오를 때마다 그랬다. 차가운 쇳덩이가 끈적하고 뜨끈한 피로 물들 때까지 쑤셔대는 동안 희열을 느끼면서도 그런 자신이 끔찍하다고 여기던 모순된 순간이었다.

박은하는 눈을 감았다가 다시 떴다. 펜을 들어 가슴 포켓에 꽂았다.

집을 나왔다. 시간이 많이 흐른 줄 알았는데, 어두컴컴한 새벽이었다. 여름이어도 새벽 공기는 싸늘했다. 크게 숨을 들이마시고 내쉬자 오싹한 한기가 폐를 훑고 지났다. 지친 몸을 이끌고 공항버스를 기다렸다. 뭔가 복잡한 심경이 온몸을 관통했다.

걸었다. 의식적으로 다리에 힘을 주었다.

'단정하고 당당하게 걸어.'

정영주가 한 말이었다.

'허리를 꼿꼿이 세워. 턱 당겨!'

박은하는 턱을 당기고 가슴을 폈다.

'박은하, 너! 네가 어떻게 그럴 수 있어?'

순간, 박은하는 걸음을 멈추었다.

그러고 보니 어제가 정영주 선배의 발인 날이었다. 장례식에는 가지도 못했다. 비행 스케줄 때문이기도 했지만, 차마 조문을 할 수도 없는 처지였다.

염치없이 어떻게, 거기에 가.

정영주 선배가 그런 선택을 하게 만든 장본인이었으니까. 비행을 마치고 겨우 집으로 돌아왔던 기억이 났다. 아니, 몸이 무의식적으로 움직였다고 봐야 할 것이다. 알파연대 사무실에도 갈 수 없었다.

정영주 선배의 말이 맞았다.

내가 왜 그랬을까. 내가 어떻게 그럴 수 있었을까.

평소 경멸하던 짓을 하고 말았다. 변명할 자격도 없고, 해명할 수도 없다. 사실이 그랬다. 지시대로 근무 평가 개정안을 만드는 데 일조했고, 지칠 대로 지친 동료들을 독촉하고, 사지로 등을 떠밀었다. 어떻게든 회사에서 잘리지 않으려고, 먹고 살겠다고 회사가 시키는 대로 해야 할 일을 했을 뿐이다? 변명이다. 예루살렘의 아돌프 아이히만과 다를 바 없었다.

혐오감이 들었다. 구토가 일었다. 길가의 가로등을 붙잡고 내장 속까지 토해 냈지만, 노란 위산만 나왔다. 먹은 것이 없으니 나올 건 자신의 체액뿐이었다. 뱉어 낸 것들을 보자 자기 자신이 극도로 혐오스러웠다.

지금까지는 동료들을 도와줄 힘이 없어 무능했다. 정작 동료들과 함께 힘을 모으고 나서는, 정의 없는 힘에 동조해 버렸다. 그것은 폭력이나 다를 바 없었다.

그간 인사도 받아 주지 않고 모른 척 피해 다녔던 동료와 선후배들이 왜 그랬는지 알 것 같았다. 그들에게는 박은하의 말이 공허한 울림이었다. 돌이켜 생각해 보니 정작 박은하 자신이 재난 같은 존재였다. 돕는다고 한 일이 오히려 폐를 끼쳤다. 동료들을 힘들게 만든 건 다름 아닌 박은하 본인이었다.

'넌 뭐 달라? 박은하, 착각하지 마. 다들 하루하루 버티면서 살아.'

부끄러웠다.

금세 해가 뜨고 기온이 올랐다. 박은하는 몸이 뜨거워졌다. 날이 더운 것 같기도 하고, 열이 나는 것 같기도 했다. 햇빛을 등지고 천천히 걸음을 내디뎠다. 꼴사납게 비틀거리지 않으려고 허벅지에 힘을 주고 허리를 꼿꼿이 세웠다. 땀이 목덜미를 타고 흘러내려도 정면을 보고 걸었다. 그렇게 하지 않으면 그 자리에 주저앉을 것 같았다.

◇◇◇◇◇

LA로 향하는 에어버스 A380이 순항 고도로 진입했다. 갤리 안에서 기내식 준비를 마치자 기내식 담당 승무원들이 카트를 밀며 나왔다. 이코노미석은 왼쪽 복도와 오른쪽 복도 두

줄에서 카트가 오갔다. 왼쪽 복도는 기체 앞부분부터, 오른쪽 복도는 기체 뒷부분부터 출발하여 중간에서 만났다가 각각의 반대편 끝으로 향했다.

능숙한 손놀림과 친절한 미소를 장착한 승무원들이 분주하게 움직였지만, 손이 모자랐다. 다들 내색을 안 할 뿐, 외줄 위를 걷는 광대처럼 긴장과 스트레스로 날이 잔뜩 서 있었다.

박은하는 왼쪽 복도 담당이었다. 연신 가슴이 벌렁벌렁 뛰었다. 손끝이 떨리고 집중이 되지 않았다. 혹시라도 실수할까 봐 신경이 쓰여 심호흡을 간간이 해 봤지만, 그럴수록 심박수는 더욱 빨라졌다. 불쾌한 두근거림과 초조함 때문에 정신이 아득했다.

갑자기 기체가 흔들렸다. 짧고 약한 난기류였다. 박은하의 손끝에서 종이컵이 미끄러졌다. 바닥에 떨어진 종이컵에서 액체가 튀자 못마땅한 듯 남자의 굵고 낮은 탄식이 터져 나왔다. 박은하는 연신 "죄송합니다"라고 말하며 떨리는 몸을 추슬렀지만, 천적을 만난 달팽이처럼 잔뜩 움츠러들었다.

박은하는 가슴을 누르며 진정하려고 애를 썼다. 갤리에 들어와 카트를 정리하는데, 오지영이 따라 들어왔다. 오지영은 신경질적으로 기내식 카트에 물품을 던지듯 내려놓더니 쏘아붙이기 시작했다.

"박은하 씨, 놀러 왔어? 컵을 왜 떨어뜨려? 옷은 또 왜 그 모양이야?"

박은하는 그제야 유니폼 블라우스를 살펴보았다. 언제 물들었는지 가슴 아래쪽에 갈색 얼룩이 묻어 있었다. 며칠 전,

정영주가 커피잔을 후려칠 때 튀었던 커피 얼룩이었다. 평소였다면 갈아입었을 터였다. 박은하는 얼룩을 보자 정영주의 마지막이 떠올랐다.

다시는 돌이킬 수 없는 사이가 되어 버린, 영영 끝나 버린 인연임을 박은하는 짧은 뉴스 보도를 통해 알았다. 대형 항공사 승무원의 극단적인 선택, 본사 건물에서 추락. 아나운서의 건조하고 명료한 목소리가 귓가에 맴돌았다. 박은하는 고개를 푹 숙였다.

오지영이 눈을 흘기고는 갤리 밖으로 나갔다. 승무원 몇몇이 수군거리고, 오지영과 장채린이 눈짓을 주고받으며 고개를 절레절레 흔들었다. 박은하는 못 본 척, 못 들은 척, 물품을 정리했지만, 가슴이 답답하고 유난히 두근거렸다. 이런 일이 벌어질까 두려워서 퇴직을 고민했었지만 이젠 늦었다. 이미 정영주는 세상에 없다.

정영주는 다른 팀 사무장이었고, 박은하가 언니처럼 따르는 선배였다. 외모가 눈에 띄거나 성격이 활달한 편은 아니었지만, 있는 듯 없는 듯 묵묵히 자기 할 일을 하는 사람이었다. 드러내고 돋보이려 하지 않고 한발 물러나 지켜보는가 하면, 인정받을 만한 좋은 기회가 와도 자기보다 잘할 수 있는 이에게 양보하고는 했다. 경쟁에 밀리는 듯 보여도 사람이 좋아 후배들이 잘 따르고 주위 동료나 선배들도 늘 지지해 주는 사람이었다.

문제는 폐습의 부활이었다. 신대일 회장이 취임하면서 과

거에 논란이 되어 겨우 폐지되었던 제도가 여럿 부활했는데, 면세품 판매 실적이 그중 하나였다. 개정된 조항에서는 기내 면세품 판매 실적을 근무 평가에 추가하고 일정 수준에 도달하지 않으면 징계가 이루어지도록 했다.

정영주는 새로운 근무 평가에서 C등급을 받고 말았다. C등급이면 C-player, 즉, 저성과자로 분류되며, 인력 감축을 위해 사실상 퇴사를 종용받는다. 사무장이었던 정영주는 하루아침에 무능력자가 되어 일반 객실 승무원으로 강등되었다. 거기에 남편의 갑작스러운 실직까지 겹쳤다. 울분과 우울증에 시달리던 정영주는 결국 극단적인 선택을 하고 말았다.

하루아침에 인생이 달라진 건 박은하도 마찬가지였다. 법무팀에 배치된 사실 하나만으로 동료를 죽음으로 몰아넣은 배신자로 낙인찍히고 말았다. 속사정이야 어찌 됐든, 변호사와 함께 상의해 근무 평가 조항을 새로 개편하고 동료들의 징계를 정당화하는 작업을 했고, 동료의 등에 칼을 꽂은 사람이 되어 버렸다.

최선영이 조용히 갤리로 들어오더니 박은하에게 말을 걸었다.

"박은하 씨, 괜찮아?"

"네, 괜찮습니다."

"영주 사무장님 일은 안타깝게 됐지만, 그게 뭐 은하 씨 잘못이겠어? 회사 업무상 해야 할 일을 한 건데 어쩌겠어. 솔직히 내가 보기에도 영주 선배가 태만하긴 했지. 다들 면세품 하나라도 더 팔려고 안달인데, 본인은 폼 나는 일만 하고 우아하게 굴었으니 말이야. 평가 조항 새로 바꿨다고 강등된 거면 다 강등됐어야지. 안 그래? 괜찮아. 자기가 잘못한 거, 하나도 없어."

최선영이 박은하를 다독였지만, 박은하는 어떤 위로도 귀에 들어오지 않았다.

"사람 좋아 봤자 다 소용없어. 사람들이 정의롭고 착한 사람을 좋아할 것 같지? 전혀 안 그래. 다 나한테 이득이 되는 사람을 좋아한다고. 영주 선배 봐 봐. 강등되고 나니까 그렇게 언니, 언니 하면서 따르던 것들이 인사도 안 하고 눈도 안 마주치잖아. 무익하면 다 쓸모없는 퇴물 취급당하는 거야."

박은하는 아무런 말도 하지 못했다.

"그러니까 자기도 얼른 알파연대에서 나와. 괜히 배신자 취급당하지 말고, 뭐가 아쉽다고 자기 같은 사람이 거기 그러고 있어?"

박은하는 대답을 망설였다.

"괜찮아. 사람이 빠진 자리는 사람이 메꾸게 되어 있어. 은하 씨가 나와도 그 사람들은 알아서들 할 거야."

최선영은 박은하의 어깨를 다정하게 토닥였다.

"급할 건 없고, 천천히 생각해."

박은하는 인사를 꾸벅하고는 벙커[2]로 향했다. 사다리를 통해 내려간 뒤 마리오네트 인형처럼 축 늘어진 팔다리를 겨우 움직여 회사 파자마로 갈아입었다. 벗어둔 블라우스와 스

2) 장시간 비행하는 승무원들이 휴식을 취하는 장소. CRA(Crew Rest Area).

카프를 하얀 철사 옷걸이에 거는데, 갑자기 기체가 흔들렸다. 그 바람에 블라우스 포켓 주머니에 꽂혔던 펜이 떨어지더니 바닥 어딘가로 떨어져 떼굴떼굴 굴러갔다.

난기류였다. 곧이어 안내 방송이 흘러나왔다.

—승객 여러분, 기류 변화로 비행기가 흔들리고 있습니다. 자리에 앉아 좌석 벨트를 매어 주시길 바랍니다.

박은하는 펜을 주우려다 몸의 균형을 잃고 주저앉아 버렸다. 잠도 못 자고, 식사도 제대로 못 한 탓에 기운이 없었다. 물먹은 솜처럼 몸도 마음도 무거웠다. 그대로 쪼그려 앉아 한참을 웅크린 채로 있었다. 여러 사건과 감정의 잔상들이 쓰나미처럼 밀려왔다. 불쾌와 혐오가 일고 나자 분노와 울분이 뒤따랐다. 배신감과 서운함이 곁가지로 일어나고 두려움과 공포, 수치심과 죄책감이 더 큰 파도처럼 밀려왔다.

이대로 죽어 버릴까.

박은하가 고개를 들었다. 그리고 눈을 질끈 감았다.

5. 이진혁(2)

갑작스러운 난기류에 기체가 흔들렸다.

"아, 진짜!"

남자 승객이 짜증 내는 소리가 들렸다. 소리 난 쪽으로 이진혁이 고개를 돌렸다. 박은하가 연신 "죄송합니다"라고 말하며 허둥대는 모습이 보였다.

"은하 선배, 오늘 왜 저런대요?"

장채린이 짜증 내며 소곤대자 이진혁은 얼른 시선을 옮겼다. 승객들이 좌석 벨트를 착용하도록 안내하면서도 진혁은 박은하 쪽을 힐끔거렸다. 좀 있으니 박은하가 최선영에게 꾸벅 인사를 한 후 벙커로 향했다. 곧이어 최선영이 이진혁 쪽으로 성큼성큼 다가왔다.

"은하 좀 따라가 봐. 이번 기회에 아예 알파연대에 정을 떼고 나오도록 유도해 보라고."

내키지 않았지만, 이진혁은 벙커로 내려갔다.

박은하는 벙커 한가운데서 옷을 갈아입고 있었다. 이진혁은 팬티스타킹 차림의 박은하를 보고 깜짝 놀라 황급히 시선을 돌렸다. 충분한 시간이 흐른 후 이진혁이 다시 고개를 돌렸을 때 박은하는 파자마 차림으로 서 있었다. 파자마 바지 엉덩이가 유난히 헐렁했다. 헐렁하다 못해 아예 속이 텅 빈 듯했다. 생기라곤 전혀 없이 거죽만 뒤집어쓴 바람 인형 같았다. 팔뚝도 목덜미도 전보다 훨씬 여위고 핼쑥했다.

차라리 휴가를 내든가 하지.

이진혁은 혀를 찼다. 한심하면서도 애처로웠다. 떨떠름한 눈으로 박은하를 보는데, 기체가 또 흔들렸다. 이진혁은 얼른 사다리를 붙잡고 지탱하면서도 은하에게서 눈을 떼지 않았다.

박은하가 힘없이 비틀거리더니 그대로 주저앉았다. 안내방송이 흘러도 박은하는 꼼짝하지 않았다. 체념에 빠진 길 잃은 아이처럼, 몸을 동그랗게 웅크리고 쪼그려 앉은 모습이 답답하면서도 서글퍼 보였다.

한참을 그러고 있던 박은하가 벙커 사다리 쪽으로 다가왔다. 이진혁은 재빨리 몸을 숨겼다. 그런 다음 몸을 살짝 빼서 박은하를 지켜보았다.

왜 저래?

박은하의 손에 든 철제 옷걸이와 스카프가 불길했다. 보다 못한 이진혁이 박은하 앞으로 다가가 섰다. 눈을 질끈 감고 있는 박은하는 인기척도 못 느낄 정도로 자기감정에 침잠해 있었다.

도대체 무슨 생각을 하는 거야.

이진혁은 미간에 잔뜩 힘을 주고 박은하의 감은 눈을 바라보았다. 부석부석한 눈꺼풀 아래 속눈썹이 파르르 떨렸다. 메마르고 거친 입술이 힘없이 벌어졌다. 야무지게 앙다물었던 입술이, 그토록 입을 맞추고 싶어 애태우던 발갛고 촉촉했던 입술이, 이진혁은 못내 그리워졌다. 한때 자신을 뜨겁게 만들었던 사람이었다. 너무 소중했기에 지키기 위해서 애써 모른 척해야 했던 순간들이 떠올랐다. 이진혁은 내색하지 않으려고 자기 입술을 꽉 깨물었다.

그때 눈을 뜬 박은하가 이진혁을 보고 깜짝 놀란 표정을 지었다. 이진혁은 말없이 은하의 눈을 바라보았다.

"너도 죽으려고?"

이진혁이 퉁명스럽게 내뱉었다.

"왜 여기 있어? 언제부터 있었어?"

질문에 질문이 돌아왔다.

"오해하지 마. 부팀장이 너 따라가라고 해서 왔을 뿐이야. 알파연대에서 그만 나오라고 말해 주라더라."

박은하는 묵묵히 바라보며 들더니 고개를 돌렸다.

"할 얘기 끝났으면 가."

한때 특별한 사이였음에도 미련 없다는 듯 대하는 박은하가 이진혁은 못내 서운했다. 연인에게 기대지 않고 혼자 마음을 정리하고 아무렇지 않게 관계를 끝낼 수 있는 박은하가 사위스러운 기분마저 들었다.

"너도 작작 좀 해. 피곤하게 노조 싸움에 끼어들지 말고 얌전히 회사 생활이나 하라고."

"우리가 일한 대가를 받고 권리를 찾으려고 하는 건데, 뭐가 잘못이야? 너야말로 회사가 키우는 개처럼 최선영이 시키는 대로 하지 말고 똑바로 해."

박은하가 한 마디도 지지 않으려는 듯 덤벼들었다. 기운도 없으면서 있는 힘 없는 힘 쥐어 짜내는 모습이 안쓰러웠다. 이진혁은 박은하의 눈을 마주 보았다. 자신의 눈을 피하지 않고 꼿꼿하게 서 있는 박은하를 보자 이진혁은 속이 뒤틀렸다.

아, 그랬지. 너를 뜨겁게 만드는 건 내가 아니었지.

어떻게든 박은하의 속을 똑같이 뒤집어 주고 싶었다.

"그래서 네 권리 찾자고 영주 선배가 자살하도록 내몬 거야?"

이진혁을 노려보던 박은하의 눈빛이 흔들렸다. 뒤통수를 한 대 맞은 듯한 표정이었다.

"넌 뭐 달라? 박은하, 착각하지 마. 다들 하루하루 버티면서 살아. 먹고살려고 어쩔 수 없이 눈치 보며 고개 숙이고 참는 거야. 회사가 키우는 개? 너도 마찬가지 아니었어? 너도 뻔히 알면서 법무팀에서 징계 조항이나 만들고 그런 거잖아. 안 그래? 어차피 회사와의 싸움은 계란으로 바위 치기니까! 살고 싶으면 세상에서 어떤 부정이 저질러져도, 어떤 불의가 눈앞에서 벌어지고 있어도, 강자가 부당하게 약자를 짓밟고 있어도, 모른 척하고 고개 숙이고 내 길만 가면 되는 거라고! 하긴, 넌 얼굴이 반반하니까 너 좋다는 회장 아들한테 잘 보여서 시집이나 가면 되겠지!"

이진혁이 비아냥댔다.

과거 신현오에게 당한 수모를 들쑤셔 놓는 말이었다. 어떤 처벌도 복수도 없이 조용히 덮고 넘어갈 수밖에 없었던 박은하의 상황과 심정을 누구보다 잘 알고 있었기에 할 수 있는 소리였다. 아물지 않은 상처에 소금을 뿌리는 말이었지만, 자기 여자 하나 지키지 못했던 무기력하고 무능했던 스스로에게도 상처가 되기는 마찬가지였다.

이진혁의 바람대로 박은하의 얼굴은 점점 일그러지고 붉게 달아올랐다. 급기야는 앙상한 주먹을 쥐더니 있는 힘껏 달려들었다. 때마침, 난기류에 기체가 흔들리는 바람에 박은하는 무게 중심을 잃고 그대로 주저앉고 말았다.

놀란 이진혁이 반사적으로 양팔을 뻗어 박은하의 허리와 머리를 감싸 품에 안고는 얼른 사다리 밑으로 들어갔다. 야윈 몸이 품 안에 쏙 들어왔다. 뿌리칠 힘도 없는지 박은하는 이진혁의 품 안에서 가만히 숨을 죽였다. 작고 빠르게 두근거리는 심장 소리가 느껴졌다. 그냥 이대로 둘만 있으면 좋겠다고 이진혁은 생각했다.

기체가 잠잠해졌다. 박은하가 이진혁을 밀쳐 내며 일어났다. 이진혁은 혹여 넘어질까 봐 손을 뻗었다. 박은하가 징그러운 벌레를 떼어 내듯 이진혁의 손길을 있는 힘껏 뿌리치다 균형을 잃고 풀썩 넘어졌다. 이진혁은 민망하면서도 화가 나려는 걸 꾹 참고 포기하듯 돌아섰다.

"네 맘대로 해."

이진혁은 박은하를 혼자 두고 식식대며 승객 칸으로 향했다.

잠잠했던 기체가 다시 흔들리고 승무원들도 자리에 앉으라는 안내 방송이 반복되었다. 이진혁은 급히 자리에 앉았다. 비행기가 급강하하면서 여기저기 기체가 부서졌다. 놀란 승객들의 탄성과 거친 숨소리가 여기저기서 터져 나왔다. 이진혁은 아무 소리도 들리지 않았다. 머릿속이 온통 박은하로 가득했다. 온몸이 기체의 흔들림에 맞추어 휘청거렸다. 극심한 난기류에 기체가 거꾸로 뒤집히는 듯 승객들의 몸이 한쪽으로 쏠리자 여기저기서 비명이 쏟아졌다. 짐칸이 열리고 승객들의 가방이며 물품들이 쏟아지는 동시에 산소마스크가 후두둑 떨어졌다. 무거운 짐이 쿵 하고 떨어지고 플라스틱이 빠개지는 소음이 이어지자 이진혁은 눈을 감았다.

참, 못났다.

후회가 밀려왔다. 혼돈에 빠진 기내와 달리 박은하의 파리한 얼굴과 바짝 마른 몸이, 앙상한 주먹과 진혁을 뿌리치며 주저앉는 모습이 정지 화면처럼 이진혁의 머릿속에서 맴돌았다.

우리는 왜 이렇게 되었을까.

6. 홍은결

홍은결은 박은하가 불편했다.

처음부터 그렇지는 않았다. 아니, 오히려 좋은 사람이라고 생각했다. 다른 시니어들처럼 함부로 반말하지도 않았고 일이 서툴다고 면박을 주는 일도 없었다. 인품도 훌륭했고 외모도 아름다웠다. 세련되고 교양 있는 태도와 말투, 아나운서처럼 정확한 발음과 높지 않은 목소리는 듣는 사람이 편안함을 느끼게 해 주었다.

이렇게 완벽한 사람도 있구나 싶었다. 부러워한다거나 질투하는 일은 상상조차 할 수 없었다. 그런 건 비등비등한 사람들끼리나 하는 짓이지, 이렇게 대단한 사람과 일일이 비교해서 스스로 피곤해질 필요가 전혀 없었다.

추구하는 이상과 가치도 숭고했다. 알파연대를 홍보하면서 노조 가입을 설득하는 모습도 열정적이었다. 그렇다고 강요하는 일은 절대로 없었다. 오너 집안의 갑질 때문에 상처받은 직원들의 말을 진심 어린 태도로 들어 주고 공감해 주고 이해해 주려 애쓰는 모습도 자주 보였다. 동료들이 고된 업무에 지친 마음을 토로하면 다정한 손길로 달래 주었다.

행복한 비행을 꿈꾸는 사람들이 알파연대로 모여들었다. 그렇게 모인 사람들은 박은하와 함께 부당한 노동 환경과 시스템을 바꾸고 희망을 만들고자 했다.

기괴하게도 이를 마뜩잖게 여기는 사람들이 제법 많았다. 그들은 호시탐탐 기회를 노렸다. 초원 한가운데서 뛰노는 사슴 한 마리를 노리는 맹수들처럼, 언제든 달려들어 박은하의 숨통을 끊어 놓으려고 벼르고 또 별렀다. 홍은결은 그 점이 이해가 가지 않았지만, 한마디로 설명할 수 있었다.

마(魔)가 꼈다.

박은하는 크게 화를 당할 것이다.

홍은결의 촉과 감은 적중했다.

박은하를 둘러싼 사건과 소문들이 다양한 버전으로 재생산되었다. 하지만 정작 본인은 모르는 것 같았다. 밝은 빛을 쐬고 나면 한동안 눈이 안 보이는 것처럼, 박은하는 주위에 도사린 어둠과 위험을 보지 못하는 사람처럼 보였다. 아니, 알면서도 모르는 척하는 것 같았다.

처음 들은 소문은 '남자관계가 복잡하다'였다. 좋게 말해서 복잡하다는 말이지, 입에 담기에도 낯 뜨거운 어휘들이 뒤따랐다. 신현오의 성추행도 일각에서는 박은하 쪽에서 벌인 입신양명을 위한 술수라는…… 아니, 그렇게 어려운 말로 설명하는 사람은 거의 없었다. 대부분 매우 쉽고 원초적인 표현이었다.

법무팀에 들어가서 직원들의 징계 자료를 만든다는 얘기는 홍은결이 듣기에도 무시무시했다. 박은하가 면세품 판매 실적에 따른 상점과 벌점에 관한 시스템을 만들어야 한다고 강력히 주장했다는 말도 들렸다. 친언니처럼 막역했던 정영주 사무장의 등에 칼을 꽂은 것도, 그래서 자살하게 만든 사람이 박은하라는 이야기도 나왔다.

같은 알파연대 노조원들은 분개하며 성토했다. 서로 언니, 동생 하며 사이좋게 지냈던 시니어 승무원 둘 사이에서 폭언과 폭행이 오갔다? 그런 정제된 문장이 아니라, 두 여자가 머리끄덩이 잡고 싸우더라는 말로 갈등을 표현했다.

소문에는, '알파맨 제도'를 부활시키자고 건의한 사람도 박은하였다. 새로 취임한 신대일 회장의 마음에 들기 위해서라고 했다. 비행 절차를 감시하는 감독자들을 '알파맨'이라 지칭하는데, 대리급 이하 사원 중에 유능하고 전도유망한 젊은 인재들을 골라 업무를 지시했다. 알파맨들은 정체를 숨기고 암행하면서 비위 사실을 수집하거나 회사에 불충한 직원을 색출하기 위해 정보를 모았다. 노사 관계에서 회사가 주도권을 잡기 위해 노조의 문제 사례를 모으고 직원들을 사찰하는 임무를 수행하는 일종의 '밀정'인 셈이었다. 오랜 시간 직원들의 희생과 반발로 사라진 폐습을 박은하가 부활시켰다. 믿거나 말거나지만, 믿는 사람이 다수였다.

그 밖에도 알파연대 관련해서 안 좋은 소문들은 박은하가 주인공이었고, 비난의 화살은 박은하를 향했다.

흉흉한 소문이 파다했지만, 홍은결에게는 남 일이니 그러려니 하고 넘기면 될 일이었다. 홍은결처럼 직급이 낮은 사원에게는 일어나지 않는 일이니까. 회사 홍보 모델이라든가 노조 홍보부장이라든가, 대단한 사람에게나 일어나는 시련이나 고난 서사였으니까. 홍은결처럼 보통의 직원들에게는 그저 소설이나 영화 속 인물이 겪는 이야기나 다름없었다.

아니었다. 박은하를 따라다니던 악재는 홍은결에게도 옮겨 왔다. 홍은결은 작년 인사 고과 동료 평가 점수에서 최하점을 받고 알았다. 박은하와 딱 한 번, 같이 식사했다는 이유였다. 밤늦은 귀국 비행이었고, 집으로 가는 방향이 같아 택시를 함께 탄 박은하가 고맙다고 밥을 사 주었을 뿐이었다. 최근 본 영화 얘기를 몇 마디 나누었을 뿐, 회사 얘기는 단 한 마디도 없었다. 알파연대의 노조 활동을 눈엣가시처럼 여기던 기업 노조 시니어들은 온갖 핑계를 대면서 홍은결에게 낮은 점수를 주었다. 말도 안 되는 점수를 받은 이들의 공통점은 알파연대 사람들과 어울렸다는 사실뿐이었다.

어처구니없었다. 황당하고 억울했다. 화가 났다.

인사 고과에서 낮은 점수를 준 최선영에게 화가 난 건지, 함께 밥을 먹은 박은하 때문인지, 회사로부터 미움을 받아 애먼 사람들에게 피해를 주는 알파연대 때문인지 알 수 없지만, 참을 수밖에 없었다. 피곤했다. 일만 하기에도 벅찼다. 억울함을 토로하는 일도 잘잘못을 따져 묻는 일도 여유가 있어야 할 수 있는 일이었다.

그때부터 홍은결은 박은하를 피해 다녔다. 인사를 하며 다가와도 모른 척 지나갔다. 언젠가부터 박은하도 홍은결에게 인사하지 않았고 밥도 혼자 먹었다. 소속 팀이 달라지자 부딪힐 일도 사라졌다. 홍은결은 서서히 박은하를 잊었다.

그러다 어느 날, 박은하의 부고를 들었다. 가슴에 싸늘한 뭔가가 박히는 기분이었다.

7. 이수연(2)

기내는 어두웠다. 기체가 흔들리며 불이 꺼지고 켜지기를 반복했다. 크게 한 번, 기체가 뚝 떨어지듯 하강했다. 난기류였다.

고정되지 않은 물건들이 천장으로 솟구쳐 올랐다가 뚝 떨어지면서 부서지고 깨지는 소리가 울렸다. 천장에서 산소마스크들이 뚝 떨어졌다. 놀란 승객들의 탄성과 거친 숨소리가 여기저기서 터져 나왔다. 사람들이 불안에 떨며 비명을 질렀다. 겁에 잔뜩 질려 같은 말만 반복하는 이가 있는가 하면 기도하는 이도 있고 염불을 외는 이도 있었다. 안내 방송의 지시에 따라 승무원들도 자리에 앉아 안전띠를 착용했다.

기내는 온통 아수라장이었다. 아우성과 소음 속에서 이수연은 꼼짝할 수 없었다. 아무것도 보이지 않았다. 어찌 된 영문인지 이수연 혼자 아득한 비명과 동떨어진 곳에 주저앉아 있었다. 마치 깊은 바닷속 어두컴컴한 동굴에 갇힌 듯, 중력에서 벗어난 몸이 뻣뻣하게 굳어 있었다. 앞으로 나갈 수도 없었다. 산소가 부족한지 숨도 쉬어지지 않았다. 가슴이 죄어오고 식은땀이 났다.

눈이 어둠에 적응되었는지 점점 사물이 보이기 시작했다. 기내 CRA였다. 칸칸이 비어 있는 벙커들이 영안실 같았다. 주먹을 쥐었다. 힘이 들어가지 않았다. 앙상한 팔다리와 가벼운 몸이 내 몸 같지 않았다. 안간힘을 쓰며 일어나려는데 기체가 또다시 흔들려 균형을 잃고 바닥에 쓰러졌다. 이런 자신의 모습이 위에서 내려다보는 듯 훤히 보였다. 이상했다. 정신과 육체가 따로 노는 기분이었다.

어느새 이수연은 사다리 앞에 서 있었다. 조금 전까지 바닥에 널브러져 있었는데 어떻게 일어나서 여기까지 왔는지 알 수 없었다.

빈 주먹이었던 손에 철제 옷걸이와 스카프, 하얀 블라우스가 들려 있었다. 블라우스 포켓에서 반짝이는 금속 막대가 눈에 들어왔다. 이수연은 자기도 모르게 금속 막대를 꺼냈다. 단단하고 견고한 펜이었다. 뚜껑을 열었다. 작은 메스처럼 날카로운 칼날이 나왔다. 날카롭고 예리한 칼끝이 반짝거렸다. 어딘가에서 비추는 빛을 받아 반사한 건지, 펜 자체가 발광하는 건지는 알 수 없었다.

눈앞에 거울이 나타났다. 자신의 모습이 보였다. 이제는 빨간 파자마 차림이었다. 그런데 벙커에 거울이 있었나? 상황을 이해하려고 부단히 노력하던 차에 든 의문이었다.

이수연은 고개를 갸웃했다. 왼쪽으로 고개를 기울이자 자신의 오른손이 목을 서서히 더듬었다. 손가락 끝으로 살짝 힘을 주어 눌러 가며 맥이 뛰는 곳을 찾았다.

여기.

여자 목소리가 들렸다.

어느새 이수연의 목에 펜이 꽂혀 있었다. 아까 본 칼끝이 자신의 경동맥 속 깊이 들어가 있었다. 얼굴이 하얗게 질렸다. 자기가 왜 그랬는지 알 수 없었다. 깊은 통증이 느껴졌다. 눈앞에 선 자신의 목에서는 이미 피가 줄줄 흐르고 있었다. 자해? 자살? 상상조차 하지 않았던 일이 눈앞에서 벌어졌지만, 자신이 왜 그렇게 행동했는지 너무도 잘 알고 있었다.

그럴 만도 하지.

이수연은 목에 꽂힌 펜을 꽉 쥐었다. 있는 힘껏 뽑았다. 하얗고 가녀린 목에서 검붉은 피가 왈칵 쏟아져 나왔다. 눈앞이 캄캄했다.

어느새 이수연은 바닥에 널브러져 있었다. 얼음물을 뒤집어쓴 것처럼 으슬으슬 춥고 눈앞이 아득하게 흐려졌다. 정신을 차리려 다리에 힘을 주고 일어나려다가 미끄덩한 액체에 밀려 풀썩 쓰러졌다. 쿵 하는 소리가 난 것도 같았다.

다시 한기가 들었다. 손에 쥔 펜을 놓지 않으려고 힘을 주었다. 왜 그랬는지는 모르겠다.

이제 온몸이 불붙은 장작처럼 뜨거워지기 시작했다. 사지가 끊어지는 듯한 통증이 밀려왔다. 호흡이 가빠지고 눈에서, 사타구니에서, 몸 어딘가에서 뜨뜻한 물이 흘러나왔다. 액체의 정체를 알아차리자 수치스러움이 일었다. 그것도 잠시였다. 다시 한기가 들더니 온몸이 덜덜 떨렸다. 누가 볼까 창피할 정도로 꼴사납게 덜덜 떨었다.

이제 끝이구나 싶었다. 평안에 이르겠지 싶었다.

아니었다. 죽음을 향하는 무기력한 몸과 달리, 자신을 괴롭혔던 상념과 감정은 더욱 커지고 또렷해져만 갔다. 아무것도 할 수 없었던 무력감과 죄책감에서 가벼워지지 않는 자신에게 화가 났다.

흐느꼈다. 울음소리가 꼴사납게 새어 나왔다. 자신이 우는 줄 알았는데, 어떤 남자가 자신을 부둥켜안고 울고 있었다. 남자의 손은 상처에서 흐르는 끈적한 피를 막다가 미끄러지고, 다시 막다가 미끄러지기를 반복했다. 남자의 손길이 아프면서도 애처로웠다.

남자가 뭐라고 소리 지르는 듯했다. 입 모양이 '제발'이라고 하는 것 같았다. 한 번, 두 번. 큰소리로 또 한 번.

"제발, 눈 좀 떠!"

그 소리에 이수연은 눈을 떴다.

익숙한 천장이 눈에 들어왔다. 자기 방이었다. 이수연은 한동안 멍하니 천장만 바라보았다. 뭔가 생경한 경험을 한 것 같은데 아무 기억이 나지 않았다. 베개가 축축했다. 눈언저리가 젖어 있어 자신이 울었다는 것만 알 수 있었다.

8. 이진혁(3)

'내 차로 와. B2, 14번.'

최선영의 문자였다. 이진혁은 본사 지하 주차장으로 향했다. 최선영의 차는 구석진 자리에 있었다.

"그건 어떻게 됐어?"

차에 올라타자마자 최선영이 물었다. 이진혁은 잠자코 있었다.

"아직이야?"

재촉하는 최선영의 질문에 이진혁은 최선영의 얼굴을 바라보았다.

"뭘 말씀하시는 겁니까?"

최선영은 대답 대신 이진혁의 눈을 보다가 피식 웃었다.

"몰라서 물어? 지난번에 말한 투서, 잊었어?"

"박은하는…… 죽었잖습니까. 굳이 투서까지 낼 필요가 있습니까?"

"정영주, 박은하, 이 둘이 없어졌으니 다음 스텝으로 가야지. 뭘 또 여기서 끝내려고 해? 줄초상 나서 정신없을 때 확실하게 밟아 놔야지."

"그 사람들이 알파연대 사람이기만 해요? 다 같은 회사 직원 아닙니까?"

이진혁이 소리쳤다. 순간 아차 싶었다. 자기도 모르게 버럭 소리를 지른 터였다. 머릿속이 하얘졌다. 소리쳐서 미안하다고 사과하든가, 아니면 이제는 그만하자고 투서 보내는 걸 말리든가, 무슨 말이든 해야 했다. 이진혁이 입을 열려고 하는 순간 최선영이 말을 가로챘다.

"그래서 안 하겠다는 거야?"

"할 필요가 없잖아요. 목표는 박은하가 알파연대를 나오도록 하는 거였고, 결과적으로는 나온 거나 다름없으니까요. 아니, 허위 신고로 노조 간부한테 없는 죄를 뒤집어씌운 일이 밝혀지면 위험할 수도 있지 않습니까?"

최선영은 재미있다는 듯 웃음을 터뜨렸다.

이진혁은 순간 당황했다. 어느 지점에서 최선영의 웃음이 터진 건지 알 수 없었다.

"이진혁 씨, 이제 보니까 아주 순진한 사람이었네?"

최선영은 조곤조곤 말을 이어갔다. 마치 어린아이에게 처음 로봇을 사주고 조립하는 법을 알려 주는 부모처럼 상냥하고 인내심 있는 말투였다.

"사람들은 누명을 쓰면 억울해하잖아. 누명을 벗고 진실을 밝히려고 처절하게들 싸우지. 진실? 그게 뭐 그리 대단하다고. 핵심은 진실이 아니야."

최선영은 말을 멈추고 이진혁의 눈을 바라보다가 다시 입을 뗐다.

"그 하찮은 진실이 밝혀질 때까지 '버틸 수 있는' 인간이 얼마나 있다고 생각해?"

대단한 비결을 가르쳐 준다는 듯 생색내는 표정과 이해나 할 수 있겠냐는 듯 얕보는 표정이 동시에 비쳤다.

"진실은 결국 밝혀진다? 정의는 이긴다? 언젠가는 그렇게 될 수도 있지. 하지만, 그런 건 중요하지 않아. 내가 사회생활해 보니까, 그 바닥에서 성공하는 인간들은 결국 끝까지 '버틴' 놈이더라고."

이진혁은 최선영의 입을 바라보았다. 매혹적인 붉은 입술 사이로 하얀 치아가 반짝였다. 사악한 마녀의 주문에 걸린 듯 삽시간에 얼어붙는 기분이 들었다.

최선영은 이진혁의 얼굴을 찬찬히 살펴보았다. 겁에 질려 흔들리는 이진혁의 눈빛을 보자 최선영은 마뜩잖은 듯 고개를 돌렸다.

"이제 그만합시다. 그동안 수고 많았어요."

최선영은 시동을 걸었다. 엔진 소리에 정신을 차린 이진혁은 마치 정차역을 뒤늦게 알아차린 사람처럼 서둘러 차에서 내렸다.

최선영의 차가 사라지고 나서도 이진혁은 한참을 멀뚱히 서 있었다. 왜 바보처럼 아무 말도 하지 못하고 굳어 있었는지, 자신이 생각해 봐도 어이가 없었다.

웃음이 나왔다. 한참을 미친 사람처럼 웃어댔다. 배를 움켜잡고 허리를 비틀어 가며 한바탕 웃음을 토해 냈다. 그러고 나자 이진혁은 정신이 맑아지는 기분이 들었다. 그리고 나지막이, 욕설을 내뱉었다.

9. 남상진

남상진은 넥타이를 한 번 더 조였다. 장례식장에 들어서면서는 배에 힘을 주고 턱을 당긴 뒤 등을 곧추세웠다. 팀원들은 먼저 와 있었다. 최선영과 오지영이 상진을 알아보고는 눈인사를 건넸다. 이진혁이 그 뒤를 따랐다.

이진혁의 굳은 얼굴을 보자 남상진은 안쓰러웠다. 연인이었던 여자의 시신을 처음 발견했으니 그 충격이 컸을 터였다. 충격도 충격이지만, 몹시 허망했을 것이다. 어떻게든 살리려고 필사적으로 매달렸다가 좌절감에 무너지는 이진혁의 모습이 남상진의 뇌리에는 깊숙이 박혀 있었다. 슬픈 내색도 하지 못하고 묵묵히 서 있는 모습이 더욱 안타까웠다. 두 사람 사이를 남몰래 응원했던 남상진은 이진혁도 측은했다.

빈소에는 박은하가 활짝 웃는 영정 사진이 놓여 있었다. 남상진은 상주의 얼굴을 차마 보지 못했다. 노년의 상주는 참척의 고통에 금방이라도 쓰러질 듯했다. 안간힘을 다해 버티고 서 있는 모습을 보기가 몹시도 괴로워 남상진은 시선을 돌렸다. 그 옆에는 이미 무너진 어머니가 있었다. 그녀는 갑작스러운 딸의 죽음에 망연자실해 있었다. 남상진은 입술을 꽉 깨물었다.

외동딸이라고 했다. 애지중지 키웠고 자랑스러운 딸이라고 했다.

"힘들다는 소리 한 번 안 하던 앤데……. 회사 그만두고 카페 아르바이트나 한대서 그 좋은 직장을 왜 그만두냐고 했는데……. 그렇게 힘든 줄 알았으면 그만두라고 할 걸 그랬어요. 나 때문에 애가……."

울먹이던 어머니는 끝내 말을 잇지 못하고 주저앉았다. 낮은 통곡 소리가 장례식장 안에 울려 퍼졌다. 상주가 묵묵히 다가와 주저앉는 어머니의 어깨를 감싸안으며 눈물을 삼켰다. 그 모습을 보자 남상진은 고개를 푹 숙였다. 온몸이 땅속으로 깊숙이 박히는 기분이었다.

어머니 탓이 아니라 제 탓입니다.

이 말이 목구멍까지 차고 올랐지만, 남상진은 끝내 입 밖으로 꺼내지 못했다.

이렇게 허망하게 죽을 줄 알았다면 그때 차라리 퇴사하라고 할걸. 아무렇지 않은 척하는 사람이 정말 아무렇지 않은 게 아니라는 어느 소설 속 글귀가 떠올랐다. 고통에 썩어 문드러지는 속도 모르고, 붙들고 다독이고 힘내자고 다독였던 자신이 원망스러웠다. 정작 힘들고 여유가 없는 사람은 박은하였음을, 혼자서 죽을힘을 다해 버티고 있었음을, 누구보다

가까웠던 자신이 몰라 주었다는 사실이 고통스러웠다. 그런 신호를 보냈음에도 대수롭지 않은 일로 치부해 버린 자신이 죄스러웠다.

얼마나 애썼을까.

그동안 참고 애썼던 박은하가 가여워서 가슴이 아렸다. 눈시울이 뜨거워져서 이를 악물었다. 눈물을 보일 자격이 없다고, 더는 그 자리에 있을 염치가 없다고 남상진은 생각했다.

넥타이가 점점 조여 오는 기분이었다. 숨이 턱 막혔다. 남상진은 일행들보다 먼저 장례식장을 나왔다. 서둘러 건물을 빠져나와 후문 쪽 주차장으로 몸을 숨겼다. 저마다 슬픔에 빠져 타인에게 눈길조차 보낼 수 없는 사람들이 모이는 곳이었다.

묵혔던 울음이 터졌다. 남상진은 그제야 숨을 쉴 수 있었다.

10. 오지영

"상갓집 다녀오고 나서 상문살 맞고 사망했다는 얘기도 있던데……."

팀원들이 단체로 박은하의 조문을 간다는 얘기가 나오자 홍은결이 중얼거렸다. 그렇지 않아도 내키지 않는 조문인데 상문살이니 사망이니 하는 소리를 듣자 오지영은 귀가 번쩍 뜨였다.

"상문살? 그게 뭐야?"

"아, 아니에요. 아무것도."

홍은결이 얼버무리며 자리를 뜨려고 하자 오지영은 홍은결을 붙잡았다.

"뭐냐고? 상문살인지 창문 살인지, 방금 뭐라 했잖아."

"그게……, 그러니까……."

"빨리 말해."

"그게…… 사람이 죽으면 그 죽은 사람의 몸에서 귀신의 기운이 나오는데, 그걸 상문살이라고 해요. 그 귀신한테는 사람을 해치거나 물건을 깨뜨리는 모질고 독한 기운이 있거든요. 조문 다녀온 사람에게 주로 붙고, 붙은 사람에게는 좋지 않은 일이 생기는데, 사고를 당해서 장기가 망가지거나 심지어는 사망하기도……."

"야, 요즘 세상에 무슨 귀신이 붙어? 쓸데없는 소리 좀 하지 마."

말도 안 되는 미신 이야기라고 오지영이 홍은결을 나무라긴 했지만, 불길한 생각이 스멀스멀 기어 나오는 건 어쩔 수 없었다.

"그래서, 어떡하면 되는데?"

"뭐를요?"

"어떡하면 그거 막을 수 있냐고. 너는 알 거잖아?"

"음…… 뭐 쓸데없는 소리라서."

"야! 빨리 말해."

◇◇◇◇◇

오지영은 재킷 주머니에 넣은 팥알을 만지작거렸다. 홍은결이 말해 준 대로 상문살을 막기 위해 미리 주머니에 넣어 둔 붉은 팥이었다.

걔는 왜 또 그런 말을 해서 사람 불안하게 만드는 거야.

조문하러 가는 길은 몹시 거북했다. 국내 항공사 승무원들의 연이은 자살에 언론과 사람들의 이목이 집중되는 상황도 불편했지만, 뭣보다 박은하가 죽은 뒤에도 관심을 받는 모양새가 아니꼬웠다.

친한 사이도 아니었다. 아니, 오히려 원수지간보다도 더 못한 사이였다.

따지고 보면, 박은하를 은근히 따돌리고 험담하기도 했다. 지난 기억을 떠올려 보면서 비행 중 자신이 했던 말 때문일지 모른다는 의심도 해 보았으니까. 아주 살짝, 그럴 수도 있겠다는 생각이 들기도 했지만, 결국에는 절대 그럴 리 없다고 확신했다. 그건 아주 사소한 일이었으니까.

"감정 상한 건 하룻밤 자면 사라지는 거 아냐? 그것도 못 참고 어떻게 직장 생활을 하겠다는 거야? 안 그래? 솔직히 알파연대 사람들이 더하면 더했어. 나 정도면 양반이지. 그런 말은 일하면서 생기는 사소한 의견 차이지 뭐. 안 그래?"

오지영이 장채린에게 물었다. 수화기 너머 장채린은 '네, 네, 맞아요' 맞장구쳤다.

억울하다는 생각도 들었다. 솔직히 박은하가 팀 내에서 고립되는 데에는 오지영의 역할이 컸던 것도 사실이다. 그 덕분에 최선영에게 신임을 얻고 인사 고과도 챙겼지만, 극단적인 선택까지 하게 만든 사람은 자기가 아니지 않은가. 정작 박은하와 가까이 지낸 알파연대 사람들이 '배신자'라 부르며 대놓고 혐오감을 드러내지 않았던가.

"박은하를 죽음까지 몰아세운 건 알파연대 사람들이라고. 안 그래?"

—네, 네, 맞아요.

수화기 너머에서 장채린이 대답했다.

오지영은 그렇게 결론 내렸다. 언제는 유능한 인재라며 띄워 주고 노조의 얼굴이자 알파에어의 희망이라며 추켜세우고 추앙하더니만, 어느 순간 돌변해서는 배신자라고 득달같이 달려들면서 물고 뜯더니, 죽고 나니까 질질 짜고 슬퍼하는 꼴이라니. 눈꼴사나웠다.

"솔직히 까놓고 말해서 이번 일은 다 최선영 부팀장님 때문이야. 박은하를 알파연대에서 탈퇴하게 만들려고 일부러 법무팀에 보냈잖아. 이건 몰랐지? 이번에 법무팀에서 새로 직원 징계 조항을 만드는 데 끼도록 말이야. 문서 작성 좀 했다고 바로 역적이 된 거지. 영주 선배가 첫 희생양이 된 거고. 참나! 웃기지 않니? 더럽고, 치사하면, 회사를 그만두거나 다른 데로 가면 되지. 죽긴 왜 죽어? 안 그래?"

—네, 네, 맞아요.

"그래서 하는 말인데, 채린아, 좀 일찍 와서 같이 들어가자. 언제 올 거야?"

—저는 따로 가야 할 것 같아요.

"따로 간다고? 왜?"

—갑자기 일이 생겨서요. 이따가 저녁 늦게나 도착할 것 같아요.

이따가 따로 간다는 말이 오지영에게는 안 간다는 말처럼 들렸다.

묻지 않아도 자신에 대해 시시콜콜 얘기하고 아주 세밀한 부분까지 말하던 장채린이었다. '갑자기 일이 생겨서요'라고 대충 얼버무린다? 그렇게 일반적이고 간단하게 말하는 일은 절대 없었다. 가령, '주말에 아는 사람과 만났다'라는 사소한 얘기도 '주말에 대학교 같은 과 선배가 소개해 준 K대 나와서 L기업에 다니는 대치동 사는 오빠와 신논현역 테라스 카페에서 만나 말차라테를 먹고 그다음에는 홍대로 가서 놀았거든요'라는 식으로 길고 세세하게 말하는 타입이었다.

생각하면 할수록 오지영은 점점 언짢아졌다. 더구나 이렇게 내키지 않는 조문은 정말 싫었다. 어쨌든, 오지영은 장례식에 가야 했다. 알파연대를 마뜩잖게 보던 최선영의 의중을 잘 파악해서 자발적으로 일으킨 몇 가지 일들이 최선영의 마음에 들었고, 최선영의 오른팔이 되는 데 결정적인 역할을 했지만, 무슨 일만 생기면 무수리처럼 따라다녀야 하니 그것도 피곤한 일이었다.

"그깟 홍보 모델이 뭐가 대수라고…… ."

오지영의 입에서 볼멘소리가 흘러나왔다. 최선영이 가만히 있으라고 눈치를 주자 오지영은 입을 꾹 다물고 재킷 주머니 속 팔알을 만지작거렸다.

누구에게도 말하지 않았지만, 오지영은 조문이 끝나면 백화점이든 마트든 사람 많은 곳에 들렀다가 집에 들어가자마자 몸에 굵은소금을 뿌릴 계획이다. 상문살을 맞지 않기 위해, 액땜해야 하니까.

오지영은 회사 직원들의 잇따른 자살이 전염병처럼 퍼지는 것 같아 무서웠다. 혹시나 그 불행이 자기한테도 옮겨 올까 봐 두려웠다. 막을 수 있다면 뭐든 하고 싶었다. 내색은 안

해도 다들 그렇게 생각하리라.

다행히 신은 오지영 편이었다. 이진혁과 남상진이 먼저 가겠다고 얘기하고 자리를 뜨는 덕분에 최선영과 오지영도 일찍 나올 수 있었다. 미리 붉은 팥을 준비한 덕분이라고 생각한 오지영은 다음 액땜을 위해 서둘러 지하철역으로 향했다.

"지영 씨, 내 차 타고 가자."

최선영이 오지영을 불러 세웠다.

액땜해야 하는데.

오지영은 잠시 망설였다. 귀신도 무섭지만, 최선영이 더 무서웠다.

집에 가서 소금만 뿌려도 괜찮겠지? 괜찮을 거야.

윗선의 총애를 받는 최선영과 각별한 사이가 된다면 앞으로 인사 고과나 승진에 큰 보탬이 될 것이다. 소금은 나중에 천천히, 두고두고 뿌려도 괜찮다. 오지영은 최선영의 차에 올라탔다.

벤츠 E클래스는 훌륭했다. 고급스러운 내부 인테리어와 안락한 승차감도 훌륭했지만, 무엇보다 이 삼복더위에도 차에 타자마자 북극처럼 시원하게 냉각되는 에어컨이 환상적이었다.

역시 좋은 차를 타야 해.

오지영은 최선영이 다 가진 사람처럼 보였다. 대기업 임원인 남편도 있고, 유치원 다니는 딸도 있다고 했다. 멋지게 핸들을 돌리는 최선영은 오지영에게는 '워너비' 그 자체였다. 그녀의 눈에 들어야 한다. 더욱더.

"언니, 회사에 박은하 남자 친구가 있다던데 누군지 알고 있었어요?"

"진짜? 누구?"

오지영은 우쭐대며 최선영이 모르는 소문에 대해 말하기 시작했다.

"K 부기장하고 박은하하고, 그렇고 그런 사이였대요. 그런데 더 기가 찬 건, 박은하가 양다리를 걸쳤대요. 불쌍한 K, 혼자서만 끙끙 속앓이했다고 하더라고요. 근데 그 양다리 상대도 애 딸린 유부남이었대요!"

"그냥 소문이겠지."

"사내 연애 금지 조항 덕을 톡톡히 본 거죠! 남자들이 어디 가서 말도 못 하고, 혼자 끙끙 앓았대요. K 부기장, 학교도 좋은 데 나오고 인물도 좋고 집안도 괜찮던데, 뭐가 아쉽다고 박은하 같은 애랑."

"설마……?"

"정말이라니까요! 박은하가 남들 앞에서는 착한 척하다가 뒤통수치는 스타일이잖아요! 영주 선배도 얼마나 박은하를 예뻐했어요? 그랬는데도 근무 평가표 하나로 골로 보냈잖아요. 알파연대에 가입한 제 친구가 그러는데, 거기 노조원들도 박은하한테 배신당했다고 난리래요. 거기다가 남상진 사무장하고도 그렇고 그런 사이라던데요?"

"이제 고인이 된 사람 얘기를 그렇게 안 좋게 말하는 건 좀 듣기 거북하네. 그래도 다 같이 우리 알파에어 식구였는데……."

최선영의 말에 오지영은 입을 꾹 다물었다. 잘 보이려다가 오히려 역효과가 났나 싶어 속이 타들어 갔다.

요 입이 방정이지.

최선영은 한동안 말이 없었다. 운전에 집중한 탓인지 아니면 다른 생각을 하는지 알 수 없어 오지영은 눈치만 살폈다.

"알파연대 사람들, 좀 너무한 것 같아. 사람 속은 참 알기 힘들어. 그치?"

자신이 아니라 알파연대 사람들을 안 좋게 보는 최선영의 말에 오지영은 마음이 놓였다.

"네, 맞아요. 참 힘든 게 사람 관계죠."

최선영은 한참 뜸을 들이다가 오지영에게만 얘기하는 거라며 입을 열었다.

"우리끼리 하는 얘기야. 어디 가서 말하면 안 돼."

"그럼요! 저 입 무거워요."

"알파연대 간부들이 좀 이상한 것 같아."

"뭔데요?"

최선영은 오지영을 힐끗 바라보았다.

"노조가 직원들 처우를 개선하려면 회사와 협상을 해야 하는데, 기업 노조하고 알파연대하고 단체 교섭권 갖고 싸우느라 협상이 계속 미뤄지고 있거든. 알파연대 간부들은 자기들 이익 챙기는 데 더 관심 있는 것 같더라고. 그래서 알파연대에서 탈퇴하는 직원들도 제법 많은가 봐."

"아니, 사람들이 어떻게 그럴 수 있대요? 진짜 너무하네!"

"아직 확인된 건 없어. 의혹이지."

"뭐 안 봐도 뻔하죠."

"그러니까 혼자만 알고 있어. 알파연대에서 들고 일어날지도 몰라."

"알겠어요."

최선영은 오지영이 마음에 들었다. 무엇보다 단순하고 따지지 않고 루머에 잘 혹하는 기질이 필요했다. 쓸데없이 묻고 토 달며 시키는 일도 안 하는 이진혁한테는 신물이 나던 차였다. 그래도 당분간은 지켜봐야 한다.

"아, 지영 씨, 그래서 말인데, 지영 씨의 도움이 너무 절실해. 나 좀 도와줄 수 있어?"

"물론이죠! 맡겨만 주세요."

11. 장채린

—따로 간다고? 왜?

"갑자기 일이 생겨서요. 이따가 저녁 늦게나 도착할 것 같아요."

장채린은 대충 얼버무렸다.

며칠 전, 장채린은 김한수가 밤늦게 조문하러 간다는 정보를 입수했다. 처음 조문 일정에 김한수는 없었다. 미주 노선으로 2박 3일 레이오버 비행이었으나 갑자기 동남아 퀵턴으로 바뀌면서 늦게라도 장례식장에 가겠다고 알려 왔다는 것이다. 박은하와 함께 회사 홍보 모델로 활약했던 사이니, 김한수로서는 당연한 결정이었다.

어차피 가도 그만, 안 가도 그만인 조문이라 안 갈 핑계를 댈 생각이었지만, 김한수가 온다는 소식을 들었으니 가만히 있을 수 없지 않은가. 한수 씨의 검은 정장 버전이라니. 장채린은 군침을 흘리며 그 시각에 맞춰서 장례식장에 가야겠다고 마음먹은 참이었다. 오지영과 함께 조문하러 갈 이유도 없지만, 안 가는 이유를 굳이 알릴 필요도 없었다. 아니, 오히려 이유를 말하면 남자를 밝힌다느니 어쩌니 하면서 헛물켜지 말라고 오지영이 잔소리를 한바탕 늘어놓을 게 뻔했다.

말은 안 해도 오지영은 내심 부러운 눈치였다. 오지영도 최선영과 함께 가지 않는다면 굳이 가고 싶지 않은 자리였을 것이다. 누구보다 박은하를 괴롭히는 데 앞장섰으니, 조문하러 가기가 더욱 껄끄러웠을 테지.

양심은 있나 보네.

장채린은 속으로 비웃었다. 어찌 됐든, 장채린에게는 관심 밖의 일이었다. 오지영이 최선영에게 잘 보이려고 조문을 가든 말든, 장채린은 앞으로 맛볼 행복에 들떠 있었다.

기뻤다. 김한수가 같은 팀에 합류한다는 소식에 세상을 다 가진 기분이었다. 너무 즐겁고 신이 났다. 내내 마음이 설레고 기대감에 붕 뜬 기분이었다.

이미 파악한 정보대로 김한수는 조문객이 뜸한 밤에 나타났다. 장채린은 병원 장례식장 밖에서 몰래 김한수가 나오기만을 기다렸다. 빈소로 들어가지 않고 장례식장 입구 밖에서 김한수만 볼 생각이었다.

"왜 안 들어가고 여기 있어?"

귀에 익은 남자 목소리가 들렸다. 이진혁이었다. 장채린은 쭈뼛거리며 돌아봤다.

"아, 선배님, 안녕하세요? 이제 들어가려고요."

적당히 얼버무리고 자리를 피하려는데, 이진혁이 장채린의 옆에 서서 먼 곳을 바라보았다. 무슨 할 얘기가 있는 것도 아니면서 가지 않고 옆에 서 있으니 여간 거북스러운 게 아니었다. 그렇게 서 있던 이진혁이 이번에는 장채린을 빤히 바라보았다. 속내를 들킨 것 같아 피하려는데 이진혁이 입을 열었다.

"사람 관계가 참 힘들어. 그치?"

이진혁의 말에 장채린은 "네, 네, 맞아요"라고 말하며 적당히 맞장구를 쳤다.

"가까운 사람이 제일 힘든 것 같아."

"네, 네, 맞아요."

제발, 빨리 좀 가 줘라.

장채린은 똑같은 말로 맞장구를 쳐 주면서도 이진혁이 빨리 가 줬으면 싶었다.

"가야겠다. 힘든 일 있으면 언제든 연락해."

내심 놀랐다. 이진혁이 자신의 속마음을 읽은 게 아닌가 싶어 장채린은 슬그머니 눈치를 살폈다. 이진혁은 벙싯거리며 눈웃음을 한 번 지어 보이고는 손을 들어 작별 인사를 남기고 떠났다. 장채린은 등을 돌리고 저벅저벅 걸어가는 이진혁의 뒷모습을 물끄러미 바라보았다. 마음이 놓이면서도 뒷맛이 개운치 않아 신경이 쓰였다.

이윽고 김한수가 밖으로 나왔다. 계획대로 장채린은 김한수를 몰래 따라갔다. 멀리서 바라만 봐도 좋았다. 예상대로 유니폼 차림이 아닌 '올 블랙 슈트 버전'의 김한수였다. 남자답고 널찍한 어깨, 정갈한 머리카락, 늘씬하고 단단한 뒷모습.

장채린은 구름 위를 걷는 기분이었다.

이제는 비행마다 함께야.

장채린은 비행 있는 날이 손꼽아 기다려졌다. 앞으로는 일도 같이하고, 밥도 같이 먹고, 잠도 같이 자고(물론 벙커에서 따로), 잘만 하면 연인 사이로도 발전할 수 있으리라. 물론 사내 연애는 금지지만.

뭐 다들 몰래몰래 잘만 사귄다더라.

그러는 사이 김한수가 호텔로 향했다.

호텔이라니. 장채린은 찜찜하면서도 야릇한 예감이 들었다. 도대체 누구를 만나는지 알 수 없지만, 상대가 누구든 간에 불쾌했다.

김한수의 발걸음이 호텔 커피숍에 다다르자 장채린은 안도의 한숨을 내쉬었다.

그래, 커피 마시면서 얘기나 하다 가겠지.

커피숍 문을 연 김한수가 누군가를 향해 손을 들어 보였다가 내렸다. 누구를 향한 인사인지 장채린은 고개를 쭉 빼며 호기심 섞인 눈길을 쏘아댔다. 눈길이 닿은 그곳에 최선영이 앉아 있었다.

끔찍했다.

최선영이 김한수에게 잘 보이려고 아양 떠는 모습은 불쾌하다 못해 혐오감이 일었다. 아끼고 소중히 가꾸는 꽃밭에 누군가가 쓰레기를 버리고 간 기분이었다. 차라리 젊고, 예쁘고, 세련된 미혼 여자와 함께 있었다면 적어도 이렇게 더러운 기분은 들지 않았을 텐데.

장채린은 분노가 치밀었다. 스마트폰으로 두 사람의 사진을 찍었다. 손이 떨려 화질이 좋지는 않았지만, 누구인지 알아볼 수는 있었다.

12. 김한수

김한수는 호텔 로비에 들어섰다. 저만치서 반갑다고 손을 들어 인사하는 최선영이 보였다. 김한수는 손을 들어 보이며 화답하고는 옅은 숨을 내쉬었다. 사람이 하찮아지는 건 순식간이라는 생각이 들었다. 어쨌든, 순간의 부끄러움만 참고 얻을 건 얻고 취할 건 취하면 그만이다.

"잘 다녀왔어?"

김한수를 향해 최선영이 살갑게 물었다.

"네. 갑자기 스케줄이 바뀌는 덕분에 겨우 다녀왔어요. 내일 새벽이 발인이라서 하마터면 못 갈 뻔했어요."

"그래, 잘했어. 마음이 참 헛헛하겠어. 은하랑 각별했던 사이인데."

"각별하긴요. 일방적으로 차였는데요, 뭐."

"그래도 두 사람 참 잘 어울렸는데. 이런 말 하기도 그렇다. 그래, 문상객은 많았고?"

최선영은 못내 아쉬워하다가 대화 주제를 돌렸다.

"낮에 알파연대 사람들이 많이 다녀갔다고 하더라고요. 사람이 거의 없었어요."

아니었다. 딱 한 명. 몹시 거슬리는 남자가 하나 있었다.

김한수는 이진혁을 떠올렸다. 가끔 팀 연합으로 함께 비행했던 시니어 승무원이었다. 사람들과 잘 지내고 여럿이 있을 때는 실없는 농담을 자주 하는 타입이었지만, 막상 혼자 있을 때는 위험하고 살벌한 기운을 뿜어 대서 기억하고 있었다.

무엇보다 김한수에게 노골적인 적의를 드러냈다. 시기나 질투라기보다는 자신의 영역을 침범한 짐승을 보는 수컷처럼, 금방이라도 덤벼들어 숨통을 끊을 듯한 매서운 눈빛을 퍼부었다. 맹수 같은 공격성. 그걸 감추느라 실실거리는 게 아닐까. 그런 남자가 장례식장 구석에 앉아 혼자 청승맞게 소주를 마시고 있다니. 김한수는 이진혁이 박은하와 어떤 관계일까 의아했다.

처음에는 알파연대 사람인가 싶었지만, 조합원 명단에는 없었다. 들리는 말로는 남상진의 대학 후배여서 종종 알파연대 일을 도와준다는 듯했다. 그런 사람 치고는 박은하의 주위를 맴도는 모습이 너무 자주 보였다. 태도도 일관성이 없었다. 살얼음을 걷는 듯 조심조심 주위를 서성이며 일거수일투족을 감시하는 듯하다가도 전혀 상관없는 사람처럼 멀찍이 떨어져 있었다. 애처롭고 짠한 눈빛을 보내는가 하면 원망과 분노를 참는 듯한 눈빛도 보였다.

그래 봤자, 뻔한 남녀 사이겠지.

김한수의 눈에 보일 정도면 이미 최선영도 알지 않았을까. 이진혁이 박은하와 사내 비밀 커플이든 아니든, 그런 건 김한수에게는 딱히 중요하지 않았다. 그보다 다른 것이 신경 쓰였다.

"참, 부팀장님 팀에 있는 이진혁이라는 사람 있죠? 그 인간 어때요?"

"왜?"

"그냥, 가끔 눈이 마주치는데, 나를 보는 눈빛이 좀 기분 나쁘달까? 혹시, 그 인간도 부팀장님의 알파맨인가요?"

김한수는 돌리지 않고 직구를 던졌다.

"알파맨은 무슨. 엮이면 골치 아픈 인간이니까 무시해."

도발적인 물음에 당황하는 반응을 기대했지만, 최선영은 동요조차 하지 않았다. 평상심을 유지하는 최선영의 태도에 김한수는 혀를 내둘렀다.

이진혁이 거슬리는 이유는 또 있었다. 최선영이 아무리 부정적으로 말해도 이진혁과 최선영, 이 둘 사이에는 어떤 연결점이 있는 듯 보였다. 철두철미한 최선영의 성격상 알파맨이 한둘이진 않을 테고, 이진혁이 알파맨이라면 김한수도 알게 모르게 감시를 당하고 있을 터였다. 추후 어떤 식으로 덤터기를 쓸지 모르니 신경이 곤두서는 건 사실이었다. 어쨌든, 최선영과 함께 있는 시간을 잘 활용해서 어떻게든 점수를 따 놔야 한다.

"요즘 알파연대에서 탈퇴하는 사람들이 많아졌더라."

최선영이 김한수를 바라보며 활짝 웃었다. 김한수는 화답하듯 미소를 지어 보였다.

"한수 씨가 애써 준 덕분이지. 섭섭하지 않게 잘 해줬지?"

"그럼요. 은근슬쩍, 티 나지 않게, 섭섭하지도 않게."

"나도 섭섭지 않게 채워줄게."

두 사람은 서로를 바라보며 웃었다.

은근슬쩍. 티 나지 않게. 알파연대 조합원들이 탈퇴하고 기업 노조에 가입하게끔 유도하는 일을 김한수가 주로 해왔지만, 최근 부쩍 일이 잘 풀리고 있었다.

"총파업은 연기될 것 같아요. 내일 갑자기 알파연대 간부회의가 소집되었는데, 파업 일정에 대한 논의가 있을 거랍니다. 탈퇴하는 조합원들이 대거 많아지는 분위기라고 해요. 강경파들은 하루라도 빨리 파업을 강행해야 단체 교섭권을 확보할 수 있다고 주장한다지만……."

'그 사람들이 알파연대 사람이기만 해요? 다 같은 회사 직원 아닙니까?'

최선영은 미간을 찌푸렸다. 이진혁의 부르짖음이 떠올랐다.

"그때 처리했어야 했는데……."

최선영은 강경파들이 거슬렸다. 남상진과 박은하를 주축으로 정영주와 간부 몇 명이 유독 적극적이고 급진적이었다. 그때 이진혁이 투서를 냈으면 일이 착착 진행됐을 터였다.

"그때? 그때라뇨?"

김한수는 최선영이 언짢아하는 기색을 눈치챘다.

"아, 아냐. 우리 데이트나 할까?"

때마침, 진동음이 울렸다. 최선영은 스마트폰을 꺼내더니 통화 거절 버튼을 눌러 버렸다. 최선영의 어린 딸로부터 온 전

화임을 안 김한수는 괜히 우쭐해졌다. 쓸데없는 걱정을 했다
는 생각에 웃음이 비어져 나왔다.

13. 이진혁(4)

밤이 되었다. 장례식장은 휑뎅그렁했다.

낮에는 회사 직원들과 임원들이 대거 다녀간 탓에 시끌벅적했지만, 이미 올 사람들은 전부 다녀갔는지 사람이 별로 없었다.

오히려 사람보다 화환이 많았다. 장례식장 입구에 줄지어 선 근조 화환을 보고 이진혁은 눈살을 찌푸렸다. 이진혁의 시선은 유난히 크고 화려한 3단 근조 화환에서 멈추었다. '삼가 고인의 명복을 빕니다. 인플루언서 신현오'라고 쓰여 있었다. 굵고 징그러운 뱀 같은 글씨체를 보자 이진혁은 주먹을 쥐었다. 마음 같아서는 화환을 부숴 버리고 싶었지만, 꾹 참았다.

언젠가는 반드시 내 손으로 끝장낸다.

이진혁은 이를 악물었다가 숨을 내쉬고는 안으로 들어갔다.

텅 빈 빈소에는 지친 유가족들이 벽에 기대어 앉거나 바닥에 아무렇게나 누워 잠을 청했다. 눈물도 울음도 다 말라

비틀어진 상주가 빈소 옆에 웅크리고 앉아 색색거리며 졸고 있었다.

이진혁은 조심조심 영정 앞으로 다가갔다. 향을 피울까, 헌화를 할까, 잠시 망설이다가 하얀 국화꽃 한 송이를 들고 영정 사진을 바라보았다. 영정 속 박은하가 국화꽃처럼 말간 얼굴에 단아한 미소를 짓고 있었다. 이진혁은 꽃을 올리고 잠시 묵념한 후 잠든 상주를 향해 가만히 묵례했다.

그러고 나서 편육 한 접시와 소주 한 병을 들고는 구석진 자리에 앉았다.

이 지독한 여자야.

회장 아들 신현오가 저질렀던 성추행 사건에 휘말렸을 때도, 사측에서 온갖 더럽고 치사한 술수에 말려도, 법무팀으로 보복 인사를 당해도 절대로 그만두지 않겠다고 다짐하던 박은하였다. 그랬던 박은하가 스스로 목숨을 끊다니, 슬픔보다 배신감이 일었다. 진혁은 나지막이 욕설을 내뱉으며 소주를 들이켰다.

전하지 못한 말들이 떠올랐다. 그날처럼 난기류에서 벗어나길 간절히 바랐던 적은 없었다. 미안하다고, 다 헛소리였다고, 힘들어하는 널 보니 화가 나서 그랬다고, 무슨 말이든 해야 했다. 그날의 기억이 떠올라 진혁은 잠시 눈을 감았다.

◇◇◇◇◇

비행기가 난기류에서 벗어나자마자, 이진혁은 서둘러 벙커로 내려갔다. 황급히 사다리를 내려가다 미끄러져 넘어지고 말았다. 일어나 보니 흥건히 고인 핏빛 웅덩이 옆에 박은하가 누워 있었다. 박은하의 하얗고 가녀린 목에서 검붉은 핏줄기가 솟구쳐 흘러내렸다.

이진혁은 다급히 소리쳤다. 박은하의 손에는 펜이 들려 있었다. 경동맥을 찌른 흉기였다. 힘껏 찔렀는지 혈흔이 묻어 있었다. 까만 티타늄 재질의 택티컬 펜. 이진혁이 준 선물이었다.

'잘 지니고 다녀. 신현오 그놈이 또 헛짓거리하면, 그땐 여길 찔러 버려.'

이진혁은 자기 턱 아래, 목의 측면 맥이 뛰는 곳을 자기 손가락으로 누르며 했던 말이 떠올랐다.

순간, 이진혁의 입에서 괴성이 터졌다. 지금까지 살면서 그렇게 큰 목소리로 고함쳐 보기는 처음이었다.

왜 하필!

황급히 박은하의 목을 막았다. 한 손으로 출혈 부위를 막고 다른 한 손으로 더듬거리며 지혈할 만한 물건을 찾았다. 스카프가 만져졌다. 다급하게 출혈 부위에 대고 힘껏 누르자 스카프가 금세 붉게 물들었다.

때마침 누가 잠을 청하러 왔는지, 인기척이 났다가 후다닥 뛰어가는 소리가 들렸다. 미처 뒤돌아볼 새도 없었다. 뜨끈하고 끈적이는 액체에 손이 미끄러졌다. 이진혁은 다시 출혈 부위를 힘주어 눌렀다. 손가락 틈 사이로 새어 나온 피가 박은하의 블라우스를 적셨다.

"제발, 제발…… 제발, 눈 좀 떠!"

이진혁은 박은하의 머리를 안아 올렸다. 가냘프고 야윈 몸이 축 늘어지며 싸늘하게 식어 갔다. 차가운 체온이 느껴지자 이진혁은 온몸에 식은땀이 흐르고 한기가 돌았다. 비릿한 피 냄새가 진동하자 의식이 점점 몽롱해졌다. 중력도 공기도 없는 진공의 공간에 자신과 박은하만 있는 듯한 기분이 들었다. 먹먹해진 귓가에 꼴사납게 울먹이는 소리만 들렸다. 이진혁은 그것이 자기 목에서 나오는 소리인지조차 알 수 없었다.

어딘가에서 굵은 남자 목소리가 들렸다. 남상진이 급히 달려와 박은하를 반듯한 자세로 눕히더니 심폐 소생술을 시행했다. 이진혁은 여전히 출혈 부위를 누른 채 힘없이 눈동자만 움직여 남상진이 박은하의 흉부를 압박하는 모습을 바라보았다.

심폐 소생술은 금세 끝나 버린 것 같았다. 얼마 되지도 않는 짧은 시간이었는데, 땀에 흠뻑 젖은 남상진이 거친 숨을 몰아쉬며 일어났다. 너무 빨리 포기해 버린 것 같아 이진혁은 화가 났다. 남상진이 고개를 저었다.

그렇게 고개만 젓지 말고, 계속 압박하라고! 그럴 시간에 살려 내라고!

그 말은 입안에만 맴돌았다. 이진혁은 차마 말을 뱉지 못하고 흐느끼기만 했다. 남상진이 이진혁의 손을 떼어 내려 하자 강팍하게 저항하는 어깻짓이 일었다. 이진혁은 피 묻은 손을 덜덜 떨면서도 상처를 틀어막았다.

“이제 됐어. 그만 놔 줘.”

남상진이 이진혁의 굳은 어깨를 토닥이자 그제야 이진혁은 손을 떼었다. 남상진은 기장에게 보고하겠다는 말을 남기고는 사라졌다.

홀로 남은 이진혁은 분노에 휩싸였다. 이토록 허망하게 목숨을 버린 박은하 때문인지, 아무것도 할 수 없었던 못난 자기 자신 때문인지 알 수 없었다.

◇◇◇◇◇

이진혁은 소주잔을 든 자기 손을 바라보며 나지막이 욕설을 내뱉었다. 고작 욕설을 뱉는 일밖에 할 수 없었던 자신이, 그날의 피비린내가, 꼴사납게 떨고 있던 손이 혐오스러워 견딜 수 없었다. 두 손으로 얼굴을 감쌌다. 눈물을 보이면 더 꼴사나워질 것만 같았다.

알고 있었다. 고된 노동 환경과 폭력적인 사내 분위기를 박은하는 힘들어했다. 동료들의 징계를 정당화한 작업을, 남에게 피해를 주고 상처 주는 일을 괴로워했다. 알파연대에서 사람들과 힘을 모아 바꾸려고 했다. 모욕과 불이익을 당했다. 결국, 배신자라는 낙인과 동료들의 증오에 무너지고 말았다. 그런 박은하를 이진혁은 방관했다.

그깟 노조가 뭐라고. 차라리 나오고 말지.

이타적이고 열정적인 여자였다. 멋지기도 했지만, 이해가 안 가기도 했다. 옳지 못한 일은 바로잡아야 한다고 고집을 부리는 점이, 힘없는 정의는 무능하다며 무기력해지고 싶지 않다고 고백하는 말들이 이진혁은 피곤했다. 그런 은하가 떠날까 봐 두려웠다. 박은하에게 힘이 되어주지 못했던 자신이 부끄러웠다. 서로 끝과 끝으로 가 버린 운명이 원망스러웠다.

왜 우리는 이렇게 됐을까.

이진혁은 또다시 욕설을 내뱉으며 술잔에 소주를 따르고 한입에 들이켰다.

조문객 하나가 등장했다. 있는 듯 없는 듯 조용히 공간을 차지하고 있던 이진혁과 달리 조문객은 사람들의 이목을 집중시켰다. 자고 있던 유족들이 부스스 일어나고 주위가 술렁였다. 호리호리하고 키가 큰 남자는 멀리서 봐도 연예인처럼 이목구비가 잘생겼다.

박은하 옆에서 알짱대던 그놈이네.

이진혁은 미간을 찌푸렸다. 박은하에게 고백했다가 거절당했던 김한수다. 남자 친구가 있다고, 박은하가 거절했는데도 주위를 맴돌아 신경을 곤두세우게 만든 장본인이었고, 연인 사이에 쓸데없는 다툼의 원인을 제공한 남자였다. 그리고 알파연대 소속이면서 조합원들의 탈퇴를 은근히 종용하고 다녔던 놈이다.

무엇보다도, 이진혁처럼 최선영의 알파맨 중 하나일 것이다. 뱀 같은 놈. 법무팀 징계 조항 작성 건을 박은하의 책임으로 몰아간 것도 알파연대 내부에서 처음 시작된 일이었다. 분명 최선영이 누군가에게 흘렸을 것이고 알파연대 내부로 문건을 돌린 범인으로는 김한수가 유력하다고 이진혁은 생각했다.

그뿐만이 아니었다. 이진혁이 거짓과 진실을 적당히 섞어서 준 정보를 최선영은 놀랍게도 잘 구분했고, 원하는 바를 얻어냈다. 분명, 알파맨이 여럿 존재하리라.

고개를 돌리던 김한수와 이진혁의 눈이 마주쳤다. 두 남자는 한동안 시선을 피하지 않았다. 본능이 부딪힌 두 남자는 서로를 경계하였다. 노려보는 이진혁의 시선을 담담히 받아내던 김한수가 먼저 시선을 피했다. 김한수가 조문하는 동안 이진혁은 자리에서 일어나 조용히 장례식장을 나섰다.

이진혁은 건물 뒤편으로 돌아갔다. 기다렸다. 어떤 계획이 있는 건 아니었다. 기다리는 동안 생각을 정리했다. 양심과 악의가 시소를 타는 듯하더니 악의 쪽으로 기울었다.

그래, 될 대로 돼라. 어차피 뜻대로 되지 않는 게 인생이더라.

악의든 양심이든 울분이든, 그게 뭐든 간에 이진혁은 흘러나오는 대로 내버려 두었다. 어차피 행동으로 옮겨야 복수든 응징이든 이름을 붙일 수 있을 테니까.

복잡미묘한 감정들은 작은 샘물처럼 솟아오르고 커다란 물줄기를 이루었다. 이따금 해일처럼 크게 일어나기도 했지만, 이진혁은 휩쓸리지 않고 흐름을 타기 시작했다. 마치 파도를 타듯 힘을 뺀 채 흘러가는 대로 몸을 맡기고 움직이면 되었다. 마음은 차가워지고 정신은 또렷해졌다.

이진혁은 눈을 가늘게 뜨고 주변을 둘러보았다. 낯익은 뒷모습이 보였다. 키가 크고 등살이 툭 불거진 모습이 영락없는 장채린이었다. 최선영과 오지영과 장채린. 이 셋이 늘 세트였는데 장채린 혼자만 있으니 영 어색해 보였다. 밤늦은 시각에 따로 조문 올 정도로 박은하와 돈독한 사이도 아니었으니, 무슨 의도가 있는 듯했다. 장채린은 그 큰 덩치에 맞지 않게 좁은 벽돌 기둥에 몸을 숨기고는 고개를 뺐다가 다시 몸을 숨겼다. 누군가를 기다리는 모양새였다. 이진혁은 혼자 조문 온 김한수가 떠올랐다.

아……. 김한수 빠순이라는 소문이 맞았나 보네.

"왜 안 들어가고 여기 있어?"

이진혁이 장채린에게 다가가 물었다.

"아, 선배님! 안녕하세요? 이제 들어가려고요."

말은 그렇게 했지만, 장채린은 장례식장으로 이동하지 않고 머뭇거렸다. 누군가를 기다리는 듯 입구 쪽을 힐끔거리며 안절부절못하는 모습을 보자 이진혁은 일부러 장채린의 옆으로 다가섰다.

"사람 관계가 참 힘들어. 그치?"

"네, 네. 맞아요."

장채린은 대충 대답하며 입구 쪽을 힐끔거렸다.

"가까운 사람이 제일 힘든 것 같아."

이진혁은 먼 곳을 응시하며 말했다. 장채린은 "네, 네, 맞아요"라고 말하며 적당히 맞장구를 쳤지만, 빨리 가 주었으면 하고 바라는 눈치가 훤히 보였다. 이진혁은 골리고 싶은 마음이 들었다.

"채린 씨는 요즘 일하는 거 안 힘들어?"

이진혁이 상냥한 목소리로 물었다.

"아, 네. 괜찮아요."

"다행이네."

이진혁은 뭉그적거렸다. 더 할까, 아니면 다른 계획으로 넘어갈까. 그러다 곧 저울질을 끝내고 입을 열었다.

“가야겠다. 힘든 일 있으면 언제든 연락해.”

이진혁은 장채린에게 손을 들어 작별 인사를 하고는 멀찌감치 떨어져서 지켜보았다.

이윽고 장례식장 밖으로 김한수가 나오고 그 뒤를 장채린이 쫓았다. 이진혁은 두 사람을 따라갔다. 장채린이 스마트폰을 들었다 내렸다 하면서 몰래 사진을 찍는 듯했다. 김한수를 놓치지 않으려고 안달하다가 보도의 연석에 발이 걸려 휘청거리기도 했다. 그런데도 장채린은 연신 방긋거리며 명랑하게 발걸음을 옮겼다.

머릿속이 꽃밭인 애구나.

쫓는 티를 내며 이리저리 몸을 숨기는 장채린도 우스꽝스러웠지만, 이를 전혀 눈치 못 채는 김한수도 대단하다 싶었다.

코웃음이 나왔다. 기왕 이렇게 된 이상, 몸을 숨기거나 종종걸음을 치며 뒤따르고 싶지도 않았다. 어깨를 펴고, 보폭을 크게 하며 여유로운 걸음으로 따라갔다. 높은 공중에서 조망하는 독수리처럼, 이진혁은 두 사람이 어디로 향하는지 훤히 내다보며 걸었다.

지나가던 여자들도 김한수를 힐끔힐끔 훔쳐보았다. 이진혁이 봐도 김한수는 준수하고 허우대가 멀쩡했다. 본인도 그걸 아는지, 굳이 나서지 않고 가만히 있기만 해도 여자들이 알아서 해결해 주는 걸 즐기는 듯했다.

복수일까 응징일까.

이진혁은 자신이 앞으로 치를 일에 이름을 붙이고자 했다.

그러는 사이 김한수가 호텔로 향했다. 발길을 멈추는 장채린의 모습이 보였다. 장채린의 둥근 어깨 너머로 김한수가 최선영을 만나는 모습이 눈에 들어왔다.

의심이 확신으로 변하는 순간이었다. 이진혁은 스마트폰을 꺼냈다. 사진을 찍고 잘 나왔나 살펴보았다. 프레임 안에 최선영과 김한수가 들어오게 한 방, 그리고 이 둘을 찍는 장채린이 나오도록 한 방 더.

찍은 사진을 보는 이진혁이 눈빛을 반짝였다. 잠시 악의의 파도에서 내려 더 큰 파도를 기다리기로 했다. 하나보다는 둘이, 둘보다는 셋이 나을 테니까.

14. 혼돈과 분열

"그게 말이 됩니까?"

남상진의 고함이 우렁우렁 울렸다. 경영진은 듣는 둥 마는 둥 했다.

박은하의 장례가 끝나자 알파에어 경영진은 박은하의 죽음에 회사는 책임이 없다는 태도로 일관하며 박은하의 자살이 개인의 우울증으로 인한 극단적 선택이라고 결론지으려 했다.

"뭐가 말이 안 되나? 평소 직원들하고 사이가 안 좋았다면서? 그 직원을 시기하고 질투하는 사람들이 많았다고 하지 않았나?"

"그건……."

"아무리 잘났어도 인성이 별로면 사람들이 싫어하죠."

옆에서 누군가가 거들었다.

"은하는 그런 사람 아니에요. 착한 친구입니다. 그럴 사람 아니라는 거, 부팀장도 알잖아!"

"억울하면 진실을 다투면 되지! 뭔가 켕기니까 극단적인 선택을 한 거 아닌가?"

"알파연대 사람들이 괜히 그랬겠어요. 배신자라고 했잖아요."

"그래, 맞아! 커피잔도 던지고, 막 소리 지르고 싸웠다는 증언도 있잖은가!"

"아니, 사소한 말다툼이잖아요! 그런 건 서로 생각이 다르니까 양쪽 얘기를 다 들어 봐야……."

"그 양쪽 모두 극단적인 선택을 했죠."

순간, 정적이 흘렀다.

온몸이 굳어 버린 남상진은 고개만 돌렸다. 누구의 입에서 나온 말인지 회의실 안을 둘러보았다. 시선이 멈춘 곳에 최선영이 있었다.

환멸감이 치밀어 올랐다. 남상진은 마치 숨은 본능을 깨우듯 괴력을 발산해 회의실 탁자를 들어 엎었다. 놀란 비명과 굉음이 쏟아졌다.

"자네 뭐 하는 짓이야! 이러고도 무사할 줄 알아?"

"네! 마음대로 하세요!"

남상진은 회의실 문을 박차고 나가 버렸다. 식식대는 남상진의 등 뒤로 임원들의 욕설과 아우성이 쏟아졌다.

◇◇◇◇◇

회사 익명 게시판에는 악의적인 루머가 돌았다. 박은하를 연상시킬 만한 키워드들이 난무하고, 가십 자체가 목적인 글이 도배되었다. 능력 있고 유망했던 직원은 어느새 무능하고 나약한 골칫거리로 변해 있었다. 늘 건강 상태가 안 좋았고, 누구나 힘들어도 버티는 상황에서 혼자만 엄살이 심했으며, 남자 직원들과 스캔들도 있었다. 가십과 루머는 꼬리에 꼬리를 물고 알파연대에 대한 부정적인 평판을 생산해 냈다.

알파연대 노조 사무실은 말 그대로 초상집 분위기였다. 하나둘 떠나는 사람이 늘어 갔다. 남상진이 사무실에 들어섰을 때는 비행을 마친 노조 위원회 대의원들이 자리에 앉아 있었다. 자리마다 사람이 차 있는데도 사무실 안은 썰렁했다.

정영주 다음에 박은하, 그다음엔 누구일까. 다들 입 밖으로 꺼내지 않을 뿐, 짐작은 하고 있었다. 순서는 정해져 있지 않아도 결말은 모두에게 비극이 될 것이다.

"총파업은 예정대로 진행합시다. 머릿수가 하나라도 더 있을 때 힘을 보여 줘야 해요."

남상진은 노조원들을 설득했지만, 이미 사기가 떨어진 조직은 의욕이 없었다. 알파연대는 분열되기 시작했다. 총파업보다 조직의 재정비가 시급했다.

남상진은 한발 물러난 대신 정영주와 박은하의 사망이 사측의 책임임을 주장하고 함께 유족 편에 서서 싸우자고 나섰다. 신대일 회장 때문에 생긴 폐습을 없애고 두 사람의 죽음이 헛되지 않도록 산재로 인정받아야 한다고 주장했다.

'업무상 과로와 스트레스로 인한 자살'

'인력 부족으로 인한 구조적 타살'

'부당한 업무 배치와 동료 간을 이간질하는 일터 괴롭힘으로 인한 자살'

회사와 알파연대가 팽팽하게 대립하는 가운데 알파에어 승무원의 잇따른 자살에 언론 보도가 끊이지 않았다. 때마침 회장 아들 신현오가 과거 기내에서 온갖 특혜를 받으며 여승무원에게 부적절한 성희롱을 했다는 등의 보도가 터지고, 알파에어 오너 가의 횡령과 탈세, 불법 등에 대한 제보가 잇따랐다.

자극적인 제목의 기사들이었지만, 투쟁에는 도움이 되었다. 회사 홍보 모델까지 했던 여자 승무원의 자살을 계기로 재벌 3세의 방탕과 오만과 추잡한 스캔들이 거론되면서 대중의 이목을 끌었다. 언론은 '알파에어 갑질', '승무원 자살', '성추행' 등 자극적인 키워드로 재미를 보고 난 후에야 비로소 사회적 사안에 집중했다.

양심적이라 자부하던 언론사 몇몇이 뒤늦게 코로나로 인한 항공업계의 불황과 부당 해고를 다루기 시작했다. 정리 해고와 무급 휴가로 떠난 인력들, 남은 직원들에게 쏠린 업무 과중, 새로 부활한 직원 사찰 제도와 개정된 징계 조항, 직장 내 괴롭힘 등 기획 보도가 잇따랐다. 항공업계 종사자들에게 선망의 대상이었던 알파에어는 어느새 조소와 야유의 대상이 되어 각종 인터넷 커뮤니티를 달구었다.

알파에어에 대한 부정적인 여론은 연일 이어졌다. 여론은 소비자의 불매 운동으로까지 이어져 알파에어는 매출에 타격을 입었다. 회복기에 접어든 신생 항공사의 항공 노선 증가도 알파에어 입장에서는 악재였다.

◇◇◇◇◇

신대일은 최선영을 불러들였다. 최선영은 면목 없다는 듯 고개만 푹 숙이고 있었다.

"도대체 언제까지 기다려야 해?"

신대일이 마뜩잖은 얼굴로 물었다.

"총파업이 무산되었는데도 놈들한테 끌려다니면 어쩌자는 거야?"

최선영은 더욱 움츠러들었다.

"실망인데? 현오 일을 잘 무마해 줘서 다른 일도 잘할 줄 알았더니……."

"그래도 알파연대 조합원 수가 줄어서 힘이 많이 약해졌어요. 조금만 시간을 더 주시면 확실하게 처리하겠습니다."

"시간이 남아도나? 노무 컨설팅에서 매뉴얼까지 받아 줬는데 일을 이렇게밖에 못 하면, 자네 실력이 거기까지인 거지."

최선영은 바싹 긴장되었지만, 아무 대꾸도 하지 않았다. 가타부타 말을 붙이면 더 피곤해진다.

"다시 한번 기대해 보겠어. 길게는 못 기다려. 결과로 대답하라고."

신대일이 등을 돌리며 나가라는 손짓을 하자 최선영은 정중히 허리 굽혀 인사하고는 회장실을 나섰다.

2부

15. 기회

'국내 항공사 승무원의 극단적 선택'

식당 텔레비전 화면에 굵직한 헤드라인이 나타났다. 냉면 그릇을 치우던 이수연의 손이 멈추었다. 팬데믹으로 인한 항공업계의 불황과 부당 해고, 업무 과중, 직장 내 괴롭힘 등 다양한 키워드가 지나갔다. 이수연은 심각한 표정으로 화면을 바라보았다. 다른 사람들은 식사에 집중하느라, 서빙을 하느라, 식탁을 치우느라 정신없었지만, 이수연만은 남 일 같지 않아 미간을 잔뜩 찌푸렸다.

어느새 뉴스 화면은 일기 예보로 바뀌었다. 같이 일하는 이모님이 이수연의 어깨를 툭 치더니 다음 치울 테이블을 가리켰다. 이수연은 행주를 들고 다음 테이블로, 또 그다음 테이블로 옮겨 가며 냉면 그릇과 앞접시들을 개수대로 옮겼다.

이수연보다 머리 하나 작은 이모님들이 잰걸음으로 움직였다. 커다란 스테인리스 쟁반에 담긴 냉면 그릇을 네댓 개씩

담아 주방에서 식당까지 쉴 새 없이 움직이는 모습은, 마치 동남아나 중국 여행지에서나 볼 법한 기예단 같았다. 아닌 게 아니라 이모님 대부분이 한국말이 서툰 중국인이거나 파키스탄인이거나 베트남 사람이었지만, 물냉면인지 비빔냉면인지, 겨자소스를 달라는 건지 사리 추가를 달라는 건지를 척척 알아듣고 민첩하게 움직였다. 오히려 말귀를 바로바로 못 알아듣고 버벅거리는 한국인 이수연이 낯선 나라에 떨어진 이방인처럼 느껴졌다.

갑질 관련 뉴스 보도가 연일 이어졌지만, 이수연은 앉아서 뉴스를 볼 틈도 체력도 마음의 여유도 없었다. 출퇴근 길에 유튜브에 짤막하게 오른 뉴스를 찾아보며 그간 상황이 어찌 돌아가는지 파악하려 했지만, 쪽잠을 청하는 것이 고작이었다.

—너, 거기 안 가길 잘했더라.

엄마는 이수연의 알파에어 채용 불합격을 반겼다. 이수연의 낙방은 전화위복으로, 새옹지마로, 엎어진 김에 쉬어 간다는 말로 아름답게 바뀌어 갔다. 엄마는 더 나은 미래가 있을 거라고 응원과 격려를 아끼지 않았다.

—안 간 거야? 못 간 거지.

전화기 너머로 이수호의 목소리가 들렸다가 사라졌다. 옆에 있었다면 등짝 한 대 맞고 쫓겨났을 녀석이. 이수연은 동생이 참 많이 컸다고 생각했다.

—어쨌든, 거기 갔으면 엄청나게 고생했을 거야. 너도 뉴스 봐서 알지? 오죽하면 스스로 목숨을 끊겠어. 너도 이제 아르바이트 그만하고 집에 와서 차근차근 다른 일 알아봐. 엄마

가 공무원 학원비 정도는 내줄 수 있어.

통화할 때마다 엄마는 걱정스러운 듯 말했다. 이수연은 씁쓸하면서도 착잡했다. 아무런 대답도 하지 않는 이수연에게 엄마는 나지막이 물었다.

—그 일을 꼭 해야겠니?

"아, 몰라."

이제는 뭐가 맞는지도 모르겠고, 어떻게 살아야 할지도 막막했다. 천직? 장래 희망? 꿈? 이런 걸 이루기 위해 노력하고 도전했던 시간이 자신의 인생에 어떤 의미였는지도 모르겠다. 끈기인지 집착인지, 도무지 알 수 없었다.

그런 고민과 별개로 이수연의 몸은 단순하고 솔직했다. 아침에 일어나서 적당히 끼니를 때운 뒤 출근하고, 몸을 쓰고, 집에 가면 녹초가 되어 쓰러져 자고, 다음 날 눈 뜨면 다시 아르바이트하러 나가는 단조로운 삶이 이어졌다. 몸이 고단하니 번뇌에 휩싸일 틈도 없었다.

팬데믹으로 문 닫는 가게들이 많아졌지만, 이수연이 일하는 식당은 그나마 사정이 나았다. 플라스틱 칸막이를 사이에 두고 식사해야 하는 번거로움이 있음에도, 사람들은 입맛 없고 더위에 지친 여름에 시원한 냉면 한 그릇을 삶의 위안으로 삼았다. 만 원이 안 되는 돈으로 소소한 행복을 채우고자 사람들이 들락날락하면 어떻게든 매출이 오르고, 이수연은 월급을 받을 수 있었다. 그런 점은 괜찮았다. 이 일을 계속하면서 젊음을 소진해도 될까, 하는 불안감이 드는 것만 빼고.

오후 휴식 시간이 끝날 무렵, 또다시 이수연의 스마트폰이 울렸다. 알파에어 인사 담당자였다.

이수연이 합격했다는 소식이었다. 인사 담당자는 결원이 발생해서 추가로 채용하게 되었고, 예전 항공사에서 근무한 경력이 짧아서 인턴으로 근무하다가 정직원으로 전환되는데 괜찮겠느냐고 물었다.

이수연은 바로 대답했다. 망설임은 없었다.

16. 닮은 사람

사람이 죽고 원혼이 늘었다. 그중에는 홍은결이 아는 사람도 있었다.

비행 있는 날이면 홍은결은 기도를 올렸다. 출발하기 전에 꼭 하는, 일종의 루틴이었다. 불경을 외거나 예배를 드리는 종교 의식은 아니었다. 승무원 생활에서 오래 살아남기 위한 홍은결 나름의 해법이기도 했다. 홍은결의 감과 촉이 알려 주고, 경험과 자료 조사를 통해 알아낸 정보로 쌓은 지혜였다.

박은하가 죽은 뒤부터 홍은결은 비행 때마다 기괴한 경험을 했다. 이상하게 일이 꼬이거나 갑작스러운 난기류를 만나거나 진상 승객이 광기에 사로잡혀 난동을 피울 때마다 정신이 아득하고 몸에 한기가 들었다.

점쟁이 말로는, 주위에 원혼이 있어서라고 그랬다. 알파에어의 비행기에는 기종마다 원혼이 타고 있다고도 말했다. 그 중에는 급사한 승객도 있고, 조종사도 있고, 객실 승무원도 있었다. 믿거나 말거나 하고 던진 말에 홍은결은 혹했다. 점쟁이가 하는 말이 진짜인지 가짜인지는 중요하지 않았다. 이해할 수 없는 기이한 결과에는 반드시 그 원인이 있어야 했다. 원혼은 인과였다.

원혼은 귀신, 원귀, 유령 등 다양한 말로도 바꿀 수 있다. 어쨌든, 한때 사람이었고, 일하다가 죽었고, 울분과 억울함이 남은 초현실적인 '존재'들이었다.

점쟁이는 홍은결의 사주팔자에 귀문관살이 있기 때문이랬다. 원혼이 홍은결의 몸을 들락날락하는 바람에 정신이 아득하고 몸살처럼 한기가 든다는 말이었다. 홍은결은 그 말을 믿어 버렸다. 그렇다고 귀신을 본다거나 대화를 한다거나 멀리 내쫓을 수 있는 능력이 있는 것은 아니라며, 점쟁이는 살풀이나 진오귀굿을 하거나 비행 때마다 부적을 사라고 권유했다. 홍은결은 거절했다. 터무니없이 비싸서였다.

점쟁이의 말대로라면, 원혼의 수는 계속 늘어 가고 줄지 않았다. 홍은결이 무얼 한다고 해서 달라질 일도 없었다. 혼자 그 많은 굿을 하고 부적값을 감당할 의무도 없거니와 형편이 넉넉한 것도 아니었으니까. 정신이 몽롱하고 으슬으슬 춥기만 하니 그 불편함과 꺼림칙한 기분을 조금만 참고 견디면 된다고 생각했다. 홍은결 같은 말단 월급쟁이 소시민은 그저 그날 비행이 무탈하게 끝나고 그 시간이 무사히 지나기만을 바라며 기도를 올리면 될 뿐이었다.

그러던 어느 날, 인턴이 새로 들어왔다. 이수연이라고 했다. 이번 하와이행 비행부터 합류하기로 했다며 짤막하게 자기소개를 마쳤다. 인턴치고는 나이가 제법 있어 보였다. 소문에 따르면 다른 국내 항공사에서 근무하다가 코로나 때문에 정리 해고를 당했다고 했다. 경력이 있는데 인턴이라니, 직장운이라곤 지지리도 없는 사람이라고 홍은결은 생각했다.

인상은 괜찮아 보였다. 싹싹한 미소와 예의 바른 태도와 적극적인 자세는 호감을 사기에 충분했다. 단정한 용모와 신뢰를 주는 눈빛도 마음에 들었다. 누군가가 자꾸 떠오르는데, 그게 누구인지 생각이 나지 않아 답답했지만, 곧 잊었다.

홍은결이 보기에 이수연은 이상한 사람이었다. 산 사람인데 죽은 사람처럼 느껴질 때가 간혹 있었다. 아니, 죽은 사람이라기보다는 원귀처럼 느껴진다고나 할까. 늘 그렇지는 않았지만, 어쩌다 가끔, 이수연에게서 한기가 뿜어져 나왔다. 그런 오싹하고 섬뜩한 한기는 산 사람에게서는 느껴지지 않는 기이하고 괴상한 것이었다.

홍은결은 그간 쌓아 왔던 원혼과 귀신에 관한 경험과 지식을 토대로 이런저런 가설과 해석을 늘어놓았다. 물론, 자주 찾는 점쟁이 앞에서였다.

이수연은 귀신이다.

이수연은 누군가의 원혼이 빙의한 사람이다.

이수연은 홍은결처럼 귀문관살을 타고난 사람이다.

점쟁이는 가부좌를 틀고 앉아서 가만가만 상체를 흔들며 홍은결의 얘기를 들었다. 다 듣고 난 점쟁이는 이수연 자체가 귀문일지도 모른다고 말했다. 귀신이 들락날락하는 존재. 홍은결은 한 치의 의심도 없이 그 말을 믿어 버렸다.

귀문이라니.

홍은결은 이수연의 존재 자체가 신비롭고 경이로웠다.

분분한 가설과 다양한 해석이야 어찌 됐든, 새로 들어온 이 '귀문 인턴'은 텃세를 당하고 사소한 분풀이의 희생양이 되고 있었다.

이수연의 등장으로 팀 내에서 빚어지는 상황과 양상은 기괴했다. 팀원들은 이수연을 힐끗힐끗 훔쳐보았다. 물론 홍은결도 포함해서다. 이수연과 눈이 마주치자마자 당황하며 시선을 돌리는 이가 있는가 하면, 안 본 척 자연스럽게 능청을 부리는 사람도 있고, 몇몇은 눈짓을 주고받으며 소곤거리기도 했다. 호기심과 두려움, 공포와 혐오가 산재해 있어 어지럽고 혼탁한 기운이 맴돌았다. 낯선 인물에게 갖는 관심이라고 하기에는 조금 지나쳐 보였다.

"겁나 폭폭허네."

홍은결이 혼잣말을 내뱉었다. 그러자 오지영의 손이 홍은결의 허벅지를 탁 때렸다. 눈에 띄지 않게 허리 아래로 쳐서 아무도 보지 못했을 것이다. 홍은결은 황당하다는 듯 오지영을 쳐다보았다.

"사투리 좀 쓰지 마. 촌스럽게시리."

오지영이 되려 핀잔하는 말로 낮게 속삭였다.

순식간에 얼굴이 홧홧했다. 애써 감추려는데 이수연과 눈이 마주쳤다. 이수연은 못 본 척 자연스럽게 고개를 돌렸다. 그런 이수연의 배려하는 듯한 태도가 홍은결은 마음에 들었다.

덕분에 홍은결도 대수롭지 않게 훌훌 털어 버릴 수 있었다. 아무 일도 아닌 듯 시선을 돌리는데, 그런 이수연을 빤히 바라보는 이진혁이 눈에 들어왔다. 뭐라 설명하기 힘든 아련하고 서글픈 눈빛이었다.

저 선배가 왜 저러지.

평소 인생 별거 있냐, 중간만 하면 된다는 말을 입에 달고 다니며 능글맞게 농담 따먹기나 하던 사람이었지 않나. 홍은결은 호기심 어린 눈으로 이진혁을 바라보았다.

17. 불편한 시선

이수연은 팀 배치를 받고 첫 비행에 오르게 되었다. 하와이로 향하는 국제노선이었다. 팀장인 남상진이 새로 들어온 이수연을 팀원들에게 소개했다. 아직 팀원들의 얼굴과 이름도 제대로 익히지 못한 이수연이 어색하게 인사를 마치자 남상진은 곧바로 비행에 관한 브리핑을 시작했다.

팀원들 역시 낯선 존재인 이수연을 힐끗힐끗 바라보았다. 눈이 마주치자마자 시선을 돌리기도 하고, 안 본 척 능청을 부리거나 눈짓을 주고받으며 소곤거리기도 했다. 호기심인지, 적의인지 알 수 없는 시선들이 불편했지만, 이수연은 애써 무시하기로 했다.

그러다 문득, 이수연은 자신을 뚫어지게 쳐다보는 남자와 눈이 마주쳤다. 남자는 이수연의 시선을 피하지도, 예의상 짓는 미소를 보이지도 않았다. 이수연은 못 본 척 시선을 피하고는 등을 곧추세우며 턱을 당겼다.

혹시, 아는 사람인가?

이수연은 기억을 더듬어 보았다. 아르바이트하던 카페에서 봤나? 어쩌다 가물에 콩 나듯 오는 손님을, 거기다가 평소 동경하던 알파에어 승무원을 기억하지 못할 리가 없었다. 소개팅으로 만났었던 남자도 아니고, 승무원 시험 대비 학원에서 봤던 얼굴도 아니었다.

어쩌면 가온항공에서 함께 노조 활동을 했던 예전 직장 동료일지도 모른다고 이수연은 생각했다. 생계를 선택하고 돌아서기 전까지만 해도, 이수연은 앞장서서 시위를 주도했었다. 때문에 이수연이 모르는 사람 중에도 이수연을 아는 사람이 제법 있었으니 그럴 수도 있을 것 같았다. 의리보다 생계를 선택하고 돌아선 수연을 원망하는 옛 동료라면, 저토록 적의와 그리움을 담은 복잡한 시선을 보낼 수 있으리라. 결국에는 생계를 선택한 이수연도, 노조에 남은 동료도 모두 정리해고되고 말았지만.

이수연은 씁쓸하면서도 억울한 생각이 들었다. 다른 곳에 신경을 쏟기 위해 핵심 사항을 열심히 메모했다. 고개를 돌리다가 브리핑하던 남상진과 눈이 마주쳤다. 남상진은 그전부터 이수연을 보고 있는 듯했지만, 아닌 척 미소를 짓고는 고개를 돌렸다.

이 사람들 도대체 왜 이러지?

낯선 인물에게 갖는 관심이라고 하기에는 여기저기서 힐끔거리는 시선이 유난스럽게 느껴졌다. 애써 브리핑에 집중하려는데, 시니어 승무원 하나가 주니어 승무원의 허벅지를 때리는 모습이 보였다. 순식간에 이수연의 이맛살이 찌푸려졌다. 무안해서 얼굴이 발개진 주니어 승무원과 눈이 마주치자 이수연은 재빨리 고개를 돌려 모른 척했다. 얼마나 수치스럽고 민망할까. 주니어 승무원이 안쓰럽기도 하고 분노도 일었지만, 이수연은 꾹 참았다. 인턴 주제에 선불리 나서기도 애매했다.

"홍은결 씨, 이수연 씨와 함께 이코노미석 서비스를 담당해 주세요."

"네."

이수연은 대답이 들려온 쪽을 바라보았다. 아까 그 주니어 승무원이었다.

"이수연 씨가 아직 익숙하지 않을 테니 잘 안내해 주시길 부탁드립니다."

남상진이 당부하자 홍은결은 이수연을 바라보며 싱긋 웃어 보였다. 이수연은 마음이 누그러졌다.

◇◇◇◇◇

입사한 지 2년 차라던 홍은결은 이수연의 눈에도 어리고 풋풋해 보였다. 예전에 입시학원에서 가르쳤던 제자들과 비슷한 또래 같았다. 그래도 나름 선배라고 많이 알려 주고 도와주려 했다. 홍은결의 그런 모습과 행동이 이수연에게는 적잖은 힘이 되었다.

홍은결에게는 조금 특이한 습관이 있었다. 일하다 말고 갑자기 호들갑을 떨며 자기 팔을 연거푸 쓸어내리고 올리기를 반복했다. 몸을 덥히려는 것 같았다. 자기 이마를 짚어 보면서 체온을 확인하기도 하고 허공을 빤히 바라보기도 했다. 이수연은 감기 기운이 있어 그런가 하고 생각했는데, 기침하거나 콧물을 훌쩍이지는 않았다.

"우리 쪽 라인에 한국인 승객이 많아서 비빔밥을 많이 찾을지도 몰라요. 그러니까 앞부분에 이만큼 쌓아 놓고, 뒤편에도 이런 식으로 쌓아 두면 빼내기 쉬워요."

홍은결이 낮고 쉰 목소리로 조곤조곤 설명했다. 말이 느려도 손은 제법 빨랐다. 듣는 이수연도 시간 안에 준비를 마치려고 분주히 움직였다. 한참을 바스락거리며 움직이다 카트를 옮기려던 찰나에 오지영이 다가왔다.

"우리 쪽 비빔밥이 부족할 것 같아서 몇 개 가져갈게."

"우리도 부족한데……."

홍은결이 들릴 듯 말 듯 작은 목소리로 속삭였다. 오지영은 아랑곳하지 않고 카트 안에 담은 밀키트를 대여섯 개 집어 들었다.

"부족하면 이따 와서 가져가."

밀키트를 한 아름 안고 가는 오지영을 보고 홍은결은 난감한 표정을 지을 뿐이었다.

아까도 저 사람이었지.

이수연은 브리핑 때 홍은결의 허벅지를 때렸던 시니어를 떠올렸다. 보다 못한 이수연이 나섰다.

"그건 안 되겠습니다. 저희도 부족해요."

"그러니까 이따 와서 가져가라고요."

오지영이 밀키트를 안고 갤리 밖으로 나가려는데, 이수연이 막아섰다. 홍은결은 놀란 듯 두 사람을 물끄러미 바라보았다.

"이수연 씨, 이거 뭐죠? 너무 예의 없는 거 아니에요?"

오지영이 기선을 제압하려는 듯 노려보았지만, 이수연은 물러나지 않았다. 승객의 불편 민원이 접수되면 불이익을 받는 건 오롯이 담당 승무원의 몫인 걸 알기에 물러설 수 없었다. 이수연의 단호한 눈빛과 말투에 오지영이 움찔 물러났다.

오지영은 고민하는 듯 보였다. 예상치 못한 행동에 어찌 반응해야 할지 몰라 고집을 부리기도 물러서기도 애매했다. 이를 간파한 이수연은 재빨리 밀키트를 빼어 들어 두 개만 오지영에게 건넸다.

"이렇게만 가져가세요. 저희 쪽 라인에 한국인 승객들이 더 많으니 양해해 주세요."

"……알겠어요."

오지영은 못 이기는 척 받고 돌아섰다.

홍은결은 일련의 과정을 흥미로운 눈으로 지켜보았다. 눈을 흘기고 가는 오지영도, 애써 시선을 외면하는 이수연도 지금까지 보지 못했던 광경이었다.

이수연은 옅은 숨을 내쉬고 나서는 하던 일을 계속했다. 불편 신고가 두려워서 동료들끼리 기내식 키트를 두고 아웅다웅해야 하다니 씁쓸하고도 착잡했다. 그러는 와중에도 이수연은 홍은결이 자기를 살피는 듯한 시선을 느꼈다.

"저한테 하실 말씀 있으세요?"

홍은결은 대답 대신 이수연을 찬찬히 살펴보았다. 이수연은 화를 누르듯 눈을 질끈 감더니 숨을 크게 내쉬고는 홍은결의 눈을 마주 보았다.

"아까 왜 아무 말도 못 했어요? 우리 쪽도 부족하잖아요. 그러다가 우리한테 불편 신고가 들어오면 우리만 곤란해져요."

이수연은 화내지 않고 차분한 어조로 조곤조곤 얘기했다. 가만히 듣고 있던 홍은결이 입을 열었다.

"그냥 민원 받는 게 밉보이는 것보단 낫거든요. 여기는요, 귀신보다 사람이 더 무서운 곳이에요."

이수연은 홍은결의 얼굴을 보았다. 홍은결의 눈빛과 표정은 진지해 보였다. 한편으로는 이해가 되기도 했다. 때로는 사람이 가장 무섭고 잔인한 존재가 아니던가.

"아, 그리고 아까 계속 쳐다봐서 죄송했어요. 왜인지는 설명할 수 없지만, 자꾸 눈이 가서 그랬어요. 사과드릴게요."

이수연은 언짢던 기분이 가라앉는 듯했다. 그제야 일에 집중할 수 있었다.

18. 원혼

"그거 알아요? 비행기마다 귀신이 꼭 있거든요. 특히 이 보잉 747기에는 죽은 조종사의 원혼이 떠돌아다녀요."

비행기가 순항 고도에 오르자 홍은결이 조잘조잘 말했다. 밀키트 사건 이후로 홍은결은 자주, 뜬금없이 이수연에게 말을 걸어왔다. 21세기에 귀신 얘기라니. 이수연이 보기에 홍은결은 오컬트 마니아 같았다.

"또 그 자살했다는 조종사 얘기야? 애인이 바람피웠다고 자살한 거라면서?"

마침, 갤리에 잠시 들른 오지영이 끼어들었다. 홍은결은 입을 꾹 다물었다.

"아, 진짜! 은결 씨, 제발, 쓸데없는 소리 좀 작작 하고 일이나 제대로 해!"

오지영은 앙칼지게 쏘아붙이고는 갤리에서 나갔다. 이수연은 미간을 찌푸렸다. 아까 수연과의 일이 분했는지, 완장

찬 작업반장처럼 구는 모습이 영 껄끄러웠다.

"저 사람 아까부터 자꾸 저러는데, 원래 저래요?"

"그거 사실 아니에요."

이수연은 홍은결이 항변하려 한다고 생각했다. 자신이 쓸데없는 소리나 하고 다니는 사람처럼 보이고 싶지 않을 테니까.

아니었다. 홍은결이 바로잡고 싶은 것은 오지영의 말이 아니라 다른 데 있었다. 홍은결은 이수연을 붙들고 귀신에 대한 설명을 쏟아냈다.

"그 조종사는 불륜 때문에 자살한 게 아니에요. 코로나 때문에 무급 휴직 중이었는데, 주식 때문에 손실도 보고, 승진도 막혀서 힘들어 했어요."

이수연은 홍은결이 오컬트 마니아가 틀림없다고 생각했다.

"그래서 몇 날 며칠 괴로워하다가 그런 선택을 했대요. 그리고 자택에서 시신이 발견되었대요! 비행기들이 난기류를 자주 만나는 것도, 그게 다 귀신들이 하는 짓이라서 그래요."

"집에서 자살했는데, 왜 비행기에 타고 있어요?"

홍은결은 입을 떡 벌린 채 벙긋거리기만 했다.

"아, 그건, 그러니까……."

이수연은 웃음이 피식 비어져 나왔다.

"요즘 세상에 귀신이 어딨어요? 난기류는 우발적이고 언제 만날지 모르는 기상 현상인데 귀신이 한 짓이라니요."

이수연이 타이르듯 말하자 홍은결은 단호하게 잘랐다.

"난기류와 귀신은 달라요. 귀신은 인과예요. 속세의 인과! 그래서 기체가 흔들리기만 하는 게 아니라 사람들이 오싹하고 섬뜩한 한기를 느끼는 거예요. 자, 저기 봐 봐요."

홍은결은 고집을 부리며 승객 몇 명을 가리켰다.

"저기 창백한 승객들 보이죠? 방금 저 사람들 주위로 귀신이 지나갔다는 증거예요! 얼굴색이 하얗게 질렸잖아요."

홍은결이 굳건한 표정을 지으며 말했지만, 이수연의 눈에는 그저 타고난 얼굴색이 하얀 사람들 같았다.

"참, 귀신은 여기저기 떠돌 수 있으니 비행기에 탈 수도 있지 않을까요?"

"그럴 수도 있겠네요."

이수연은 적당히 맞장구쳐 주었다. 신념이 강한 사람에게는 설득이 통하지 않는 법이다.

◇◇◇◇◇

이수연의 휴식 차례가 되었다. 이수연은 다녀오겠다며 홍은결에게 얘기하고 벙커로 내려가 옷을 갈아입었다. 알파에어 유니폼과 같은 색상의 빨간 파자마 바지가 갑갑한 유니폼으로부터 몸을 자유롭게 해 주었다. 이수연은 신발을 가지런히 벗어 놓고, 주니어들이 사용하는 2층 벙커로 올라가 누웠다. 비좁지만 긴장을 풀어 주는 시간이 소중하게 느껴졌다.

갑자기 오싹한 한기가 느껴졌다. 삽시간에 귀가 먹먹해지더니 모든 소리가 아득해졌다. 가위눌린 듯 물체와 소리, 시간과 공간이 각각 따로 분리되는 느낌에 빠져들었다.

엉겁결에 튀어나온 재채기에 이수연은 정신이 돌아왔다. 처음 겪는 기이한 경험이었다. 홍은결의 말이 떠올랐다.

뭐야, 정말 귀신이 있다는 거야?

오싹한 한기는 비행기 고도가 올라갈수록 기온이 떨어져서 그렇다 치지만, 누군가가 자기를 계속 쳐다보는 것 같은 섬뜩한 느낌은 지울 수 없었다.

이수연은 주위를 둘러보았다. 아무도 없었다.

에이, 말도 안 돼.

웃어넘기려 해도 입꼬리가 올라가지 않았다. 암만 생각해봐도 그런 말에 휩쓸리는 자신이 우스웠지만, 한편으로는 신경이 쓰였다. 자살했다던 조종사 귀신 얘기가 계속 맴돌았다.

어딘가에서 부스럭거리는 소리도 들렸다. 이수연은 벌떡 일어나 벙커 밖을 살펴보았다. 아무도 없는데 왠지 모를 기시감이 들어 기분이 꺼림칙했다. 이수연은 억지로 잠을 청했다.

◇◇◇◇◇

잠을 설친 이수연은 눈이 계속 감기고 몸도 무거웠다. 거기다가 컵라면 말고 봉지 라면을 끓여 달라는 둥, 와인이 너무 달아서 못 먹겠다고, 싸구려를 준 거냐며 다른 걸로 바꿔 달라는 둥, 요구가 많은 승객 하나가 이수연의 정신을 쏙 빼놓았다.

이수연은 정신을 차리기 위해 볼을 탁탁 쳤다. 학원에서 가르쳐 준 대로 이를 드러내며 미소를 머금는데, 지나가던 최선영이 한마디 내뱉었다.

"이수연 씨, 그만 좀 실실거려."

이수연은 얼굴이 달아올랐다. 민망해서 크게 심호흡하며

마음을 다스리려는데, 오지영과 눈이 마주쳤다. 오지영이 싱긋 웃어 보였지만 이수연은 웃을 수가 없었다.

19. 레이오버

호놀룰루 공항에 착륙할 무렵, 약한 난기류를 만나 기체가 잠깐 흔들렸다. 이수연은 머리털이 쭈뼛 서고 등골이 오싹했다. 홍은결이 말한 원혼의 짓인가 싶어, 점프 시트에 앉자마자 비행기가 무사히 착륙하기만을 빌었다. 활주로에 바퀴가 부딪치면서 약간의 충격이 있었지만, 비행기는 무사히 도착했다. 이수연은 안도의 한숨을 내쉬었다.

뭔가 말린 것 같아.

막상 안전하게 도착하고 보니 이수연은 괴담에 휘말린 자신이 어처구니없으면서도 사람 마음이 참 간사하다고 생각했다. 승객이 전원 하차하고 나서 뒷정리를 하는 중에도 헛헛한 웃음이 나왔다.

셔틀버스를 타고 회사가 지정해 준 숙소로 향했다. 짭조름하고 달콤한 이국의 바다 냄새가 가슴을 쓸어주었다. 한창 건기인 하와이는 습도가 높은 한국의 여름과 달리 꿉꿉하지 않고 상쾌했다. 거인이 쓰는 부채처럼 잎사귀가 넓고 짙은 초록빛의 열대 나무와 유리알처럼 투명하고 파란 하늘을 보니 눈이 시원했다. 이국적인 하와이의 정취에 이수연은 가슴이 탁 트였다. 오랜만에 맛보는 해방감이었다.

◇◇◇◇◇

“수연 씨는 나이가 어떻게 돼요?”

짐을 푸는 이수연에게 장채린이 물었다.

“서른하나요.”

“나보다 세 살 위네. 그래도 여기서는 내가 선배니까 언니라고 부르세요.”

이수연은 황당하다는 표정으로 장채린을 바라보았다. 장채린은 그런 반응이 익숙하다는 듯 말을 이었다.

“여기는 나이에 상관없이 기수에 따라 언니라고 부르거든요. 혹시 외출 다녀오실 거예요?”

“아뇨, 전 좀 쉬었다가…….”

“다녀오는 길에 와이켈레에서 에스티 로더랑 디오메르 좀 사다 주시겠어요? 호텔 정문 사거리에 셔틀 있어서 그거 이용하시면 돼요. 참, 그리고 우리 내일 5시 반 비행이니까 4시 모닝콜도 부탁해요.”

“모닝콜이요?”

“나만 깨우라는 얘기가 아니잖아요. 하긴, 가온항공은 국내선만 다녀서 잘 몰랐겠네요. 옆방에 있는 최선영 부팀장님하고 그 옆방에 있는 오지영 선배와 홍은결 씨도 깨워 주셔야 해요.”

텃세 부리는 건가.

이수연은 알겠다고 대답한 후 방을 나갔다. 울컥 치미는 수치심과 모욕감을 누르느라 일할 때보다 더 큰 에너지가 필요했다.

파란 하늘과 달리 머릿속은 먹구름이 낀 것처럼 흐리고 답답했다.

자리를 얻기 위한 통과 의례인 걸까.

자신들과 비슷한 경험을 하고, 동량의 시간을 채워야 함께 일할 자격이 주어진다는 식의 관행. 이를 당연히, 또는 묵묵히 보낸 사람들이 자신과 타인을 공장 부품처럼 대하는 거라고 이수연은 생각했다. 알파에어에 입사하기만 하면 될 줄 알았는데 그 이후에 닥친 일들이 만만치 않았다. '귀머거리 3년, 장님 3년, 벙어리 3년'이란 시집살이 관련 금언이 직장살이에도 해당하는가 싶었다.

그걸 못 버틴 사람들이 회사를 떠나거나 흉흉한 뉴스의 주인공이 되는 거겠지.

알파에어에 입사하면 보다 나은 근무 환경에서 승무원이라는 전문성을 가진 일꾼이 될 줄 알았는데, 그게 다가 아니었다. 당장은 같은 동료로 인정받는 것이 시급했다.

어느덧 바람이 구름을 몰고 왔다. 먹구름이 낀 하늘에서 보슬비가 내리기 시작했다. 시원한 물보라 같은 비가 상쾌했다. 이수연은 크게 숨을 들이마셨다가 내쉬었다. 이국의 정취에 탐닉하는 시간도 잠시뿐, 이수연은 서둘러 버스에서 내려 쇼핑몰로 향했다.

20. 인간의 급

장채린은 호텔 창문에 매달려 이수연이 셔틀을 타는 모습을 지켜보았다. 셔틀버스가 출발하고 시야에서 벗어나자마자 장채린은 오지영의 방으로 향했다. 스파도 받고 칵테일도 마실 계획이다.

"은결이는요?"

"티키 목각 산다고 나갔어. 시간 되면 비숍 박물관에도 들를 거래."

오지영은 못마땅한 듯 혀를 찼다.

"또요?"

"몰라. 마우이 전설이든 하와이 신화든, 잔뜩 늘어놓겠지. 또 무슨 액땜 해야 한다고 할 거고. 짜증 나 죽겠어. 그런 건 혼자 알고 있으면 되잖아. 왜 꼭 나한테 와서 귀신이니 원혼이니, 그런 얘기를 하나 몰라. 안 그래?"

"그러게요."

장채린은 대충 맞장구를 쳐 주었다.

"그건 그렇고, 이번 신입 좀 기분 나쁘지 않니?"

"좀 그렇긴 해요."

"난 이상하게 자꾸 박은하가 생각나더라?"

"아유, 말도 안 돼요. 하나도 안 닮았어요! 은하 선배는 회사 홍보 모델도 한 미인이잖아요."

"미인은 무슨. 김한수랑 홍보 사진 몇 장 찍은 것 같고."

오지영이 부루퉁한 얼굴로 투덜댔다. 오지영의 입에서 김한수라는 이름이 나오자 장채린은 눈을 반짝였다.

"말이 나왔으니 말인데, 한수 씨랑 부팀장님이랑 무슨 사이예요?"

장채린이 스마트폰의 사진을 찾아 들이밀며 물었다. 지난번 호텔 로비에서 찍은 사진이었다. 오지영은 무슨 사진인가 싶어 얼굴을 가까이 대고 살피더니 짐짓 놀라는 눈치였다. 곧 아무렇지도 않은 척했지만, 나름 눈알을 굴리며 이런저런 추측을 하는 듯했다.

"나도 몰라. 업무상 만났나 보지."

"그 밤에 호텔 로비에서? 그게 무슨 업무예요?"

장채린은 오지영에게 따지고 들었다. 뭔가 꺼림칙하고 역겨운 이야기를 상상하면서도 제발 그런 게 아니길 바랐다. 오지영은 고민하는 듯 머뭇거리다가 결국에는 고개를 절레절레 저었다.

"그냥 넘어가. 만날 수도 있지, 뭘 그렇게 따져?"

"어떻게 그냥 넘어가요? 부팀장님은 유부녀고, 한수 씨는 총각이잖아요."

"어머, 얘, 너 이상한 생각 좀 하지 마. 무슨 막장 드라마 쓰니?"

"아니, 누가 그러고 싶대요? 한수 씨가 나한테 어떤 존재인데."

"뭐? 존재?"

오지영은 장채린의 말에 웃음이 터졌다.

장채린이 김한수를 혼자 좋아한다는 사실은 익히 알고 있었지만, 저 나이에 아이돌 사생팬처럼 유치하게 구는 모습이 우스웠다. 한참 웃음을 쥐어짜 내고 나자 오지영은 눈앞에 서 있는 실팍한 몸집의 여자가 한심해 보이기 시작했다. 학력, 외모, 교양 수준. 죄다 급이 떨어져 보였다. 마음에 드는 구석이 하나도 없어 상종하기 싫은 기분마저 들었다.

내가 왜 이런 거랑 어울려 줘야 하지.

"꼭 공부 못하는 애들이 남자 뒤꽁무니나 따라다니고 그러더라. 쓸데없는 짓 하지 말고, 네 일이나 잘해. 그리고, 참! 다이어트 좀 해. 유니폼 꽉 끼더라."

쏟아지는 모독에 장채린은 기가 막혀 입만 벙긋거리다 나오고 말았다.

자기는 얼마나 날씬하다고. 최선영이 무수리 주제에.

직장 상사에게 잘 보이고 싶은 마음이 큰 장채린이었지만, 사사건건 자기를 무시하는 오지영이 얄미웠다.

그러고 보니, 오지영과 최선영은 최근 들어 둘만 아는 이야기들이 많았다. 장채린이 물어봐도 속 시원히 얘기해 주지 않고 말 돌리기 일쑤였다. 최선영이 교묘하게 말을 피한다면 오지영은 대놓고 무시하는 말로 화를 돋우었다. 전문대를 졸업해서 말귀를 못 알아듣는다는 둥, 브래지어 끈 밑으로 툭 불거진 등살이 가슴보다 더 나왔다는 둥 남들 앞에서 면박을 주는 일도 서슴지 않았다.

자기도 좋은 대학 안 나왔으면서.

장채린은 식식대며 문을 쾅 닫아 버렸다.

◇◇◇◇◇

그날 밤, 장채린은 누군가와 긴 시간 동안 메시지를 주고받았다. 사소한 험담으로 시작했던 대화는 천기누설이 되었다. 상대방이 공감해 주고 이해해 주자 장채린은 속에 꾹꾹 담아 두었던 말들을 봇물 터뜨리듯 쏟아 냈다.

그간 최선영과 오지영에게서 억울하게 당했던 일이 새록새록 떠올랐다. 장채린은 자신의 세밀하고 정확한 기억력에 놀라기도 했다. 셋만 아는 비밀들, 둘만 아는 비밀들, 서로에게 말하지 말라며 터놨던 추잡한 뒷얘기들이 그들과 함께 쌓아 온 시간만큼 쌓여 있었다.

지나치다 싶을 정도로 많은 비밀을 털어놓고 말았다. 그래도 멈출 수 없었다. 미래에 대한 걱정보다 당장 느끼는 희열과 쾌감이 너무 컸다. 그와 동시에 커지는 반감과 증오심을 장채린은 알아채지 못했다.

21. 알 수 없는 얼굴

짧은 레이오버를 마치고 이수연은 귀국하는 비행에 다시 올랐다. 긴장된 순간의 연속이었다. 승객의 안전도 신경 쓰였지만, 선배들의 시니어리티와 텃세에 무슨 트집이 잡힐지 몰라 조마조마했다.

여객기가 인천 공항에 착륙하자 이수연은 온몸의 기가 전부 빠져나가는 기분이었다. 드디어 첫 국제선 비행 일정이 마무리되었다. 잠시 짧고 약한 난기류를 만났을 뿐 비교적 순탄한 비행이었다.

“이수연 씨, 알파에서의 첫 비행 어땠어요?”

이수연이 기내 정리를 하고 나가려는데, 최선영이 이수연을 불러세웠다. 이수연은 겸손하고 긍정적이며 미래 지향적인 답변을 내놓았다. 이수연의 솔직한 소감 따위를 듣고 싶은 건 아닐 테니까.

최선영은 흐뭇한 미소를 지으며 본론으로 넘어갔다.

"이력서에서 영어 학원 강사 이력을 봤어요. 우리 수연 씨, 아주 능력 있는 사람이었더군요?"

최선영은 이수연을 추켜세웠다. 이수연은 쑥스러워 살짝 미소만 지었다.

"그래서 말인데, 수연 씨 나 좀 도와 줄 수 있어요?"

최선영은 영어 원서를 건네주며 자기가 진급 시험을 앞두고 있으니 번역을 해 달라고 말했다.

"그건 좀……."

이수연은 당장 승무원 업무에 적응하기도 힘든데, 번역까지 하려면 더욱 힘들 것 같았다. 어떻게 하면 잘 거절할까 고민하는데, 그런 이수연의 생각을 읽었는지 최선영이 말했다.

"그냥 도와달라는 건 아니고, 일에 대한 보상은 확실히 챙겨 줄게요. 수연 씨도 경력직인데 인턴으로 있으면 억울하지 않아? 인사 고과에서 좋은 점수 받아서 얼른 시니어로 올라가야지."

인사 고과.

이 네 글자가 어찌나 섬뜩하고 강렬한지.

이수연은 최선영의 얼굴을 바라보았다. 자기 뜻대로 사람을 주무른 적이 한두 번이 아닐 것이다. 이수연은 주술에 걸린 듯 원서를 받아 들었다.

"고마워요. 수연 씨 같은 능력자는 금방 끝내겠죠. 얼마나 걸릴까요? 한 달? 그 정도면 되려나?"

이수연은 가만히 고개만 끄덕였다.

"그리고, 이건 우리끼리만 하는 얘기니까 아무한테도 말하지 말아요. 내가 섭섭지 않게 해 줄 테니까 너무 억울해하진 마요."

"……네."

◇◇◇◇◇

이수연은 지친 몸을 이끌고 공항버스를 기다렸다. 혹독한 신고식을 치른 기분이었다. 뭔가 복잡한 심경이었고 빨리 집에 가서 쉬고 싶었다.

내일은 이불 밖으로 한 발짝도 나오지 않으리라, 화장실 갈 때만 빼고.

배달 음식으로 대충 끼니를 때우고 외부와 어떤 소통도 하지 않으리라.

다짐하고 또 다짐하는데 알파에어 유니폼을 입은 남자 승무원 하나가 이수연에게 아는 체를 하며 다가왔다.

이진혁이었다. 살갑게 말을 건 이진혁은 자기도 같은 방향이라며 옆에 서서 버스를 기다렸다. 이수연은 거북했다. 비행 외의 시간과 공간에서도 업무를 수행하는 기분이었다. 끝날 때까지 끝난 게 아니란 말이 새삼 진리처럼 느껴졌다.

이수연이 버스에 오르자 이진혁은 옆자리로 다가와 앉았다.

지하철로 갈걸.

후회가 몰려왔다. 지하철역에서 마을버스로 갈아타기 귀찮아서, 한 번에 편안히 앉아 자면서 집에 가고 싶은 마음에 공항버스를 골랐건만. 이수연에게는 귀갓길도 시니어리티의 연장이었다.

"부팀장이 번역 자료 줬죠?"

이수연은 무슨 말인가 싶어 한참을 멍하니 바라보다가 '어떻게 알았지?' 하는 표정을 지었다가 곧 아무한테도 말하지 말라던 최선영의 말이 떠올랐다.

"아, 아니요."

이진혁은 뭐가 재밌는지 웃음을 터뜨렸다. '웃음소리가 듣기 좋은 사람이구나' 하고 이수연은 생각했다. 한참을 웃던 이진혁은 어리둥절한 이수연을 바라보며 장난치듯 이수연의 손에 든 원서를 콕콕 가리켰다.

"숨길 것 없어요. 다들 알면서도 쉬쉬하니까. 영어 잘하는 신입이 들어올 때마다 시키는 일이거든요. 기한은 한 달 주고 아무한테도 얘기하지 말라고도 했죠?"

다 맞는 말이었다. 이수연은 뭐라 대답하기 난처했다. 이럴 땐 입 꾹 다물고 있는 수밖에.

"부족한 영어 실력과 밤일 못 하는 남편이 부팀장 콤플렉스거든요. 그까짓 거 대충 해서 갖다줘요. 어차피 누군가에게 또 시킬 테니까."

"그렇군요."

이수연은 창밖을 바라보다 까무룩 잠이 들었다.

다행스럽게도 옆자리에 앉은 시니어는 잠든 후배에게 너그러웠다. 목적지에 도착할 때까지 단 한마디의 말도 건네지 않았으니까. 마곡나루에 도착하자 이진혁이 이수연을 깨워주었다. 덕분에 이수연은 정류장을 지나치지 않고 내릴 수 있었다.

"너무 곤히 자고 있어서 깨우기 미안했어요."

"아, 아니에요. 안 깨워 주셨으면 종점까지 갈 뻔했어요. 정말 감사합니다. 그럼."

적당히 예의를 갖추어 인사하고 헤어지려는데 이진혁이 웃으며 이수연을 붙잡았다.

"나랑 밥 먹고 가요."

"저, 죄송하지만, 오늘은 너무 지쳐서 쉬고 싶어서요. 다음에……."

"아이참, 같이 먹어 줘요. 제가 같이 밥 먹을 사람이 없어서 그래요. 우리 밥만 먹고 헤어집시다."

옷차림도 불편한데 무슨 밥을 먹어.

이수연은 완곡히 거절할 다음 말을 찾았지만, 그보다 빨리 이진혁이 캐리어에서 자기 윈드브레이커를 꺼내 건넸다.

"이거 입어요. 자고 일어나서 춥겠어요."

이수연은 마지못해 받았다. 큼직한 점퍼는 엉덩이까지 덮어 주었다. 새벽의 찬 공기도 막아 주어서인지 이수연은 긴장이 풀리고 나른해졌다.

이진혁은 고집을 부리며 이수연을 끌고 밥집으로 데려갔다. 작고 허름한 국밥집이었다. 24시간 영업하고, 그 일대에 사는 항공업계 종사자들이나 밤샘 근무를 마친 노동자들이 새벽에도 식사할 수 있는 곳이었다.

"밥만 먹으면 섭섭하니까, 술도 좀 마셔요."

단골 식당인 듯 이진혁은 주인에게 말하지도 않고 냉장고에서 소주 한 병을 꺼냈다. 옆에 비치된 작은 소주잔 두 개를 가져오더니 이수연에게 묻지도 않고 잔을 따랐다.

여기 사람들은 상당히 마이웨이들이네.

이수연은 잔을 부딪치지도 않고 보란 듯이 소주를 입안에 털어 넣었다. 그런 다음, 술을 따라 주려는 진혁의 손에서 병을 빼앗아 들고는 스스로 잔을 채웠다.

"맛있게 드세요."

이진혁이 싱긋 웃었다.

놀리는 건지 상냥한 건지, 이수연은 일일이 따질 힘도 없었다. 피곤했다.

둘은 대화도 없이 정말로 밥만 먹었다. 뜨끈한 국물을 떠먹고, 하얀 쌀알을 씹는 데 집중했다. 각자 소주잔을 비우고 다시 밥과 국을 떠먹는 행위를 반복했다.

먼저 식사를 끝낸 이진혁이 힐끔힐끔 이수연을 쳐다보았다. 시선을 느낀 이수연은 여태껏 누르고 있던 뭔가가 북받쳐 올랐다.

또 시작이네.

이수연은 수저를 탁, 내려놓고는 진혁의 눈을 마주 보았다. 예상치 못한 공격적인 태도에 놀랐는지, 이진혁이 살짝 주춤거리며 물러났다.

"도대체 모르겠네. 왜 그렇게 힐끔거리는 거죠? 왜 날 그렇게 쳐다보는 거예요?"

이수연이 물었다.

이진혁은 대답 대신 이수연의 얼굴을 무심히 건너다보았다. 공허하고 속을 알 수 없던 눈은 그리움인지 원망인지 오묘한 감정이 섞인 눈빛으로 변해 갔다. 이수연은 영문을 알 수 없어 답답한 듯 미간만 찡그리며 눈을 마주 보았다.

"그냥 누구를 닮은 것 같아서요. 다른 사람들도 그래서 그랬을 거예요."

이진혁이 한 마디 내뱉고는 잔을 비웠다. 이수연이 그게 누구냐고 물으려는데 이진혁은 소주 한 병을 더 주문하고는 아예 대놓고 이수연을 빤히 바라보았다. 작정한 건지, 취기 때문인지 알 수 없었다.

"많이 힘들었어요?"

이진혁이 물었다.

"네, 네. 아주아주 힘들었어요."

이수연은 이제 반쯤 포기했다. 일이 힘들었냐는 질문인지, 그네들의 태도 때문에 감정이 불편해서 힘들었냐는 질문인지 콕 집어서 따지기에도 피곤했다. 이수연은 마음대로 해석하기로 했다.

"혼자 겉도는 것 같아요. 열심히 한다고는 하는데, 제가 마음에 안 드는 모양이에요. 좋은 동료로 지내고 싶지만, 그러기가 쉽지 않네요."

이진혁은 고개를 끄덕였다.

속에 담아 두었던 말을 털어놓아서인지 취기 때문인지 이수연은 마음이 누그러졌다. 알딸딸한 기운에 턱을 받치고 앉았다. 허릿심도 빠져서 꼿꼿이 앉아 있던 자세가 풀어졌다.

"왜 하필 알파에어에 들어왔어요? 회사 소문도 흉흉했잖아요."

"네?"

"뉴스 말이에요."

"아, 뉴스? 연이은 자살? 그건 나약한 인간들이나 하는 거예요. 죽은 사람만 억울한 거지. 난 끝까지 살아남을 거예요."

진혁은 한쪽 입꼬리를 올리며 웃더니 자세를 고쳐 앉으며 이수연 쪽으로 바싹 다가갔다.

"혹시 몰라서 하는 얘긴데, 괴롭힘을 당한다 해도 자살 같은 건 절대로 하지 마요. 나 같으면 절대 혼자 죽지 않을 거예요. 괴롭히는 놈이 있으면, 차라리 어디 한군데 찔러서 감옥에라도 가는 편이 낫지. 안 그래요?"

이수연은 술이 확 깨는 기분이 들었다. 기생오라비처럼 눈웃음치며 느물대던 남자는 당장에라도 달려들어 숨통을 끊을 듯한 짐승의 눈빛을 하고 있었다.

"아유, 뭘 또 그렇게까지 말해요. 그냥 하는 소리죠?"

이수연은 농담이 너무 과격하다고 진정하라며 어르고 달래듯 말했다.

"그냥, 납작 엎드려서 피해 다녀요. 노조 같은 거에 기대지도 말고요. 남상진 사무장도 그렇고, 알파연대 놈들도 다 똑같아요. 조심해요."

이수연은 "네, 네, 알겠습니다" 하고 장난스럽게 대답하며 술잔을 한 번에 들이켰다.

"나한테 얘기해요. 수연 씨가 원한다면, 내가 일을 편하게 할 수 있도록 도와줄게요."

이진혁은 이수연을 지그시 바라보며 말을 이었다. 그의 눈빛은 어느새 순한 가축처럼 온순해져 있었다.

이수연은 앞에 앉은 이 남자의 진짜 모습이 무엇인지 알 수 없었다. 피곤과 취기에 잘못 봤나 싶었다. 그렇지만 업무적으로든 인간관계에 관해서든, 낯선 직장에서 고군분투해야 할 이수연에게 도와주겠다는 이가 하나 생겼으니 고마운 일이라고 생각했다.

"그렇게 되면 너무 좋죠. 감사해요."

이수연은 히죽 웃으며 국물을 떠먹었다. 이진혁은 그런 이수연을 빤히 바라보았다.

"내가 좋은 거 하나 알려 줄까요?"

"뭔데요?"

이수연은 좋은 정보인가 싶어 귀를 기울였다.

"아무도 믿지 말아요. 절대로. 특히 남상진 사무장을 조심해요."

22. 길

오후 스탠바이는 점점 길어졌다. 이수연은 공항 승무원 대기실 구석에 앉아 멍하니 벽면 모서리를 바라보았다. 줄줄이 이어 붙인 의자의 딱딱한 플라스틱 좌판에 엉덩이가 배겨 이리저리 옮겨 봤지만, 어느 자리에 앉아도 마찬가지였다. 스마트폰을 보기에도 지쳤다. 어깨와 목이 결려 이리저리 고개를 돌려 가며 목덜미를 연신 주물렀다. 중국 상하이행 비행으로 갔다가 퀵 턴으로 돌아오는 일정이지만, 언제 출발할지 모르는 터라 하염없이 대기해야 했다. 그래도 팀 비행이 아닌 게 다행이다 싶었다.

고달픈 나날의 연속이었다. 새로운 업무에 적응하기도 힘들었지만, 팀에 동화되지 않는 자신이 열외자처럼 느껴지는 것도 곤혹스러웠다.

팀원들이 몰래 힐끔거리는 시선도 피곤했다. 다수의 시선만큼 스쳐 지나가는 감정도 각양각색이었다. 어떤 관계에서 비롯되었는지, 어떤 연유에서인지 알 수 없는 미묘한 감정들을 어떤 식으로 받아들여야 할지도 종잡을 수 없었다. 다른 누군가와 얽힌 감정을 왜 자신이 떠안아야 하는지도 억울했다. 그 닮은 누군가가 도대체 누구길래.

이러다 내가 미치고 말지.

이수연은 고개를 들어 멍하니 허공을 바라보았다. 멀뚱히 문 쪽을 응시하는데, 불투명한 유리문 너머로 큼직한 그림자가 드리워졌다. 시커먼 그림자는 마치 검은 짐승처럼 안광만 도드라져서 이수연을 지켜보고 있었다.

왠지 모를 오싹함에 이수연은 그대로 얼어 버렸다.

괴물? 귀신? 원혼?

홍은결의 말대로라면 원혼은 비행기 안에 있어야 한다. 아니, 원혼은 어디든 갈 수 있다고 했던가? 그림자는 육중한 체격에 맞지 않게 어깨를 옹송그리며 문 앞을 기웃거렸다. 이윽고 서서히 문이 열렸다. 벌어진 문틈으로 검은 기운이 확 달려들 것 같아 이수연은 숨죽인 채 바라보았다.

"이수연 씨? 스탠바이 중?"

남상진이었다. 문틈 사이로 빼꼼히 머리만 들이민 남상진이 말을 걸었다. 이수연은 긴장이 풀리면서 참았던 숨을 내쉬었다.

"아, 사무장님……. 안녕하세요?"

"잠깐 커피 한잔할래요?"

이수연은 먼저 시계를 보았다. 그런 이수연의 생각을 읽었는지, 남상진은 상하이행은 빨라도 두 시간 후에 이륙할 거라고, 걱정하지 말고 따라오라며 이수연을 회의실로 이끌었다.

이수연은 쭈뼛거리며 회의실 안으로 들어갔다. 이미 다른 직원들이 여럿 있었다. 남상진이 이수연에게 알파연대 조합원들이라며 간략하게 사람들을 소개해 주자 어색한 인사가 오갔다. 잠시 자리를 비켜 달라는 남상진의 요청에 조합원들이 부스스 일어나 자리를 나섰지만, 팀원들과 마찬가지로 힐끔거리는 눈빛이 스쳤다. 그들 역시 이수연을 닮은 누군가를 떠올리는 듯했다. 이수연은 애써 모른 척하며 남상진의 말에 귀를 기울였다.

남상진은 위압감을 주는 큼직한 몸집과 달리 애교스럽고 살가웠다. 뜬금없이 자기 이야기를 늘어놓았는데, 원래는 꽃미남 스타일이었지만 결혼하고 나서 20킬로그램이나 쪘다며 울상을 지었다. 무게가 늘어 비행기에 안 태우면 어쩌냐며 부인이 걱정을 이만저만 하는 게 아니라고, 자기가 잘 먹여 놓고 그런다며 원망 섞인 우스갯소리도 늘어놓았다. 자기 자신을 웃음의 소재로 쓰는 면으로 보아 나쁜 사람 같지는 않아 보였다. 누가 봐도 소탈하고 정 많은 동네 아저씨 스타일이었다.

"일은 좀 어때요?"

"네, 할 만해요."

남상진이 커피를 건네며 묻고 이수연은 적당히 모범 답안을 내놓았다.

"수연 씨는 뭐, 말이 인턴이지 경력직이나 다름없지. 가온에서 몇 년 근무해 보기도 했고, 일머리가 좋으니 금방 적응하고 정직원도 될 거예요. 힘든 일이 있으면 언제든지 나한테 얘기해요. 사람 관계라든가 뭐, 그런 것도."

"네, 알겠습니다. 감사합니다."

"그래서 말인데, 수연 씨, 알파연대에 가입하는 게 어때요?"

이진혁의 조심하라던 말이 이거구나 싶었다. 그는 유독 알파연대를 마뜩잖게 여겼다. 알파연대든 기업 노조든, 노조와 엮여서 고래 싸움에 새우 등 터지는 일을 절대로 당하지 말아야 한다고 힘주어 말했다. 그렇게까지 정색하며 말할 필요가 있을까 싶었지만, 자신의 신념을 강요하는 타입의 사람이겠거니 생각했다. 자신의 경험을 진리라 믿고, 편견을 신념으로 만드는 사람 말이다.

남상진의 노조 가입 권유도 대단한 일이 아니었다. 이수연이 딱히 조심해야 할 이유도 없었다. 선택이지 필수가 아니니까. 이수연의 고민은 정작 다른 데 있었다.

남상진의 제안을 어떻게 하면 잘 거절할까?

이수연도 노조가 탐탁지는 않았다. 가온항공 노조처럼 무능한 약자들의 연대는 서로에게 상처만 주고 끝이 나 버린다는 이유였다. 어차피 기업과의 싸움에서 승자는 정해져 있기 마련이다.

모난 돌이 정 맞는다더라.

이수연은 내키지 않았다.

"어차피 회사와의 싸움이라는 건, 계란으로 바위 치기 아닌가요?"

이수연은 자기도 모르게 평소 생각을 내뱉었다. 아차 싶었다. 매사에 튀지 않게 조심조심 분수를 지키고 모범 답안만을 말하겠다던 신조가 깨진 셈이다. 난감해하는 이수연의 얼굴을 남상진은 물끄러미 바라보았다.

"아니, 그게 아니라. 전 아직 인턴이라 눈치가 보여서요. 나중에 정직원이 되면 생각해 보겠습니다."

이수연은 서둘러 자리에서 일어나 나갈 채비를 했다.

"아끼던 후배가 스스로 목숨을 끊었어요."

남상진이 나지막이 내뱉은 말에 이수연은 동작을 멈추고 남상진을 돌아보았다.

"투쟁을 같이하자는 말은 아니에요. 나는 수연 씨가 정말로 일이 힘든지, 사람이 어렵지는 않은지가 궁금해서 물어 본 거예요. 수연 씨 보면 그 친구가 생각나서……."

이수연은 귀를 기울였다.

"용역 폭력, 산재 사고 이런 게 아니라 일터 괴롭힘 때문이었어요. 같은 노조 활동도 열심히 하고 이타적인 친구였는데 아무렇지도 않아 보여서 괜찮은 줄 알았어요. 많이 참고 버텼겠죠. 나는 그것도 모르고 큰일이 해결되면 작은 일은 저절로 해결된다고 말했고, 또 믿었는데, 그게 아니었어요."

고해 성사 같은 남상진의 자기 고백이 이어졌다.

"알파에어가 이윤을 따지며 인력을 감축했기 때문에 일어난 구조적인 문제였지만, 당장 하루하루가 지옥인 사람한테 먼 미래를 기다리라고 한 게 잘못이었어요. 그만두겠다는 걸 내가 말렸어요. 결국 나 때문에, 그렇게 됐어요."

이수연은 입사 전 뉴스에 연일 오르던 자살한 승무원의 이야기를 떠올렸다.

"사람 하나 못 지키면서 어떻게 큰일을 할 수 있겠나 싶었어요."

무거운 공기에 눌려 이수연은 입을 열 수가 없었다. 남상진도 회한과 자책감에 짓눌린 듯 보였다. 이 거구의 중년 남자는 보이지 않는 무거운 짐을 어떻게든 짊어지려고 인내하고 도전하려는 듯 보였다. 거대한 지구를 힘겹게 떠받치고 있는 아틀라스처럼.

"다시 한번 말하지만, 집회나 시위, 투쟁을 같이하자는 말은 아니에요. 수연 씨 말대로, 약자들이 힘을 합쳐 봤자 회사와의 싸움은 계란으로 바위 치기 맞아요. 이기기도 힘들지만 언제 싸움이 끝날지도 모르는 세월을 견뎌야 하니까요. 회사는 영원한 갑이고 우리는 기껏해야 을이죠. 하지만, 그 미약한 힘마저도 빼고 싶지 않아서 그래요. 우리끼리, 을끼리의 싸움에서 서로 상처 주고 싸워보지도 못하고 나가떨어질까 봐, 그게 겁나서 그래요."

이수연에게 하는 말이었지만, 남상진 자신과 세상을 등진 그 후배를 향한 말처럼 들리기도 했다. 남상진은 이수연을 바라보았다.

"수연 씨가 힘들면 꼭 알려 줘요. 소리를 내지 않으면 힘을 모으기도 힘들어요. 루쉰이 말하길, 길이란 원래 없는 거라더군요. 가는 사람이 많아지면 곧 길이 된다고 해요. 언제든 힘을 모아 줄 테니, 힘들 땐 꼭 찾아와요."

이수연은 말없이 고개를 끄덕였다.

23. 약점

이수연은 비행 때마다 그때그때 경험으로 지식과 정보를 채워야 했다. 가온항공에서 근무할 때와는 달리 알파에어에서는 세부적인 요령이 필요했다. 특히 돌발 상황이 발생하거나 선택과 결정이 오롯이 자신의 몫으로 주어진 상황에서는 미숙함이 드러나 버벅대기 일쑤였다.

면세품 판매가 늘 발목을 잡았다. 면세품 코드를 혼동해서 잘못된 물품을 가져다주는 사소한 실수는 약과였다. 카드 영수증과 판매 금액이 일치하지 않을 때는 진땀을 뺐다. 판매 실적이 근무 평가와 연결되기 때문에 정직원이 되어야 하는 이수연에게는 여간 신경 쓰이는 일이 아니었다.

어? 왜 이러지?

다시 계산해 봐도 값이 다르게 나왔다. 판매 금액이 모자라면 자비로 메꾸면 되는데, 거꾸로 돈이 남아돌았다. 승객 중에 상품을 전달받지 못한 사람이 있다는 얘기고, 분명 회사

홈페이지에 불만 사항이 접수될 것이다. 팀원 전체가 벌점을 받을 테니 더 골치 아픈 셈이다. 도와주는 시니어들은 아무도 없었다. 이수연은 한참 동안 혼자서 허둥댔다.

누군가가 이수연 옆으로 다가왔다. 김한수였다.

김한수는 말없이 쪽지 하나를 건넸다. 이수연이 떨어뜨린 영수증이었다. 이수연은 은인을 만난 듯 고맙다며 연신 꾸벅거렸다. 김한수는 머리를 긁적이더니 상품 코드별로 계산 맞추는 법을 알려 주었다. 김한수가 알려 준 요령은 간단했다. 이수연은 눈물이 핑 도는 듯했다. 연거푸 감사 인사를 하자 김한수는 오히려 민망해하며 담당구역으로 돌아갔다.

"둘이 무슨 얘기 했어요?"

언제 왔는지 장채린이 뒤에 서 있었다.

"아, 별 얘기 아니에요."

이수연은 말끝을 흐렸다.

"이수연 씨, 두 달 좀 넘었나요?"

장채린은 작업대에 놓인 종이들을 훑어보다가 한숨을 내쉬었다.

"됐어요. 카트 준비해요."

이수연이 카트를 이동하려는데 장채린이 막았다.

"이수연 씨, 앞줄부터 가야죠."

잔뜩 날이 선 목소리에 이수연은 멈칫했다.

"첫 번째 기내식이 앞줄부터였으니 이번에는 뒷줄부터예요."

"그냥 하라는 대로 해요, 좀!"

장채린의 앙칼진 목소리를 듣자 이수연은 심장이 벌렁거리기 시작했다.

미묘한 감정의 거슬림. 어디까지가 괴롭힘이고 조언이고 의견 차이인지 알 수 없었다. 충고인지 트집인지 명확히 구분할 수 없는 언행과 태도, 주눅 들고 눈치 보게 만드는 위계, 친목 모임인지 따돌림인지 모를 무리 짓기, 부탁인지 강요인지 모를 업무 지시, 선의를 가장한 뒷담화와 이간질, 그리고 알 수 없는 누군가의 감시. 이런 것들이 한꺼번에 머릿속을 휘저었다.

이수연은 마음을 가라앉히기 위해 차분히 생각을 곱씹었다. 아무리 생각해 봐도 방향이 잘못되었지만, 입 밖으로 꺼내지 않기로 했다. 카트를 다시 제자리로 옮기는데 최선영이 다가왔다.

"아니, 수연 씨, 왜 앞줄부터 가려고 해? 아까랑 반대 방향으로 가야지."

장채린이 황급히 다가와 최선영에게 말했다.

"아, 이수연 씨가 잘 몰라서 그랬나 봐요. 제가 알아듣게끔 전달하겠습니다."

이수연은 어이없었다. 항변하려 했지만, 이미 최선영이 돌아선 뒤였다.

◇◇◇◇◇

퇴근 전, 이수연이 번역 자료를 들고 최선영을 찾아갔다. 번역 자료를 건네주자 최선영은 흡족한 듯 미소 지었다.

"역시, 능력 있는 사람은 다르다니까. 수고해 줘서 고마워요."

최선영은 밥을 사겠다며 공항 근처 레스토랑으로 이수연을 데려갔다.

직장 상사와의 식사 자리는 불편할 수밖에 없지만, 어차피 넘어야 할 산이기에 이수연은 최선영의 호의를 좋게 받아들이기로 했다. 번역 작업을 해 준 대가로 밥 한 끼 얻어먹고 끝내면 더는 시달리지 않겠지. 이수연은 이제 한시름 놓게 되었다고 생각했다.

"수연 씨 일하는 거 보니까, 성실하고 책임감이 강한 사람 같아. 일도 야무지게 척척 해내고, 마무리도 깔끔하고. 믿음이 가더라."

"과찬이세요."

최선영은 메뉴를 시키고 나서 반말과 존댓말을 적당히 섞어 가며 대화를 주도해 갔다.

"우리 회사에서 일해 보니까 어때요? 가온항공이랑 다르지?"

"아무래도 규모가 훨씬 크니까요."

"팀원들이랑은 잘 맞아요?"

"네, 다들 잘해 주고 많이 도와줘서 고마운 마음뿐이에요."

이수연은 본인 마음에는 없지만 상사 마음에 드는 답변을 내놓는 스스로가 대견했다.

"아유, 수연 씨 같은 인재는 우리 회사에 꼭 있어야지. 잘되어서 정직원 되면 좋겠다. 정리 해고당하고 얼마나 힘들었겠어."

"이젠 지나간 일이니까요."

이수연은 미소를 지었다. 직장에서의 대화는 면접의 연속이다. 개인적인 생각과 솔직한 느낌은 말하면 안 되는 거다. 이렇게 말해야 하고 저렇게 말하면 안 되고. 이수연은 주문을 외우듯 속으로 되뇌었다.

"수연 씨도 그때 노조 활동하느라 많이 힘들었겠다. 노조랑 회사랑 엄청나게 싸워댔잖아. 노조가 뭐 사람 지켜 주나? 서로 발목만 잡지."

이수연은 묵묵히 파스타 면만 돌돌 말았다. 이제 다른 이야기로 넘어가겠지 싶었다.

"수연 씨, 부탁 하나 더 들어줄 수 있어요?"

최선영이 넌지시 물었다.

이수연은 들고 있던 포크를 내려놓으며 최선영을 바라보았다. 밥을 사 주면서 또 뭔가를 떠넘기려 하다니, 먹다 체하겠다 싶었다.

"뭔데요?"

최선영은 잠시 뜸을 들이다가 별일 아니라는 듯 가볍게 말했다.

"그냥, 심부름 같은 거? 문서 몇 개만 인사팀에 내주면 돼요. 수연 씨가 해 준다면야, 나는 너무너무 고맙지. 일 처리도 깔끔할 거고."

최선영은 이수연의 얼굴을 바라보며 눈을 찡긋했다. 그런 최선영을 이수연은 가만히 바라보기만 했다.

헷갈렸다.

이 사람이 도움을 주려는 사람인지 위해를 가하려는 사람인지 알 수 없었다. 폭언, 폭력, 성희롱, 퇴사 강요처럼 괴롭힘이라고 분명히 알 수 있는 양상도 아니었다.

이것도 직장 내 괴롭힘일까? 신고하면 나아질까?

수연은 한숨만 나왔다.

모난 돌이 정 맞는다. 계란으로 바위 치기다. 바람 부는 대로 물결치는 대로 눈치 보며 살아라. 가만히 있으면 중간은 간다. 절이 싫으면 중이 떠나야지. 깨진 그릇은 다시 못 붙인다. 한 번 배신한 인간은 두 번 배신한다. 떠나거나 아님, 납작 엎드리거나.

변화와 개선을 거부하는 관습적인 말들을 되뇌어 보았다. 결국 꾹꾹 참고 누르는 방법밖에 없는 것 같아 씁쓸했다.

까라면 까야지, 제길.

이수연은 그렇게 하겠다고 대답했다. 선택의 여지가 없었다.

24. 이간질

기장이 진행하는 합동 브리핑까지 끝났다. 승무원들이 일사불란하게 기내로 이동하자 오지영이 각 듀티 담당에게 주의 사항을 짧게 전달했다. 원래는 최선영이 해야 할 업무였지만, 오지영이 나서서 대신하고 있었다. 어깨에 힘이 잔뜩 들어가 우쭐해진 오지영은 장채린을 보며 의미심장한 미소를 지었다.

"채린 씨는 수연 씨하고 호흡을 잘 맞추어 보세요."

장채린은 오지영의 그 미소가 불길했다.

혹시 내가 사진 찍은 걸 부팀장한테 얘기한 걸까?

그 사진 얘기를 괜히 오지영에게 한 것 같았다. 분명 최선영의 귀에도 들어갔을 것이다.

아니, 유부녀가 왜 더 당당해?

장채린은 도덕적이고 윤리적인 잣대를 들이대며 자신의 떳떳함을 주장하고 싶었지만, 부질없는 짓이었다.

문득, 며칠 전에 이진혁과 나누었던 대화가 떠올랐다.

"그러지 말지 그랬어. 최선영과 김한수가 그렇고 그런 사이라는 것도 확실하지 않잖아?"

이진혁이 담담하게 말했다. 부족한 학생을 나무라는 선생님 같은 말투였다.

"네가 사진 찍은 걸 알면 최선영이 가만히 있지 않을 텐데. 그걸 또 최측근인 오지영한테 얘기했다고?"

매번 자초지종 하소연을 들어 주던 이진혁이었지만, 평소와 달리 반응이 싸늘했다. 장채린은 겁이 났다.

"어떡하죠?"

이진혁은 한동안 말이 없었다. 그 침묵이 장채린은 더욱 불안했다.

그러고 보니 요즘 들어 최선영과 오지영이 단둘이서만 무슨 애기를 하는 것 같았다. 그것도 자주. 거기다가 최선영이 유독 장채린에게만 쌀쌀맞게 구는 듯한 기분도 들었다.

후회해도 소용없다. 깨물지 못할 바에는 이빨을 드러내지 말았어야 했다.

김한수와 이수연이 함께 있는 모습도 자주 눈에 띄었다. 무슨 일 때문인지 이수연이 김한수에게 고맙다며 연신 꾸벅거리자 김한수는 쑥스러운 듯 얼굴을 붉히며 웃더니 담당 구역으로 돌아갔다. 김한수의 발그레한 표정이 장채린은 무척이나 거슬렸다.

"둘이 무슨 애기 했어요?"

장채린이 이수연에게 물었다.

"아, 별 얘기 아니에요."

이수연은 말끝을 흐렸다.

장채린은 마음 한구석이 조여오는 기분이었다. 오늘따라 이상하리만치 이수연과 박은하가 겹쳐 보였다. 둘은 전혀 닮지 않았다. 외모도 풍기는 분위기도 달랐다. 박은하가 커다란 눈에 가녀리고 차분한 이미지라면, 이수연은 길고 가느다란 눈매와 각진 얼굴이 차갑고 냉정한 분위기를 자아냈다. 목소리며 말투도 전혀 달랐다. 박은하가 상대에게 완곡하고 부드럽게 말하려고 애쓰는 말투라면, 이수연은 직설적이고 딱딱한 말투였다.

근데, 왜! 도대체 왜!

박은하와 김한수가 찍은 화보 사진이 머릿속을 맴돌았다. 박은하 대신 이수연이 들어가도 어색하지 않을 것 같은 두 사람의 모양새가 보기 싫고 못마땅했다. 최선영도 그렇고, 이수연도 그렇고 왜 자꾸 김한수의 옆에 있는지 분노가 치밀었다.

무엇보다도 화가 나는 지점은, 아무리 상상력을 발휘해도 김한수의 옆에 있는 자신의 모습이 그려지지 않는다는 것이었다. 둘이 화보를 찍고, 둘이 같이 밥을 먹고 데이트하는 이미지를 떠올려 봤지만, 김한수의 옆에는 박은하가, 아니면 최선영이, 그것도 아니면 이수연이 들어서 있었다. 그 자리에 자기 자신을 끼워 넣으려 해도 도대체가 잘되지 않았다.

그런 점은 최선영, 오지영과 함께 있을 때도 마찬가지였다. 늘 세 명이 같이 다닌다고 생각했지만, 혼자만의 착각이라 여겨질 때가 많았다. 언제나 애를 쓰는 건 장채린 쪽이었지만, 겉돌기만 했다.

"됐어요. 카트 준비해요."

장채린은 한숨을 내쉬었다.

"이수연 씨, 앞줄부터 가야죠."

이수연이 카트를 멈추었다.

"첫 번째 기내식이 앞줄부터였으니 이번에는 뒷줄부터예요."

"그냥 하라는 대로 해요, 좀!"

이수연은 잠시 고민하는 듯하더니 장채린의 말대로 앞줄로 카트를 옮겼다. 이를 보고 최선영이 다가왔다.

"아니, 수연 씨, 왜 앞줄부터 가려고 해? 아까랑 반대 방향으로 가야지."

최선영의 말을 듣고 장채린이 황급히 다가왔다.

"아, 이수연 씨가 잘 몰라서 그랬나 봐요. 제가 알아듣게끔 전달하겠습니다."

최선영이 돌아섰다. 혀를 차는 소리가 들린 듯했다.

"아냐 뭐. 그럴 수도 있지. 괜찮아. 별일 아닌데 뭐. 얘기할 것도 없어."

최선영이 자리로 돌아가자 장채린은 입술을 꽉 깨물었다. 뭔가 어그러지고 있다. 불길한 느낌은 점점 커져만 갔다. 장채린이 깨문 입술에서 피가 배어 나왔다.

25. 지옥

봉투를 열어 본 이수연은 관자놀이가 싸늘해지는 느낌이 들었다.

최선영의 부탁대로 전달만 하면 되는 간단한 일이었다. 사무실로 들어가 담당자 책상 위에 봉투를 두고 나오면 끝이었다. 회사 CCTV에 잡힐 걱정도 없었고 잡히더라도 마스크를 하고 유니폼을 입었으니 이수연이라 특정할 단서도 없었다. 봉투 한 장이니 이메일이나 IP 추적을 신경 쓸 필요도 없었다. 그렇게 시키는 대로 적당히 심부름해 주고, 인사 고과를 챙기고, 예정보다 좀 더 일찍 정직원이 되는, 그런 단순한 순서를 따르면 될 일이었다.

아니었다. 오싹하고 꺼림칙한 느낌을 이수연은 지울 수가 없었다. 인사팀 사무실로 향하는 복도가 유난히 길고 어두워서도 아니었다. 누군가의 목소리가 들려서도 아니었다. 황색 서류봉투 안에 든 섬뜩한 기운이 스멀스멀 기어 나와 이수연의 발걸음을 무겁게 했고, 손을 덜덜 떨게 했다. 그것은 경고였다. 하라는 대로 해서는 안 된다는 경고.

결국 이수연은 판도라의 상자를 열듯 봉투를 열어 보고 말았다.

배임과 횡령. 이 두 단어가 하얀 A4용지의 텅 빈 여백을 가득 메우고 있었다. 이를 뒷받침하는 내용이 몇 줄 더 있었지만, 공포감을 주기에는 그 두 단어로 충분했다.

허위 조작? 중상모략? 아니면 내부 고발?

도무지 정체를 알 수 없는 종잇장이, 이수연은 불안했다. 이대로 손에서 봉투를 내려놓는 순간에 언제, 무슨 일이, 어떤 형태로 들이닥쳐 누군가를 휩쓸어 버릴지도 무서웠다. 급하강하는 비행기 안에 묶여 있는 것처럼 가슴이 짓눌리고 답답했다.

여기는 일터가 아니라 지옥이다.

단테의 『신곡』에 나오는 배반 지옥처럼 서로의 살점을 뜯어먹고 사는 얼음 호수에 갇힌 것 같았다. 서서히 가열되는 냄비 안에 든 개구리처럼, 이대로 무기력하게 가만히 있다가는 순식간에 휩쓸려 사라질지도 모른다고 생각했다. 살자고 일하는데 일하다 죽는 아이러니의 주인공은 되고 싶지 않았다.

이수연은 봉투를 찢고 돌아섰다.

26. 허구와 현실

이수연은 알파연대 사무실로 찾아갔다. 비행 없는 쉬는 날이었지만, 당장 뭐라도 해야 마음이 놓일 것 같았다. 지금까지 벌어진 일들이 뭔가 석연치 않았다. 남상진 사무장의 후배 이야기도 자꾸 머릿속에 맴돌았다.

이수연은 노조 사무실 문을 똑똑 두드렸다.

"네, 들어오세요."

안쪽에서 굵직하고 우렁찬 목소리가 들렸다. 이수연은 문을 열고 들어가 쭈뼛거리며 인사했다. 남상진 혼자 있었다. 알파연대의 파업 일정이 정해진 뒤였다. 남상진은 유니폼 차림이 아닌 청바지에 맨투맨 차림인 이수연을 멀뚱히 바라보더니 그제야 알아보았다는 듯 아! 하고 탄성을 터뜨렸다.

"아니, 이렇게 입으니까 딴 사람 같네! 학생인 줄 알았어!"

남상진이 호탕하게 웃으며 반갑게 맞이하자 이수연은 마음이 놓였다. 어디서부터 말을 꺼내야 할지 모르겠지만, 무슨 말이든 시작해야 했다.

"저 알파연대에 가입하려고요. 그리고 드릴 말씀도 있어요."

남상진이 이수연의 눈을 진지하게 마주 보았다. 무슨 말이든 들어 줄 것 같은 눈빛에 이수연은 용기를 얻었다.

"사람이 힘든 거, 맞아요."

업무 외에 맡겨진 번역도, 텃세인지 일터 괴롭힘인지 뭐라 꼬집어 말할 수 없는 은근한 따돌림도, 일하면서 느끼는 모멸감과 수치심도 다 털어놓았다.

시시콜콜 일러바치는 고자질쟁이가 된 것 같아 머쓱하기도 했지만, 이따금 고개를 끄덕여 주며 귀를 기울여 주는 남상진의 모습에 이수연은 거르지 않고 전부 다 말할 수 있었다.

"수연 씨가 일을 못 해서라든가 무슨 잘못을 해서 그런 건 아니에요. 회사 시스템 문제도 있지만, 우선 사람이 살고 봐야지. 관리자가 나서서 중재해 줘야 할 문제인데. 하여튼, 알려 줘서 고마워요. 만약을 대비해서 증거는 모아 놔요. 오늘 얘기는 비밀로 할게요."

이수연은 묵묵히 들었다. 아직 할 얘기가 더 있다.

"불편한 사람들하고 수연 씨를 분리해 줘야 할 텐데, 지금 상황에서 잘 될지는 모르겠어. 회사 측에서는 인력이 부족하니 뭐니 하면서 잘 안 해 주려고 하겠지. 다른 시니어들하고 업무를 수행하면서 세부 사항을 익히고 실수도 줄이고 하면 좋을 텐데. 어쨌든 도와줄 수 있는 건 최대한 노력해 볼게요. 어떻게든 잘 버텨 주길 바랄게요."

당장 문제가 해결되지는 않을지라도 혼자가 아니라는 생

각에 이수연은 고맙고 든든했다.

"직장 내 괴롭힘으로 회사 담당 부서에 신고할까도 생각했었어요. 당장은 사람들한테 시달리는 게 괴롭고 힘들어서 지푸라기라도 잡아야겠다는 심정이었어요. 저와 비슷한 일을 겪은 사람이 한둘이 아니었을 텐데, 변한 건 아무것도 없잖아요. 노조에 가입은 하겠지만, 솔직히 모르겠어요."

남상진은 말없이 고개를 끄덕였다.

"그렇죠. 다들 못 버티고 퇴사하거나 아님……."

남상진은 말끝을 흐렸다.

"알파연대는 곧 무너질지도 몰라요."

이수연은 찢었던 서류봉투를 내밀었다.

"누구를 믿어야 할지 모르겠어요. 노조를 떠나서 같이 일하는 동료가 언제 내 등에 칼을 꽂을지도 모르는데, 누구를 믿을 수 있겠어요?"

조각난 종이를 맞춰 보던 남상진이 손에 든 종이를 꽉 쥐며 인상을 찌푸렸다. 사측과 기업 노조가 알파연대를 파괴하기 위해 저열하고 비겁한 방법을 쓰고 있음을 알고는 있었지만, 구체적인 증거는 처음 본 터였다.

"누군가는 할 거예요. 아무렇지도 않게 투서를 내겠죠. 그리고 그게 옳은지 그른지, 생각조차 하지 않을 거예요. 저 같은 어중이떠중이들은 당장 먹고사는 게 중요하니까요. 그런 사람들이 모여서 무얼 바꿀 수 있을까요? 버틴다고 달라질까요? 삶이 너덜너덜해지고 난 후에 바뀌면 무슨 소용이 있어요."

남상진의 표정은 점점 굳어져만 갔다.

"제가 뭘 하겠다는 것도 아니고, 노조를 말리겠다는 것도 아니에요. 그냥 답답해서 그래요!"

잠시 후, 남상진이 무겁게 입을 열었다.

"우리는 아마 실패할지도 몰라. 아니, 실패하겠지. 그렇다고 아무것도 안 할 수는 없잖아. 뭐라도 해 보는 거랑 시도조차 하지 않는 것은 달라. 우리 자신을 믿고 시간의 힘을 믿는 수밖에."

이수연은 남상진을 가만히 바라보았다.

27. 지리멸렬

알파연대는 근무 환경 개선을 요구하기 위해 인천 공항발 항공편을 대상으로 파업을 벌일 것이라고 밝혔다. 파업 날짜와 시간은 10월 26일 오후 3시부터 29일 오후 3시까지였다. 이에 따라 인천발 항공편은 모두 취소되었다. 또한, 성명을 통해 '노조와 객실 승무원들은 항공사 측의 태도 변화를 요구하고 있다'며 알파에어 경영진에게 항공편당 운항 승무원 인원수 증가와 임금 인상, 근무 환경 개선, 근무 평가 제도 개정 및 알파맨 제도의 폐지 등을 요구했다.

파업은 이루어지지 못했다.

파업 전날, 알파연대 사무실에 경찰이 들이닥쳤다. 경찰은 업무상 횡령 및 배임 혐의로 남상진과 간부 몇 명을 체포하고는 사무실을 압수 수색했다. 알파연대 노조 위원회가 조합원의 모금을 횡령했다는 투서가 인사팀에 접수되었고, 이에 회사가 노조 간부들을 배임 · 횡령 혐의로 고발했기 때문이었다. 종잇장에 적힌 글들이 현실이 되었다.

이수연과 남상진이 예상했던 대로지만, 허구가 아닌 현실은 무게감이 달랐다.

제복 입은 경찰들이 무표정한 얼굴로 다니는 모습만 봐도 사람들은 위축되었다. 죄를 짓지 않았는데도 억울하게 누명을 쓰고 잡혀갈 것 같은 분위기였다. 공권력에는 그 존재만으로도 개인을 보잘것없는 존재로 만드는 힘이 있었다. 그런 절대적인 힘에 저항하려면 용기와 무모함이 필요했다.

남상진은 걱정하지 말라며 조합원들을 안심시켰다. 노조를 파괴하려는 사측의 음모이며, 누군가의 조작이 틀림없다고, 부끄러운 짓은 일절 한 적 없다며 성큼성큼 걸어 나갔다. 당당히 경찰의 지시를 따랐지만, 두려움에 움츠러든 뒷모습은 숨길 수 없었다.

◇◇◇◇◇

이수연은 머릿속이 복잡하고 혼란스러웠다. 잠시 숨돌리려고 본사 카페테리아에 앉아 자판기 커피를 뽑아 마시는데 저 멀리서 이진혁이 다가왔다.

"수연 씨, 알파연대 가입했어요?"

다짜고짜 따지는 이진혁의 서슬에 이수연은 머뭇거렸다.

"네, 그런데 왜요?"

"왜 그랬어요? 오지영이랑 장채린이 괴롭혀서 그랬어요? 아니면 최선영 부팀장이 자꾸 쓸데없는 일 시켜서 그런 거예요?"

이수연은 황당했다. 몰아세우며 화를 내는 이진혁이 낯설

게 느껴졌다. 자신이 비난받을 짓을 했나, 잠시 되짚어 보았지만, 잘못한 일은 하나도 없었다.

"내가 아무도 믿지 말라고 했잖아요. 노조 같은 거에 기대지 말라고, 남상진 사무장을 조심하라고 했잖아요. 왜 내 말 안 듣고 멋대로 했어요?"

"안 믿어요. 난 나를 믿고 행동한 거예요."

"도움은 나한테 청했어야죠!"

"제가 왜요?"

이진혁은 입만 뻐끔거렸다. 이수연은 작정한 듯 말을 이었다.

"아니, 선배님, 뭔가 오해하신 것 같은데요. 이건 제 문제예요. 그리고 힘든 사람은 나예요. 혼자보다는 여럿이 나을 것 같아 알파연대에 찾아가 도움을 청한 거고, 제가 보기에 남상진 사무장님은 듬직하고 선한 사람인 것 같았어요. 나름 합리적으로 도움을 청했는데, 뭐가 문제예요?"

이진혁은 말문이 막힌 채 이수연의 눈을 빤히 바라보았다. 이수연은 이진혁의 눈을 피하지 않고 그대로 받아 냈다.

올곧은 눈빛.

그건 자신의 의지대로 움직이려는 사람의 눈빛이었다.

이진혁은 이수연의 눈빛이 박은하의 눈빛과 닮았다고 생각했다. 제 몸을 지키라고 준 선물로 스스로 숨을 끊어 버린 사람과 똑같은 눈빛. 그건 자기를 배신한 사람의 눈빛이기도 했다. 눈앞에 선 이 여자는 조용히 살라는 조언도 듣지 않을 것이다. 위로해 주는 말도 소용없고, 미련 없이 인연을 끊고,

내 손을 놓아 버릴 것이다. 자신을 닮은 그 여자와 똑같이. 이진혁은 가슴속 깊은 곳에서 무언가가 울컥 치밀었다. 배신감보다 더 큰 미움과 증오가 가득 차올랐다. 이진혁은 이수연을 노려보았다.

이수연은 움찔했다. 혹시라도 해코지를 당할지 모른다는 생각에 잔뜩 긴장했다. 팀에 처음 배치된 날, 이수연이 느꼈던 불편함이 되살아났다. 애써 모른 척했던 시선들과 감정들, 그것들이 올가미로 조여 오는 듯 답답했다.

한참을 쏘아본 후에 이진혁이 휙 돌아서서 가 버렸다. 그제야 이수연은 숨이 쉬어졌다.

"뭐야, 왜 저래?"

◇◇◇◇◇

남상진과 노조 간부들은 연일 계속되는 사내 감사와 경찰 조사에 시달렸다. 아직 경찰 조사가 끝나지도 않았는데 남상진은 일반 승무원으로 강등되었다. 알파연대의 핵심 인물들이 하나둘 사라지자 노조는 분열되기 시작했다. 왜 파업을 강행하지 않았냐고 책임을 묻는 사람들과 우선은 조합원의 탈퇴를 막아야 한다는 실용적인 의견을 내는 사람들로 갈렸다.

몇몇 목소리만 큰 사람이 있을 뿐, 조용한 다수는 삼삼오오 모여서 걱정과 불안을 토로했다. 이수연도 혼란스럽기는 마찬가지였다.

'어떻게든 잘 버텨 주길 바랄게요.'

남상진의 말대로 시간의 힘을 믿고 버티는 수밖에 없었다.

이수연은 비행에 오르고 일상을 유지하면서 그렇게 며칠을 지냈다.

◇◇◇◇◇

이진혁은 3개월 감봉의 징계 처분을 받았다. 징계 사유는 직무를 충실히 수행하지 않았고, 상사의 정당한 직무 지시에 따르지 않았으며, 언행을 조심하지 않았다는 내용이었다.

'이제 그만합시다. 그동안 수고 많았어요.'

박은하의 장례식이 있던 날, 병원 주차장에서 최선영이 했던 말이 떠올랐다.

예상은 했었다. 그래도 이런 식으로 뒤통수를 치다니. 과연 늙은 여우다운 발상과 결과라고 이진혁은 생각했다. 분명 진급한 사람 중에 투서를 낸 자가 있을 터다. 손이 더러워져도 개의치 않는 누군가가.

이진혁은 이수연 쪽을 바라보았다. 기내로 물품을 옮기느라 혼자 쩔쩔매고 있었다. 가서 도와주려는데, 김한수가 먼저 이수연 옆에 와서 돕고 있었다. 거슬렸다.

저 새끼가 또.

김한수가 뭐라 했는지, 이수연이 고맙다며 연신 꾸벅거렸다. 기쁜 듯 활짝 웃는 이수연의 얼굴을 보자 불쾌하면서도 쓰라렸다. 길쭉한 쇠꼬챙이로 뱃속을 들쑤시는 기분이었다. 웃는 얼굴을 보기 싫으면서도 슬쩍슬쩍 쳐다보았다.

멋쩍은 듯 돌아서는 김한수와 눈이 마주쳤다. 배시시 웃음기를 머금고 있는 김한수의 얼굴을 보자 안에서 어떤 끈이 팽

팽하게 당겨지는 기분이었다.

입꼬리가 올라간 김한수의 웃는 입과 처진 눈꼬리가 볼썽사나웠다. 이진혁은 혐오스러운 듯 쏘아보았다. 그런 이진혁을 바라보던 김한수가 벙싯 웃더니 이진혁의 눈을 마주 보았다. 믿는 구석이 있는 건지 상대를 간파한 건지, 자신감을 보이며 눈빛을 받아 내는 김한수를 보자 이진혁은 배알이 꼴렸다.

아, 저 새끼 죽여 버리고 싶네.

◇◇◇◇◇

장채린은 반쯤 넋이 나간 채였다. 브리핑이 귀에 들어오지 않았다. 말없이 자기 손을 내려다보았다. 더럽혀진 손을 보며 처참한 기분이 들었다. 그저 최선영에게 잘 보이려고 한 일이 걷잡을 수 없이 커졌다. 남상진 팀장을 비롯해 무고한 알파연대 간부들에게 없는 죄를 덮어씌웠다. 그렇다고 자신이 한 짓이라고 나설 수도 없다.

이득이 된 일도 전혀 없었다. 아니, 오히려 이용만 당하고 버림받았다. 최선영은 사무장으로 진급하여 팀장 자리에 올랐다. 오지영은 부사무장으로 진급하고 부팀장도 맡게 되었다. 설마 했지만, 역시였다. 배신감에 치가 떨렸다. 재주는 곰이 부리고 돈은 왕 서방이 가져간다고, 살 떨리는 더러운 짓은 자기가 했는데 승진은 오지영이 했다. 거기다가 흠모하던 김한수마저도 최선영과 놀아나는 더러운 남자가 되더니 부사무장으로 진급하였다.

장채린은 울분이 치밀었다.

그날 세게 나갔어야 했는데.

사진의 출처를 물었을 때 딱 잡아뗐어야 했어.

아니, 최선영과 오지영이 불러냈을 때 나가지 말았어야 했다. 더 큰 회유와 협박이 있을 줄이야. 하긴, 미리 안다고 피할 수 있었을지, 그조차도 의문이지만.

“다른 사람도 아니고 어떻게 채린이, 네가 나한테 그럴 수 있니?”

차갑게 묻는 최선영의 옆에는 오지영이 이죽거리며 서 있었다. 장채린이 당황하며 해명하려 했지만, 소용없었다.

“도대체 날 뭘로 본 거니? 사내 익명 게시판에 사진 올린 사람도 너니?”

장채린이 펄쩍 뛰며 아니라고 발뺌했지만, 최선영은 이미 기정사실로 여기며 책임을 묻고 있었다.

“나, 우리 딸한테 떳떳한 엄마야. 아무리 김한수 씨가 여자들한테 인기가 많고 좋아 죽겠다고 해도 그렇지, 가정도 있고 아이 엄마인 나를, 그렇게 저질스러운 추문으로 모함할 수 있어? 꼴랑 그 사진 하나 갖고서?”

최선영의 말이 끝날 때마다 오지영은 자기가 아니라고 하지 않았냐고 추임새를 넣어 가며 맞장구를 쳤다. 업무적으로 만날 수도 있는 거지 뭘 그리 예민하게 굴어서 이 사달을 만들었냐고 타박했다.

“허위 사실 유포와 명예 훼손으로 고소할까도 생각했어. 남편이 잘 아는 변호사가 있거든. 전관이라 좀 비싸지만, 지금 돈이 문제겠어? 나와 내 아이의 명예가 달려 있는데?"

장채린은 바닥만 바라보았다. 자기 주변에 법조인이 있나 생각해 봤지만, 얼마 전에 공인 중개사 자격증을 딴 친척 언니만 떠올랐다. 자신의 초라한 처지가 비참하고 수치스러웠다.

옆에서 시끄럽게 분위기를 몰아가던 오지영이 약속이 있다며 슬쩍 빠져나갔다. 아마도 최선영이 눈치를 준 것 같았다.

오지영이 가고 난 후 두 사람 사이에 무거운 침묵이 흘렀다.

"저기, 죄송해요, 잘못했어요."

최선영이 다가오자 장채린은 움찔 뒤로 물러났다. 최선영이 귓속말로 장채린에게 무어라 속삭이기 시작했다. 장채린은 뻣뻣하게 굳은 고개를 연신 끄덕였다. 그런 장채린을 내려다보며 최선영은 흐뭇한 미소를 지어 보였다.

그 미소를 믿지 말았어야 했어.

투서만 전달하고 나오면 끝날 줄 알았는데, 투서를 전달한 인물이 장채린이라는 소문이 나고 말았다. 기업 노조와 알파연대 직원들은 물론, 노조에 가입하지 않은 동료들도 수군거리며 장채린을 비난했다.

거기다가 김한수를 스토킹하고 몰래 촬영하던 일까지 속속들이 밝혀졌다. 김한수도 장채린을 보면 무슨 벌레라도 보는 듯 혐오스러운 표정을 지으며 피했다. 다른 남자 승무원들도 장채린을 모르는 체하거나 눈을 마주치려 하지 않았다. 동료들은 장채린의 스토커 같은 면모를 조롱하며 '미저리 장채린'이라고 부르기도 하고, 줄여서 '미채린'이라 불렀다. 도가 지나친 사람들은 살집 있는 용모가 미쉐린 타이어 같다며 '미쉐린'이라고도 불렀다.

장채린은 몸과 정신을 제대로 가누기가 힘들었다. 멀미가 날 것 같았다. 브리핑이 끝나고 모두가 비행을 준비하러 가는데도 장채린은 의자에 주저앉았다. 모멸감과 수치스러움에 정신이 아득했다.

"죽고 싶다."

장채린이 한탄하며 혼잣말을 내뱉었다.

"죽긴 왜 죽어?"

장채린은 정신이 번쩍 들었다. 고개를 들자 누군가가 자기를 내려다보고 있었다.

"죽은 사람만 억울한 거야. 가만히 당하고만 있으면 안 돼."

신의 부름을 받드는 사제처럼, 장채린은 천천히 고개를 끄덕였다.

28. 폭풍전야

날씨는 을씨년스러웠다.

LA행 A380이 승객 사백일곱 명과 승무원 열다섯 명을 태우고 인천 공항에서 20시 30분에 출발할 예정이다. 도착 예정 시각은 현지 시각으로 정각 16시고, 총 비행시간은 11시간 20분 정도 소요된다.

2층짜리 대형 여객기인 터라 객실 승무원은 두 팀이 합류했다. 총괄팀장은 최선영이었다. 객실 승무원 브리핑을 하는 최선영의 옆에 오지영이 심복처럼 서 있었다.

최선영이 각 듀티 구역을 배정하고 승객에 관한 정보를 전달하는 동안, 이수연은 열심히 메모했다. 사무장과 팀장 진급을 동시에 이룬 최선영은 위풍당당한 모습이지만, 이수연의 신경은 한쪽 구석에 가만히 서 있는 남상진에게 향했다. 얼마 전까지만 해도 팀장이었던 남상진이 일반 승무원으로 강등되어 함께 비행에 오르다니, 못 볼 노릇이었다.

일벌백계였다.

팀장에서 팀원으로 강등된 남상진은 회사가 노조를 길들이기에 딱 좋은 본보기였다. 회사에 반항하는 직원이 어떤 처우를 당하는지, 그간 쌓아 온 커리어가 하루아침에 어떻게 무너지는지, 그 일련의 과정은 직원들에게 두려움을 주기에 충분했다. 굳은 얼굴로 브리핑을 듣는 남상진을 팀원들은 애써 모른 척했다.

배가 싸늘했다. 긴장한 탓인지 이수연은 손에 땀이 배어 나왔다. 땀 때문에 미끄러진 볼펜이 요란한 소리를 내며 떼구르르 굴러갔다. 최선영이 하던 말을 멈추고는 이수연 쪽을 바라보았다.

서슬 시퍼런 눈빛에 위압감을 느낀 이수연은 얼른 볼펜을 주우려 했다. 다닥다닥 붙어 있는 승무원들 사이에서 이리저리 엉덩이 방향을 바꿔 가며 허리를 숙이려 했지만, 각이 나오지 않았다. 이러지도 저러지도 못하는 수연에게 누군가가 볼펜을 건넸다.

"아, 감사합니다."

눈물이 날 정도로 고마웠다. 작은 소리로 인사하며 꾸벅 고개를 숙이는데 볼펜을 건네는 손 밑으로 허리춤에 얼룩진 블라우스가 눈에 들어왔다. 급한 대로 이수연은 볼펜부터 받아 들었다. 브리핑이 끝나는 대로 얼룩에 대해 알려 줘야겠다고 생각했다.

볼펜은 묵직하고 구조가 복잡했다. 티타늄 재질의 단단한 철제 몸통 위에 달린 노크를 누르자 육각형의 뭉툭한 송곳이

나왔다. 말로만 듣던 호신용 펜이구나 싶었다. 이수연은 이리저리 살피다가 한쪽 뚜껑을 열었다. 숨어 있던 칼날이 드러났다. 이수연은 재빨리 뚜껑을 덮고 다시 반대쪽 뚜껑을 열었다. 비로소 볼펜 심이 나와 메모를 할 수 있었다. 볼펜은 견고하고 단단해서 값이 제법 나가는 물건 같았다. 이수연은 볼펜 주인에게 꼭 돌려줘야겠다고 생각했다.

어느덧 승무원 브리핑이 끝났다. 이수연이 고개를 빼고 주위를 돌아보며 볼펜 주인을 찾았지만, 찾을 수 없었다. 우선은 가슴 포켓에 볼펜을 꽂고 기장의 합동 브리핑을 기다렸다.

"1층 앞쪽 갤리와 일등석 담당인 오지영 씨와 이수연 씨는 서비스에 특히 신경을 써 주세요. 일등석에 여행 인플루언서로 활동하는 신현오, 그러니까 회장님 자제분이 탑승했으니 동영상 촬영에 인색하게 굴지 말 것. 그리고 요구에 잘 맞춰드릴 것. 이 두 가지에 유념해 주시길 바랍니다."

최선영이 당부하듯 말했다.

"세자마마 납셨네."

누군가의 말에 팀원들이 실소를 터뜨렸다. 최선영이 미간을 찌푸리자 이진혁이 어깨를 으쓱거렸다. 약이 오른 듯 최선영이 뭐라 한마디 하려는데, 노년의 기장이 젊은 부기장과 함께 다가와 인사를 건넸다.

"날씨가 흐리지만, 비교적 편안한 비행이 되리라 예상합니다. 기상 컴퓨터도 난기류가 없다고 했으니까요. 모두 행복한 비행 되시길 바랍니다."

기장이 비행시간과 도착 공항, 그리고 비행 관련 설명을 하는 동안 최선영은 승무원의 수를 두 번 세고 한 번 더 세었다. 브리핑을 마치고 기내 점검을 하러 들어가는데, 홍은결이 이수연의 옆으로 따라붙었다.

"오늘 극심한 난기류를 만날 거예요."

홍은결이 경고했다.

"아니, 기장님이 난기류가 없다고 했는데요?"

"저 기장님이 없다고 하면 꼭 만나게 돼요. 그리고 A380은 자살한 여승무원의 원혼이 실린 비행기라서……."

이수연이 '아, 또 시작이구나' 하고 생각하는데 뒤에서 앙칼진 목소리가 들렸다.

"또 시작이다. 허구한 날 귀신 타령이니?"

돌아보니 언제 왔는지 장채린이 서 있었다.

"지겨워 죽겠어. 무슨 비행기마다 귀신이 타고 다니니? 너 혼자만 알고 있든가 하지, 왜 여기저기 말하고 다녀서 사람 불안하게 만들어? 네 일이나 좀 똑바로 해!"

"어이구, 너나 잘하세요."

장채린의 날 선 핀잔에 오지영이 끼어들었다. 사람 좋은 인상을 연기하듯 여유를 부리며 웃는 오지영에게 장채린은 쇳소리를 내며 덤벼들었다.

"부사무장님, 왜 끼어드시는 거예요? 다들 귀신이네 뭐네 정신 사나워서 실수하면 책임질 거예요?"

당황한 오지영이 움찔 뒤로 물러났다. 장채린과 오지영이 서로 얼굴을 붉히며 담당 구역으로 사라지자 홍은결이 이수연을 붙들었다.

"귀신이 자살한 장소는 벙커예요. 누가 부를 때 절대로 돌아보면 안 돼요. 집단 괴롭힘을 당해서 자살했거든요."

"저기, 은결 씨 나도 이런 얘기는 좀……."

"벙커에서 누가 부를 때 절대로 대답하면 안 돼요. 반드시 끌고 갈 거예요."

홍은결이 귀신을 피할 방법이 있다며, 이수연에게 파우치 하나를 건넸다.

"이수연 씨, 여기 점검 좀 부탁해요."

때마침 누군가 불러내는 소리에 이수연은 파우치를 홍은결에게 얼른 돌려주고 빠져나왔다. 홀로 남겨진 홍은결은 잠시 고민하더니 이코노미석 갤리 싱크대 위에 파우치를 올려놓고는 이수연에게 메모를 남겼다.

29. 대가

육중한 에어버스 A380기가 굉음을 내며 활주로를 달렸다. 귀가 먹먹한 승객들은 인상을 찡그리며 침을 삼켰다. 좌석 벨트에 고정된 몸이 기체의 잦은 흔들림에 따라 들썩거렸다. 다들 불편하고 갑갑한 순간이 지나 순항 고도에 이르기만을 기다렸다.

오지영은 매우 언짢았다. 강퍅하게 덤벼든 장채린이 괘씸했다. 비행만 하면 다양한 버전의 귀신 이야기를 늘어놓는 홍은결도 거슬렸지만, 유독 자살한 여승무원 얘기가 신경 쓰였다.

기내에서 자살한 사람이 누구였지?

오지영은 박은하를 떠올렸다.

죽기 전 마지막 비행이 LA행 비행이었던가. 아니야. 박은하는 본사 옥상에서 뛰어내렸어.

그러고 보니 정영주도 옥상에서 뛰어내린 것 같았다. 얼마 전 일인데도 기억이 잘 나지 않았다. 어렴풋이 그랬던 것 같기도 하고 아닌 것 같기도 했다. 비슷한 시기에 두 사람이 스스로 목숨을 끊었다는 사실만 기억할 뿐이었다. 오지영은 갑자기 기억력에 자신이 없어졌다. 고개를 절레절레 흔들며 일에 집중하려 했다.

"저기 박은하 씨, 기내 방송 준비 좀 부탁해요."

아무런 대답이 없자 오지영은 신경질이 났다.

"아, 뭐예요? 내 말 안 들려요?"

"저한테 말씀하신 거예요?"

"그럼, 여기에 박은하 씨랑 나 말고 또 누가 있어요?"

이수연은 주위를 둘러보았다. 오지영 말대로 이수연과 오지영 단 둘뿐이었다. 이수연은 황당한 듯 입을 열었다.

"제 이름은 이수연인데요."

오지영은 그대로 굳어 버렸다. 그랬다. 눈앞에 있는 사람은 박은하가 아니라 이수연이었다. 뜬금없이 박은하 이름을 부르다니. 한동안 잊고 지냈던 이름이었는데, 왜 하필 지금 자신의 입에서 튀어나왔는지 오지영은 알 수 없었다.

이번 비행은 빠졌어야 했어. 일진이 사나울 것 같더라니. 최선영 팀장한테 잘 보이려고 장단 맞춰 주다가 꼴이 뭐람.

"아, 알겠어요. 방송은 내가 할게요. 이코노미석 지원 좀 나가 주세요."

이수연이 알겠다는 듯 고개를 끄덕이고 이코노미석으로 향했다. 오지영은 이수연의 뒷모습을 쏘아보았다. 역시 거슬려. 첫날부터 그랬다. 자세히 뜯어보면 박은하와 전혀 다른 외모인데도 박은하가 떠올랐다.

갑자기 손톱으로 칠판을 긁는 소리가 귓가에 울렸다. 신경이 곤두섰다. 머리를 짓이기는 듯한 통증이 몰려와 섬찟섬찟했다. 그 와중에도 자꾸 박은하가 떠올랐다. 오지영이 애써 무시하려 했지만, 쉽지 않았다.

콜벨이 울렸다. 오지영은 불쾌한 통증과 심기를 꾹 누르며 2A 좌석으로 향했다. 일등석 칸을 혼자 차지한 신현오가 카메라로 기내 여기저기를 비추며 방송을 하고 있었다.

"아, 우리 언니는…… 얼굴보다는 몸매 쪽이네."

신현오는 오지영의 몸을 위아래로 훑어보더니 총을 겨누듯 카메라를 들이댔다. 이상한 포즈를 요구하며 느물거리는 모습을 보자 오지영은 역겨웠다. 경박스러운 말투와 행동이 촌스러운 빨간 후드 티와 참 잘 어울린다고 생각했다.

"자자, 섹쉬한 포즈 좀 취해 주세요!"

"기내 안전을 위해 그런 행동은 하지 않습니다. 필요한 게 있으십니까?"

신현오의 무례한 요구에 오지영은 웃으며 거절했다.

"손님, 기류가 불안정하니 안전을 위해 자리에 앉아 주시겠습니까."

오지영이 말을 돌렸지만, 신현오는 대놓고 회장 아들임을 내세우며 카메라를 계속 겨누었다. 질척거리는 건지 떼를 쓰는 건지 알 수 없었다. 나이와 얼굴과 행동이 따로 놀았다.

'동영상 촬영에 인색하게 굴지 말 것. 그리고 요구에 잘 맞춰드릴 것. 이 두 가지에 유념해 주시길 바랍니다.'

브리핑 때 최선영이 한 말이 떠올랐다.

나를 엿 먹이려고 그랬구나.

아무리 오너 아들이고 재벌 3세라고 해도 저렇게 저급하고 지질한 남자는 옆에 있기만 해도 소름 끼쳤다. 그동안 저 놈한테 당한 여자 승무원들은 얼마나 기분이 더러웠을까.

꼬시려고 꼬리를 쳐?

만약 그럴 만한 꼬리가 있다면 뽑아 버렸으리라, 그렇게 생각하니 웃음이 비어져 나왔다.

"엥? 언니 왜 웃어? 지금 비웃는 거야? 내가 웃겨?"

신현오가 을러대며 다가왔다. 오지영은 신현오를 노려보다 눈을 질끈 감았다. 눈알에 힘주는 수고로움도 아까웠다.

"아, 됐고. 못생긴 언니는 와인이나 갖고 와. 이번에 새로 출시한 와인하고, 기내 서비스로 나오는 와인은 종류별로 죄다!"

"네, 알겠습니다."

오지영은 이를 악물었다.

오지영은 갤리 찬장에 있는 와인병과 와인 잔을 모두 꺼냈다. 모두 열세 잔이었다. 종류별로 와인을 잔에 따르고 나서는 잔마다 침을 뱉고 휘휘 저었다.

"뭐 필요한 거 있어요? 교대 시간 되었는데……."

그때, 이진혁이 들어왔다. 놀란 오지영은 와인을 더 붓는 시늉을 했다.

"이수연 씨가 밀 서비스 도와주는 데 시간이 걸린다고 해서 제가 대신 왔어요."

"아, 저, 그러면, 저 대신 2A에 와인 좀 갖다주시겠어요? 좀 많긴 한데, 부탁드려요. 그럼, 전 레스트 타임이어서 이만 쉬러 갈게요."

오지영은 서둘러 벙커로 향했다.

뒤통수를 한 대 얻어맞은 기분이었다. 오지영은 욕설을 내뱉었다. 최선영이 시키는 대로 투서도 보냈고, 원하는 대로 박은하와 정영주와 알파연대 간부들과 남상진을 쳐내는 데 일조했건만, 그 대가가 개망나니에게 당하는 능욕이라니. 오지영이 또 한 번 욕설을 내뱉으며 파자마 바지로 갈아입는데 비행기가 흔들려 하마터면 넘어질 뻔했다. 분노가 솟구쳤다. 할 수 있는 욕설과 온갖 저주를 내뱉었다.

신경질을 내며 신발을 휙 벗어 던졌다. 벙커 안으로 들어가려는데 갑자기 뒤에 누가 있는 듯한 기분이 들었다. 얼핏 빨간 옷깃이 휙 지나간 것 같았다.

신현오? 혹시 내가 침 뱉는 거 봤나?

놀란 오지영은 신현오가 여기까지 따라온 게 아닌가 생각했다. 오너 아들이지 않은가. 비행기 여기저기 들쑤시고 다녀도 뭐라 할 사람이 없을 테니 가능한 얘기였다. 오지영은 살금살금 기척이 있었던 자리로 가 보았다. 아무도 없었다. 오지영은 안도의 숨을 쉬고 다시 벙커로 향했다.

순간, 기체가 급속도로 하강했다. 오지영의 몸이 위로 튀어 올라 천장에 부딪혔다가 뚝 떨어졌다. 오지영은 비명 한 번 지르지 못했다. 하얀 천장에 거미줄처럼 사방으로 금이 갔다. 널브러진 몸 위로 파편 조각이 후드득 떨어졌다. 순식간에 벌어진 일이었다.

오지영은 사지가 기이한 모양으로 뒤틀린 채 숨을 헐떡였다. 뇌에 충격을 받았는지 눈동자가 빠르게 좌우로 왔다 갔다 하면서 불규칙하고도 잦은 숨을 몰아쉬었다.

누군가가 다가왔다. 하얀 여자의 손이 오지영의 코와 입을 덮자 오지영이 고개를 뒤로 젖혔다. 손은 그만큼 더 힘을 주는 듯 오므라들었다. 오지영이 본능적으로 몸을 뒤틀며 저항하듯 몸부림쳤지만, 바스러진 관절과 뼈는 체중을 이기지 못하고 바닥에 붙은 채 허우적댔다.

이윽고 마지막 힘을 짜내듯 오지영의 몸이 바르르 떨다 멈추었다. 널브러진 오지영의 시신 뒤로 빨간 파자마를 입은 여승무원의 뒷모습이 멀어져 갔다.

30. 둔기의 주인

비행기가 뚝 떨어졌다. 비명이 여기저기 터졌다. 짐칸이 열리고 승객들의 가방과 기체에서 떨어진 플라스틱 조각이 사방으로 날았다. 점프 시트에 앉아 있던 이수연은 의자 모서리를 꽉 움켜쥐었다. 수직으로 하강하는 1분이 1년처럼 길게 느껴졌다. 수직으로 하강하던 비행기가 이번에는 짧은 상승과 하강을 반복했다.

잠시 후, 비행기가 안정을 되찾았다. 과호흡 증세가 온 승객들은 급한 대로 좌석에 비치된 위생 봉투에 코와 입을 대고 숨을 들이쉬었다 내쉬기를 반복했다. 부풀었다 꺼지는 봉투를 바라보며 이수연은 놀란 가슴을 겨우 진정시켰다. 홍은결은 자기 팔을 비비며 몸을 덥히고 있었다.

"은결 씨, 나 이제 일등석에 교대하러 갈게요."

이수연은 좌석 벨트를 풀고는 건너편 점프 시트에 앉은 홍은결에게 말하며 일어섰다.

"어? 블라우스에 뭐가 묻었어요."

홍은결이 이수연을 불러세웠다.

이수연은 블라우스 옆구리를 이리저리 살펴보다가 엄지 손가락 크기 정도의 거무스름한 얼룩을 발견했다. 뭐가 묻었는지 정체를 알 수 없었지만, 이수연은 난감했다. 최선영이나 오지영이 보면 복장 불량이라고 트집 잡을 게 뻔했다.

"아, 이런. 어떡하지?"

"얼른 화장실에 가서 지우고 오세요. 그런 다음에 교대해 줘요."

홍은결의 말대로 이수연은 우선 화장실로 향했다.

잘 지워지지 않았다. 옷자락을 빼서 손 세정제를 묻히고 세면대 물에 비벼 빨아 봤지만, 얼룩은 점점 번져만 갔다.

◇◇◇◇◇

최선영은 기가 막혔다.

"아니, 왜 여기 와 있지? 자기 듀티 존이 아니잖아."

최선영이 알기로, 이수연은 1층 일등석과 이코노미석 지원 담당이다. 그런 수연이 2층 비즈니스석까지 올라올 이유가 없다. 최선영은 눈살을 찌푸리며 바라보았다.

멀리서 이수연의 하얀 블라우스 끝자락이 살랑거렸다. 보아하니 치마 밖으로 블라우스를 빼낸 듯했다. 깜짝 놀란 최선영은 눈을 가늘게 뜨고 다시 쳐다보았다. 거기다가 아랫도리는 치마가 아니라 회사 파자마였다. 최선영은 기겁했다.

"아니, 복장이 왜 저래? 손님들 눈에 띄면 어쩌려고!"

최선영은 한마디 해 줘야겠다 싶어 다가갔다.

"수연 씨! 이수연 씨!"

다급하게 이름을 불렀지만, 반응이 없었다.

괘씸했다. 최선영은 빠르게 성큼성큼 걸어가 따라잡고는 거칠게 잡아끌었다.

"이수연 씨! 내 말 안 들려? 유니폼 똑바로 입……?"

둔탁한 소리와 함께 최선영은 옆통수를 맞고 그대로 고꾸라졌다. 비명을 지를 새도 없었다. 머리를 움켜쥐고 덜덜 떠는 최선영에게 몇 번 더 둔기가 내리쳐졌다.

와인병이었다. 병이 내리쳐질 때마다 최선영의 머리가 들썩거렸다. 몇 번을 그렇게 들썩거리고 나자 유리병이 퍽 하고 터졌다. 붉은 액체가 최선영의 얼굴로 쏟아졌다. 피로 얼룩진 얼굴이 더욱 붉게 물들어 갔다.

최선영은 정신이 몽롱해졌다. 자기를 친 사람이 누구인지 확인하고 싶었지만, 고개가 돌아가지 않았다. 눈알만 굴려 위를 쳐다보니 붉게 물든 여자가 자신을 내려다보고 있었다. 누군지 알아본 순간, 최선영의 동공이 활짝 열렸다.

까만 동공에 여자의 얼굴이 비쳤다. 여자는 고른 이를 드러내고 활짝 웃었다.

31. 뱅기 타고 놀러 가요

"여러분 안녕하세요? '뱅기 타고 놀러 가요'의 신현오입니다."

신현오는 들뜬 기분을 표현하려는 듯 과장된 표정으로 오프닝 멘트를 시작했다.

"여러분도 아시다시피, 코로나 때문에 운영이 중단되었던 일등석이 드디어, 드디어! 다시 운영을 재개하였습니다. 박수! 그렇지! 오늘은 국내 제일 항공사 알파에어의 일등석을 타고 LA로 가 보겠습니다."

이제 천천히 카메라를 창가 쪽으로 향하게 해서 이륙 장면을 담으면 된다. 신이 났다. 여기저기서 슈퍼챗이 쏟아졌다.

육중한 에어버스 A380이 활주로를 가로질러 달렸다. 엔진들이 타오르며 본격적인 이륙에 들어갔다.

귀가 먹먹한지, 신현오는 방정맞게 귀를 막고 입을 벌리고는 카메라를 보며 침을 삼키라는 둥 기압이 어떻다는 둥 누구나 아는 상식을 늘어놓으며 우쭐댔다.

요란한 소음 끝에 비행기가 이륙하고 좌석 벨트 표시등이 꺼졌다. 순항 고도에 이르자 신현오는 카메라를 보며 멘트를 이어갔다.

"와, 정말 비행기가 뜰 때는 온몸이 마비되는 것 같아요. 제가 겁이 좀 많아서요."

채팅 창에서 '신현오 귀엽다', '잔망스러운 재벌 3세', '솔직 발랄 멍뭉미' 등의 반응이 쏟아졌다.

푸핫!

신현오는 뿜어내듯 웃음을 토해 냈다.

"우리 알파에어는요, 코로나를 겪고 나서 서비스가 완전, 좋아졌답니다. 그중 하나가 바로 기내 와인 서비스예요! 기존 와인이 새 와인으로 모두 바뀌었거든요. 그것도 세계 소믈리에 대회에서 우승한 챔피언이 골랐대요. 60종? 암튼 너무 많아서 기억도 안 나는데요. 잠시 후에 그걸 다 맛볼 거예요."

신현오는 올라오는 반응 댓글들을 골라 읽어 주었다.

"취하겠다? 음주 방송? 아유 참, 나 몰라? 나 신현오야! 살짝 맛만 보고 향만 느낄 거라 괜찮아! 오늘 LA행 비행을 선택한 것도 다 이 신규 와인 서비스 때문이지. 지금까지 미주 여행객들이 맛보지 못했던 최고급 와인을, 이 알파에어 LA행 노선에서 처음 시작하거든요. 언제부터? 바로 오늘부터!"

신현오는 거들먹거리며 반말을 섞었다.

"아빠 찬스? 아, 그래. 우리 아빠 회사 맞아. 뭐 부모 잘 만난 것도 내 능력이지."

귀엽다, 솔직하다, 부럽다, 가식이 없어 좋다는 식의 띄워주는 댓글들이 많아지자 신현오는 점점 신이 났다.

"자, 그럼. 우선은 비행의 꽃, 스튜어디스 언니를 만나보겠습니다."

신현오는 콜벨을 눌렀다.

"아, 빨리 안 오네요. 한 번 더 눌러 보겠습니다."

신현오는 삐진 듯 입을 빼죽 내밀더니, 마치 게임 키보드를 누르듯 빠르게 콜벨을 여러 번 눌렀다.

곧 있으니 여자 승무원이 도착했다. 공손하게 미소 지으며 말을 거는 승무원을 향해 신현오는 다른 카메라를 들이댔다. 유튜브 생방송 화면에 승무원과 승무원을 찍는 신현오가 나란히 잡혔다.

"아, 우리 언니는…… 얼굴보다는 몸매 쪽이네. 자자, 섹쉬한 포즈 좀 취해 주세요!"

"기내 안전을 위해 그런 행동은 하지 않습니다. 필요한 게 있으십니까?"

정중히 거절하는 승무원에게 신현오는 카메라를 계속 겨누었다.

"아, 이 언니가! 나 누군지 몰라? 회사 생활 못 하겠네. 됐고! 그 코카인 댄스 좀 춰 봐."

신현오가 느물대며 멜로디를 흥얼거렸다. 당황한 승무원이 어색하게 웃었다.

"엥? 웃어? 지금 비웃는 거야? 내가 웃겨?"

신현오가 을러대며 다가왔다. 승무원이 겁에 질린 듯 눈을 질끈 감아 버리자 신현오는 김샜다는 듯 자리로 돌아갔다.

“아, 됐고. 못생긴 언니는 와인이나 갖고 와. 이번에 새로 출시한 와인하고, 기내 서비스로 나오는 와인은 종류별로 죄다!”

“네, 알겠습니다.”

신현오는 거들먹거리며 자리에 앉고는 채팅 창을 바라보았다.

싸가지가 없네, 성희롱이네, 갑질이냐는 식의 댓글이 쏟아지자 신현오는 시청자에게 욕설을 내뱉으며 싸우기 시작했다.

한참을 열 올리며 싸우는데, 이번에는 남자 승무원이 와인잔이 잔뜩 담긴 커다란 쟁반을 들고 다가왔다. 그 모습을 본 신현오는 표정이 금세 밝아졌다.

“보셨죠, 여러분? 이게 알파에어의 새로운 와인 서비스입니다. 이번에 새롭게 선정한 와인은 기존 프랑스 위주의 와인 외에도 칠레산, 스페인산, 미국산 와인도 포함되어 있어요.”

신현오가 우쭐댔다.

“스테이크, 한식, 중식, 이탈리안, 멕시칸 등등, 다양한 맛의 기내식 메뉴와 조화롭게 즐기실 수 있답니다. 기내식과 함께 먹는 모습을 보여드리면 좋겠지만, 우선은 와인부터 종류별로 맛을 보고 가장 어울릴 법한 기내식과 매칭을 해서 보여드릴게요. 일등석에서만 가능하냐고요? 아니, 아니, 이건 이 신현오만 누릴 수 있는 서비스란 거죠. 거기 두고 가세요.”

신현오의 말이 끝나자 남자 승무원은 와인 쟁반을 내려놓고 돌아갔다.

“자, 그럼. 가장 영롱한 빛깔의 검붉은 레드와인부터 시음을 시작하겠습니다.”

신현오는 한 잔을 쭉 들이켜더니 빈 잔을 내려놓고는 시원한 탄성을 질렀다.

“아, 맞다! 이렇게 급하게 마시면 안 되죠. 실수예요. 실수! 이제 하나하나 맛을 보고 알려드릴게요.”

신현오는 와인을 맛보고 향긋하다는 둥 보디감이 묵직하다는 둥 아는 체를 늘어놓았다.

잔이 하나둘 비어 갈수록 신현오의 얼굴이 점점 발그레해졌다. 신현오는 기분이 좋은 듯 헤실헤실하며 카메라를 보고 주절주절 말을 이어갔다. 혀가 풀려 어눌한 발음을 주체하지 못하고 목소리가 커졌다. 이따금 가쁜 호흡을 몰아쉬면서 연거푸 와인을 들이켜던 신현오가 가슴을 움켜쥐더니 그대로 고꾸라졌다.

화면이 몹시 흔들렸다. 와인 잔과 카메라 장비들이 와르르 쏟아지고 깨지는 모습이 화면에 보이자 채팅 창 메시지들이 쭉쭉쭉 빠른 속도로 올라갔다. 깨진 유리 파편이 눈보라처럼 흩날렸다가 중력의 방향으로 후드득 떨어졌다.

뭐야, 난기류야? 사고 났어? 그렇게 처마시더니, 죽은 거야? 등 놀란 메시지가 한참 쏟아졌다. 그것도 잠시뿐, 시청자들은 썰물 빠지듯 빠져나갔다.

32. 파란 가루

이진혁은 빙긋 웃었다.

탑승객 명단에 적힌 신현오의 이름을 보자 가슴이 두근거렸다. 행운의 여신은 자기 편이라는 확신이 들었다. 이번 LA행 비행이 처음이자 마지막 기회라고 이진혁은 생각했다.

마침, 택배도 와 있었다. 이진혁은 현관 앞에 놓인 택배 상자를 들고 집 안으로 들어갔다. 식탁에 올려 둔 다음 방에 들어가 커터 칼과 약상자를 갖고 나왔다.

최선영의 남편은 약발이 잘 받았나 모르겠네.

이진혁은 키득거리며 상자 테이프 위를 커터 칼로 그었다. 날개를 펼치듯 상자가 열렸다. 비닐을 벗기자 스테인리스 사발과 절굿공이에서 영롱한 빛이 쏟아졌다. 절로 오, 하는 감탄사가 나왔다. 견고하고 잘생긴 막자사발을 보니 이진혁은 기분이 좋아졌다.

약상자를 뜯어 노란 플라스틱병을 꺼냈다. 병 안에 담긴 파란 마름모꼴 알약을 사발에 쏟아붓고는 절굿공이로 짓이겼다. 파란 가루가 수북해졌다. 이진혁은 주방에 가서 자기 손바닥 반 크기의 지퍼 백을 들고 왔다. 그 안에 가루를 담으며 흡족한 미소를 지었다.

그게 정말일까?

정말일지 아닐지는 내일 보면 알 것이다.

◇◇◇◇◇

이진혁은 재밌다는 듯 지켜보았다.

오지영은 제 성질을 못 이기고 신경질을 부리느라 이진혁이 온 줄도 모르고 와인병과 와인 잔을 잔뜩 꺼내 와인을 콸콸 쏟아 내고 있었다. 그러고 나서는 잔마다 침을 뱉고 휘휘 저으며 찰진 욕설도 내뱉었다. 그 모습을 보는 재미가 쏠쏠했다.

제법 박력 있는데.

이진혁은 히죽 웃던 얼굴의 웃음기를 지웠다. 이제 무대에 오를 시간이었다.

"뭐 필요한 거 있어요? 교대 시간 되었는데……."

갑자기 갤리 안으로 들어온 진혁의 기척에 놀란 오지영은 당황한 듯 와인을 더 붓는 시늉을 했다. 이진혁은 짐짓 모른 척 말을 이었다.

"이수연 씨가 이코노미석 밀 서비스 도와주는 데 시간이 걸린다고 해서 제가 대신 왔어요."

오지영이 반가운 듯 이진혁을 보며 활짝 웃었다.

"아, 저, 그러면, 저 대신 2A에 와인 좀 갖다주시겠어요?

좀 많긴 한데, 부탁드려요. 그럼, 전 레스트 타임이어서 이만 쉬러 갈게요."

오지영이 서둘러 벙커로 향하자 이진혁은 주머니에서 지퍼백을 꺼내 살짝 흔들어 보았다. 파란 가루가 사락거리며 이리 쏠렸다가 저리 쏠렸다 했다. 이진혁은 그 파란 가루를 잔마다 조금씩 부었다. 어느새 파란 가루는 붉은 와인 안에 녹아 흔적도 없이 사라져 버렸다. 보랏빛이 진해진 포도주가 아름다워 보였다.

멀쩡한 사내놈인지 아닌지는 두고 보면 알겠지.

이진혁은 신현오에게 와인을 갖다주고 나서는 느긋하게 일등석 좌석 하나를 골라 앉았다. 신현오가 매우 잘 보이는 자리였다.

◇◇◇◇◇

신현오가 휘청댔다. 서서히 무너지면서 고개가 좌석 테이블 위로 쿵, 고꾸라졌다. 그 바람에 테이블에 놓인 와인 잔들도 와르르 쏟아졌다.

그런 다음, 난기류가 들이닥쳤다.

기체의 흔들림 속에서 이진혁은 손잡이를 꽉 붙잡았다. 손가락 관절이 하얗게 도드라졌다.

〈제럴드의 게임〉이었나?

이진혁은 눈을 감고 영화의 한 장면을 떠올렸다. 정력을 극복하기 위해 실데나필을 먹고 심정지가 온 남자의 최후를. 부인을 침대에 묶고 폭력적인 방법으로 정력을 과시하고 싶었지만, 결국 들개의 먹이가 된 남자의 최후를.

이진혁이 만족스러운 미소를 지으며 숨을 들이마셨다가 길게 내쉬었다.

기체가 잠잠해졌다.

이진혁이 눈을 떴다.

이제 다음 단계로 갈 차례다.

◇◇◇◇◇

이진혁은 비행기 뒤쪽 갤리로 향했다.

난기류가 휩쓸고 간 기내는 아비규환이었다. 여기저기서 충격과 공포에 사로잡힌 승객들이 도와달라 아우성치고, 그 부름에 왔다 갔다 하는 승무원들은 진땀을 쏟았다. 고통에 울부짖는 소리에도 아랑곳하지 않고 이진혁은 그들 사이를 가로질러 걸었다.

갤리 작업대 위에 붉은 파우치가 보였다. 홍은결이 이수연에게 남긴 메모도 함께 있었다. 귀신을 쫓아낼 수 있다는 메모를 본 이진혁은 파우치 안을 들여다보았다.

쑥과 소금과 고춧가루와 라이터.

이걸로 박은하의 원혼을 내쫓겠다고?

조잡한 조합에 이진혁은 웃음이 났다. 한참을 미친 사람처럼 끅끅대며 웃었다.

그러고 보니 박은하가 죽은 이유도 조잡했다. 제 부모 뒷배만 믿고 설쳐대는 볼품없는 애송이와 먹고살려고 아등바등 발악하는 인간들, 그리고 박은하 특유의 쓸데없는 양심과 하찮은 죄책감. 그런 조잡한 것들 때문에 박은하가 말도 안 되는 선택을 하지 않았던가.

갑자기 치미는 울분에 이진혁은 또다시 힘주어 눈을 감았다가 떴다.

끝까지 가 보면 알겠지.

33. 일만 미터 상공의 악몽

기체가 잠잠해지자 이수연은 잡고 있던 화장실 난간에서 손을 떼었다. 천천히 자리에서 일어나 다시 세면대 앞으로 다가갔다.

"아, 이런. 어떡하지?"

손 세정제를 묻히고 비벼도 얼룩은 지워지지 않았다. 이수연은 아예 치마에서 블라우스 자락을 빼냈다. 세면대 물에 빨아 봤지만, 얼룩은 점점 번져만 갔다.

어쩔 수 없지.

그냥 벌점을 받고 말아야겠다고 체념한 이수연은 유니폼 옷매무시를 가다듬고는 화장실 밖으로 나왔다.

기체가 순항 고도로 진입했지만, 이코노미석 승객들은 너도나도 고통을 호소하며 멀미 봉투를 찾았다. 이수연은 비행기 앞쪽 갤리로 향하는 중에도 승객들을 진정시키느라 정신없었다.

일등석 콜벨이 요란하게 울렸다.

2A 자리였다. 이수연은 서둘러 신현오의 자리로 향했다. 여기저기 깨지고 어질러져 난장판이 된 자리에 신현오가 엎드린 채로 잠들어 있었다.

불러 놓고 잠든 건 뭐지?

무언가에 눌려 콜벨이 울렸나 싶어 좌석 옆면을 이리저리 살폈다. 그런 낌새는 전혀 보이지 않았다.

이수연이 신현오의 어깨를 살짝 흔들었다.

"손님? 손님, 부르셨습니까? 필요하신 걸 말씀해 주세요."

이수연은 놀라 멈칫하고 말았다. 신현오의 고개가 꺾이더니 축 늘어지며 서늘한 한기가 훅 올라온 터였다.

숨을 쉬지 않는 것 같았다. 코에 손을 대 보았지만, 알 수 없었다. 영화에서 본 것처럼 경동맥을 짚어 보았다. 맥박이 뛰는지 아닌지는 알 수 없었지만, 차갑게 식은 살갗의 촉감에 소름이 돋았다. 신현오는 사망했다. 이수연은 당황했다. 시신을 처음 본 터였다.

어떡하지? 이대로 둬야 하나?

머릿속이 하얘져서 발만 동동 구르고 있는데, 마침 남상진이 다가왔다.

"무슨 일이에요?"

남상진은 놀란 수연의 얼굴을 보다 시선을 돌려 신현오를 내려다보았다. 침착하게 신현오의 목덜미를 만지고 나서는 신현오의 사망을 확인했다. 가까운 좌석에 승객들이 없어서 다행이었다. 남상진은 신현오의 자리를 정돈하고 시신을 좌석 벨트로 묶고 담요로 덮었다.

"심정지가 와서 사망한 것 같아요. 팀장한테 보고해야겠어요."

"저, 저기……. 감사합니다."

덜덜 떨리는 이수연의 손을 보며 남상진은 이수연의 어깨를 툭 쳤다.

"많이 놀랐죠? 고생 많았어요."

남상진은 가려다 말고 돌아섰다.

"오지영 씨는요?"

"저도 잘 모르겠어요. 쉬는 시간이 되어서 교대해 주러 왔는데 갤리에는 아무도 없었어요."

이수연은 갑자기 몸이 떨렸다. 한기가 들어서인지, 불길한 예감 때문인지 알 수 없었다.

"혹시, 난기류 때문에 다쳤을지도 모르니 제가 벙커에 다녀올게요."

이수연은 재빨리 벙커로 내려갔다.

◇◇◇◇◇

오지영의 모습은 처참했다. 마치 못된 아이가 망가뜨린 바비 인형처럼, 사지가 사방으로 뒤틀린 모습에 이수연은 소스라치게 놀라 굳어 버리고 말았다. 아찔했다. 그래도 뭐든 해야겠다는 생각에 급히 남상진을 찾아 일등석으로 향했다.

기내 사망자 두 명.

남상진도 이런 경험은 처음이었다. 놀랐는지 널찍한 어깨를 둥그렇게 말고는 한동안 머뭇거렸다. 무엇부터 해야 할지, 두 사람은 잠시 고민에 빠졌다.

"우선, 팀장님에게 보고부터 할까요?"

이수연은 아차 싶어 잠시 남상진의 눈치를 살폈다. 얼마 전까지만 해도 팀장이었던 사람 앞에서 실수한 것 같았다. 안 그래도 권한과 책임이 없어 답답할 텐데. 무엇보다 자존심이 가장 상할 것 같았다. 그런 수연의 마음을 알았는지 남상진은 괜찮다는 듯 고개를 끄덕여 보였다. 두 사람은 최선영을 찾아 2층 비즈니스 갤리로 향했다.

이수연과 남상진은 숨이 멎는 것 같았다. 갤리 뒤쪽에서 발견된 최선영도 숨진 상태였다. 처참하게 뭉개진 얼굴은 피와 포도주로 얼룩져 있었다. 남상진은 사안이 심각함을 깨닫고 즉시 기장에게 향했다.

◇◇◇◇◇

승객 한 명과 승무원 두 명 사망.

기장은 당황하는 듯했지만, 내색하지는 않았다. 죽은 승객이 알파에어 오너의 아들이고, 거기다가 승무원 두 명까지 사망했다. 기장은 알파에어를 향한 테러를 의심했다.

"테러범이든, 연쇄 살인범이든 이대로는 LA에 갈 수 없을 것 같습니다. 회항하겠습니다."

승객들의 혼란을 막기 위해 당분간 테러범이나 연쇄 살인범에 관한 이야기는 승무원들끼리만 알기로 했다. 기장은 회항에 관한 안내 방송만 하기로 했다.

—승객 여러분, 기장입니다. 기상 악화로 인해 안전을 위해 인천 공항으로 회항하겠습니다. 위험이 발생할 수 있으니 자리에서 떠나지 말아 주시길 당부드립니다. 손님 여러분, 좌석 벨트를 매 주십시오. 아울러 화장실 사용은 삼가 주시길 바랍니다.

다른 승무원들이 불안해하는 승객들을 안심시키는 동안 남상진과 이수연은 기내를 돌아다니며 수상한 사람이 있는지 살펴보았다.

이수연은 비행기 뒤편 갤리로 향했다. 홍은결이 쪼그리고 앉아 있었다. 난기류 때문에 머리를 부딪쳤는지 이마에 흐르는 피를 멈추려고 손으로 상처를 누르고 있었다.

"은결 씨, 다쳤어요? 괜찮아요?"

"아, 네. 미끄러지는 바람에……."

홍은결의 이마 한쪽이 봉긋 솟아 푸르죽죽한 색깔로 변해 갔다.

"얘기는 들었어요. 최선영 사무장님하고 오지영 부사무장님, 그렇게 된 거요."

홍은결은 의외로 담담했다. 귀신의 짓이라든가 원혼의 저주라는 말을 할 줄 알았는데, 그저 조용히 상처를 소독하고 얼음찜질을 했다. 오히려 이쪽이 괴괴한 느낌이었지만, 이수연은 더는 얘기하지 않는 편이 좋겠다 싶었다.

"은결 씨, 상처 잘 소독하고요, 혹시라도 수상한 사람 나오면 피해요."

"언니도 조심하세요."

이수연은 고개를 끄덕이고는 다시 일등석 갤리로 돌아갔다.

"사람이 더 무서운 법이에요."

홍은결이 나지막이 속삭였다.

◇◇◇◇◇

일등석 칸에는 장채린이 멀뚱히 서 있었다. 빨간 파자마 차림의 장채린은 넋이 반쯤 빠진 채 죽은 신현오를 내려다보고 있었다. 이수연은 장채린이 벙커에서 자다가 난기류에 놀라 뛰쳐나왔다고 생각했다.

"괜찮아요?"

이수연이 묻는 말에 장채린은 작게 중얼거렸다.

"네? 뭐라고요?"

장채린은 대답 대신 이수연을 바라보았다. 공허한 눈동자가 섬뜩했다. 손에는 깨진 와인병이 들려 있었다. 날카로운 유리 날에 붉은 액체가 뚝뚝 떨어졌다. 사냥감의 살점을 뜯어먹은 맹수 이빨처럼 섬뜩했다.

이수연은 본능적으로 뒷걸음질 쳤다. 와인과 피로 범벅이 된 최선영의 얼굴이 뇌리를 스쳐갔다. 비행기에 있는 원혼이니 귀신이니, 그런 게 있다면 이런 모습일 것이다. 이수연은 갑자기 몸에 한기가 느껴졌다.

장채린은 나지막이 웅얼대며 다가왔다.

뭐라고 중얼거리는지는 알 수 없었다. '죽지 않아'인지 '죽일 거야'인지 도통 알 수 없는 소리에 이수연은 정수리가 쭈뼛 섰다. 등이 기내 벽에 닿았다. 더는 갈 곳이 없어진 이수연을 향해 장채린이 달려들었다. 비명을 지르며 옆으로 피하자 이수연의 뒤로 굵고 우렁우렁한 비명이 터졌다.

김한수였다.

언제 왔는지 김한수가 배에 꽂힌 유리병을 감싸 안고 쓰러졌다. 갑작스러운 김한수의 등장 때문인지, 아니면 자기 손에 김한수가 다쳐서인지, 장채린은 놀란 듯 굳어 버렸다.

이수연은 재빨리 장채린을 넘어뜨렸다. 마침 김한수의 비명을 듣고 나타난 남상진과 홍은결도 함께 장채린에게 달려들어 포박했다. 장채린은 아무런 저항도 하지 않고 중얼중얼 같은 말만 반복했다.

"죽은 사람만 억울한 거야. 당하고만 있으면 안 돼."

34. 불길

회항한 A380기가 인천 공항에 착륙했다. 놀란 승객들이 모두 내렸다. 증상에 따라 병원에 입원하는 승객이 있는가 하면 알파에어 측에서 마련한 근처 호텔로 이동하는 이들도 있었다. 포박된 장채린은 공항 경찰에게 넘겨지고 신현오, 최선영, 오지영의 시신은 병원 영안실로 옮겨졌다. 자상을 입은 김한수와 난기류로 이마에 열상을 입은 홍은결은 각각 구급차를 타고 병원으로 실려 갔다.

자연재해와 인재 사고를 동시에 겪은 재난 현장은 어수선했다. 남상진이 본사에 전화로 보고하는 동안, 이수연과 다른 승무원들은 남은 사람이 없음을 확인했다.

“그래도 무사히 인천 공항에 착륙해서 다행이야.”

누군가 안도의 말을 내뱉었다. 승무원들은 너 나 할 것 없이 고개를 끄덕이며 서둘러 기체를 빠져나갔다.

이수연도 뒤따라가는데, 어딘가에서 사람 소리가 들렸다.

노랫소리 같기도 하고, 흐느낌 같기도 한 소리는 기내 하부 벙커 쪽에서 낮게 울리고 있었다.

"무슨 소리 못 들었어요?"

승무원들은 다들 고개만 저었다.

"제가 가 볼게요."

이수연은 소리가 들리는 쪽으로 서둘러 걸음을 옮겼다.

벙커 안에는 유니폼 차림의 남자 승무원 하나가 허공을 바라보며 멍하니 서 있었다. 이수연은 조심스럽게 사다리를 타고 내려갔다.

"저기, 괜찮으세요?"

이수연이 다가가며 묻자 남자가 몸을 돌렸다. 이진혁이었다.

"아, 선배님이었어요?"

이수연은 안도하듯 숨을 내쉬었다.

"범인은 잡혔어요. 기내도 다 정리되었고요."

이진혁은 공허한 눈으로 이수연을 한 번 건너보기만 할 뿐 다시 허공을 바라보았다. 이수연은 이진혁이 적잖이 충격을 받았다고 생각했다.

"다들 많이 놀란 것 같아요. 장채린 씨가 왜 그랬는지는 모르겠지만, 경찰서에서 조사하다 보면 나오겠죠."

"죽었으면 갈 길 가지 왜 여기 머물까? 죽은 게 억울해서? 당한 만큼 갚아 주려고?"

뜬금없는 말에 이수연은 어리둥절했다.

"복수는 살아 있을 때 했어야지. 죽은 다음에 하면 뭔 소용이야. 아, 힘이 없어서 그랬나?"

이진혁이 키득거리며 웃었다.

"저기……."

"그럼 뭐 해. 그런다고 죽은 사람이 돌아오는 것도 아닌데. 텅 빈 자리는 울분과 복수로도 채울 수 없더라고."

이진혁이 허공을 향해 한탄하듯 말했다.

"은하, 너 하나만 없어진 줄 알았는데, 내 안의 영혼도 사라진 것 같아."

은하?

이수연은 그런 이진혁을 바라보다 문득 어떤 이름이 떠올랐다.

'그럼, 여기에 박은하 씨랑 나 말고 또 누가 있어요?'

오지영이 자기를 향해 부르던 이름이었다.

"왜 그랬어? 왜 하필, 내가 준 선물로 그랬어? 그놈 목을 찌르랬는데, 왜 네 목을 찌른 거야?"

이진혁이 이수연을 바라보았다. 분노와 원망이 섞인 눈이었다.

'아끼던 후배가 스스로 목숨을 끊었어요. 수연 씨를 보면 그 친구가 생각나서…….'

예전에 남상진이 했던 말도 떠올랐다.

동료들의 괴롭힘 때문에 자살했다던 후배가…… 박은하였어.

이수연은 깨달았다. 오지영과 이진혁을 비롯한 팀원들 대다수가 이수연을 박은하와 겹쳐 보고 있었음을. 입사 첫날부터 힐끔거리던 시선도, 무심코 부르던 이름도, 모두 박은하의 흔적이었다. 비로소 조각난 퍼즐들이 맞춰지는 기분이었다.

도대체 얼마나 닮았길래, 다들 나한테 이러는 거야.

억울하면서도 짜증이 났다. 이수연은 옅은 숨을 내쉬고는 이진혁을 향해 다가갔다. 충격이건 착각이건, 당장은 이진혁을 데리고 기내에서 나가야 한다.

“알겠어요. 우선 나가서 얘기해요.”

이수연이 어르듯 말했지만, 이진혁은 꿈쩍도 하지 않았다.

“다들 집에 갔어요. 그러니까 우리도…….”

“어때? 이제 좀 편해졌을까?”

“무슨 말이에요?”

“너를 괴롭히던 것들 말이야. 전부 다 죽으니까 어때?”

이진혁이 이수연을 돌아보았다. 초점 없는 이진혁의 눈빛이 섬뜩했다.

“선배, 저는 박은하가 아니에요.”

이수연은 천천히 힘주어 말했다.

“알아.”

서느런 기운에 이수연은 오싹했다.

“뭐예요? 나 때문에 그 사람들이 죽거나 잘못됐다는 말이에요? 말도 안 되는 소리 하지도 마요. 내가 언제 그 사람들을…….”

기억났다.

‘나한테 얘기해요. 수연 씨가 원한다면, 내가 일을 편하게 할 수 있도록 도와줄게요.’

'그렇게 되면 너무 좋죠. 감사해요.'

이수연은 국밥집에서 히죽이며 이진혁에게 했던 말이 떠올랐다.

"아니, 그런 얘기가 아니잖아요!"

이수연은 억울하면서도 무서웠다. 사소한 말 한마디를 계기로 살인을 저질렀다는 말이 끔찍했다.

"많으면 많을수록 좋겠지."

이진혁의 말을 듣는 순간, 이수연은 얼어붙고 말았다.

이진혁과 장채린이 공범일지도 모른다. 아니, 어쩌면 진짜 범인은 이진혁일지도 모른다.

이수연은 침을 꼴깍 삼켰다.

어느새 이진혁이 눈앞으로 성큼 다가왔다.

"더러운 꼴 보면서 아등바등 살아 봤자 뭐 해. 너도 같이 가자."

귓가에 속삭이는 굵고 낮은 목소리.

목에 닿은 단단한 손가락 마디의 체온과 압박감.

이수연은 정신이 아득해져만 갔다.

그때, 화재경보기가 울렸다. 정신이 퍼뜩 들었다. 이수연은 있는 힘껏 이진혁의 손을 뿌리치고는 재빨리 사다리를 향해 뛰었다.

이진혁이 더 빠른 속도로 뒤따라와 이수연을 붙잡았다. 이수연이 빠져나가려고 몸부림쳤지만, 성인 남성의 근력을 이기기에는 역부족이었다. 이진혁은 버둥거리는 이수연을 끌어

내렸다. 버둥거리던 이수연이 뚝 떨어지면서 이진혁도 한데 엉켜 쓰러졌다. 그 바람에 이수연의 포켓에서 택티컬 펜이 떨어졌다.

벙커 안으로도 연기가 스멀스멀 들어왔다. 두 사람은 떨어진 충격에 몸을 허우적댔다. 먼저 일어난 이진혁이 이수연의 몸에 올라타더니 짓누르기 시작했다.

"다 너 때문이야. 네가 내 말을 안 들어서!"

이진혁이 사납게 으르렁거렸다. 이수연은 꼼짝할 수 없었다. 숨이 막혀 왔다. 버둥거리며 팔을 휘젓다가 바닥에 떨어진 펜이 손에 잡혔다. 펜을 집어 들고 뚜껑을 열었다. 칼날이 반짝였다. 이수연은 힘껏 이진혁의 허벅지를 찔렀다.

이진혁이 외마디 비명을 질렀다.

그 틈에 이수연은 필사적으로 도망쳤다.

◇◇◇◇◇

승무원들이 하나둘 공항을 떠나기 시작했다. 충격과 공포의 비행이었지만, 내색은 하지 않고 다음 비행을 기약하며 작별 인사를 나누었다.

마침, 병원에서 돌아온 남상진이 공항 안으로 들어왔다. 팀원들의 안부를 묻는데 이수연과 이진혁이 보이지 않았다.

"둘 다 비행기에서 아직 안 나왔나 봐요. 수연 씨가 무슨 소리가 난다며 뛰어갔는데."

남상진은 급히 비행기 안으로 뛰어갔다.

기내에는 연기가 자욱했다. 어딘가에서 도움을 청하는 목소리가 들렸다.

남상진은 소리 난 쪽으로 황급히 달려갔다. 연기 속에서 사람 그림자가 보였다. 서서히 윤곽을 드러낸 그림자는 이수연이었다. 찢겨 나간 유니폼에 머리는 산발이었다. 검댕과 땀과 피로 범벅이었다.

"수연 씨, 괜찮아? 어떻게 된 거야?"

이수연이 쓰러질 듯 휘청이자 남상진은 얼른 이수연을 부축했다. 이수연은 연신 기침하다가 숨을 헐떡이며 겨우 말을 이었다.

"저기, 벙커에 진혁 선배가 있는데, 이상해요. 은하라고 부르다가 갑자기 죽일 듯이 덤벼들고……."

"내가 가 볼게요. 수연 씨는 얼른 피해요."

남상진은 벙커 쪽으로 향했다.

이진혁은 넋이 나간 듯 가만히 앉아 있었다.

"야, 이진혁, 뭐 해! 얼른 나와! 화재 경보 안 들려?"

남상진이 손을 뻗었지만, 이진혁은 남상진 쪽을 한번 건너다볼 뿐, 불길 속으로 걸어갔다.

기내는 점점 불길에 휩싸여 갔다. 남상진은 이진혁을 향해 나오라고 목청껏 소리쳤다. 불길에 탄 기체 일부가 무너져 내렸다. 더는 안 되겠다 싶었는지 남상진은 비상구를 향해 뛰었다.

곧 이수연이 절뚝거리며 가는 모습이 보였다. 남상진은 얼른 뛰어가 이수연을 부축했다. 이수연의 팔을 자기 목에 두르게 하고는 허리를 붙들고 속도를 내어 달렸다.

어느새 비행기 밖에 소방대원들이 와 있었다.

“저기 안에 한 명 더 있어요!”

남상진이 소리쳤다.

“더는 지체할 수 없어요. 자칫하다간 선생님들도 위험합니다!”

소방관은 서둘러 두 사람을 비상구 밖으로 피신시키고는 구급 밴에 태웠다. 밴은 서둘러 출발하더니 비행기에서 멀리 달아났다. 비행기 엔진에 불길이 옮겨붙었다. 불길에 휩싸이는 비행기를 보며 밴은 속도를 높였다.

달리는 밴의 뒤로 A380이 굉음을 내며 폭발했다. 우레같은 소리에 이수연은 귀가 떨어져 나가는 것 같았다. 아찔했다. 화재 현장으로부터 멀리 떨어져 있는 것 같은데도 얼굴이 뜨겁고 화끈거렸다.

불에 휩싸인 A380이 시커멓게 뼈대를 드러내며 녹아내렸다. 무섭고도 가엾다는 생각이 들었다. 비행기는 하늘을 날아 승객들을 더 넓은 세상으로 태워다 주던 일꾼이면서, 그 속에서 일하던 승무원과 조종사들이 삶의 보람을 느끼던 일터이기도 했다.

알 수 없는 눈물이 이수연의 뺨을 타고 흘렀다. 삶을 등진 사람들 때문인지, 살려고 몸부림치는 사람들 때문인지 이수연은 알 수 없었다.

에필로그

알파에어의 비극은 연일 방송에 보도되었다. 기내 살인 사건과 별개로 신현오의 죽음은 난기류로 인한 심정지로, 이진혁의 죽음은 비행기 화재로 인한 사망 사고로 결론지어졌다. 신현오의 마약 복용 전적이 드러날지 몰라 알파에어 측에서 부검 없이 조용히 무마시켰다는 소문이 돌기도 했지만, 그 누구도 두 사람의 죽음을 연관 짓지 않았다.

이수연은 병상에 앉아 물끄러미 텔레비전 화면을 바라보았다. 이번 알파에어 승무원이 벌인 살인 사건에 대해 심도 있게 다루는 시사 프로그램이 방영 중이었다.

패널들은 승무원 A의 범행 동기에 대해 여러 가지 추측을 늘어놓았다. 승무원 A와 B와 C, 이 세 사람의 치정과 원한에 의한 사건이라는 이가 있는가 하면, 평소 A가 C와 D에게 쌓인 감정이 많았다며 직장 내 괴롭힘으로 인한 앙갚음이었다는 이도 있었다.

이수연은 불에 타 버린 에어버스 A380을 떠올렸다.

그 안에 타고 있던 박은하의 원혼은 사라졌을까. 그토록 그녀를 그리워하던 이진혁은 그녀를 다시 만났을까.

고개를 돌렸다. 언제 비행기가 지나갔는지 하늘에는 하얀 꼬리구름이 남아 있었다. 그것은 비행기가 남긴 흔적이었다.

사람의 흔적에 대해 이수연은 생각했다. 죽은 사람은 죽은 사람대로, 산 사람은 산 사람대로, 원혼이든 기억이든 감정이든 사람은 어떻게든 흔적을 남겼다.

원혼들은 왜 떠나지 못했을까. 못다 이룬 꿈이 아쉬워 떠나지 못한 게 아니었을까. 함께 존중하고 인정받지 못한 그 시간이 너무 아쉽고 서러워서 살아남은 사람들의 기억과 감정에 흔적을 남긴 건 아니었을까.

박은하가 남긴 흔적과 상처가 너무도 강렬해서, 팀원들은 이수연을 박은하로 보고 원망하고 두려워했을지도 모른다는 생각도 들었다. 사람들이 두려워한 것이 박은하의 원혼이었는지, 저마다 내면에 간직한 비겁함과 악의였는지는 알 수 없었다.

문득, 아르바이트하던 카페에서의 일이 떠올랐다. '회사 그만두고 카페 아르바이트나 할까?'라고 말했던 예쁘고 세련된 알파에어 승무원이, 그때는 왜 그렇게 미웠을까. 오죽했으면 그런 말을 했을까 하고, 미처 헤아리지 못했던 자신이 부끄러웠다.

남상진과 홍은결이 병실 안으로 들어왔다. 반가운 얼굴을 봐서인지 이수연은 활짝 웃으며 맞이했다.

"수연 씨, 몸은 좀 어때? 괜찮아?"

남상진이 물었다.

"연기를 많이 들이마셔서 고생했지만, 곧 퇴원할 것 같아요."

이수연이 쉰 목소리로 대답했다. 남상진은 이수연의 대답을 귀담아듣고 난 뒤, 김한수의 소식을 전해 주었다.

"한수는 수술이 잘 되었대. 회복되면 조만간 일에 복귀할 수 있을 거야."

"은결 씨, 이마는 좀 어때요?"

이수연은 홍은결의 이마 흉터를 보며 물었다. 예쁜 이마에 난 흉터가 못내 안쓰러웠지만, 홍은결은 대수롭지 않다는 듯 대답했다.

"틈틈이 비싼 흉터 연고도 바르고 있으니 잘 관리하면 괜찮을 거예요. 시간의 힘을 믿는 수밖에요."

홍은결이 누구를 의식한 듯 농담조로 내뱉자 남상진이 껄껄 웃었다. 남상진은 조만간 팀장으로 복귀될 거라는 말을 꺼냈다.

신대일 회장이 알파맨 제도를 이용하여 직원들을 부당하게 감시하고 이간질한 정황에 대한 제보가 끊이지 않는다고도 했다. 알파연대의 노조 파괴를 공작한 정황이 드러났기 때문이라면서, 천천히 그러면서도 장황하지 않게 설명을 이어갔다. 다음 노사 협상에서는 회사가 알파연대의 단체 교섭권을 인정하고 협상 조건을 받아들일 것 같다는 얘기도 덧붙였다. 객실 승무원의 채용도 더 늘리고 업무 시간을 줄이는 등의 처우 개선과 임금 인상도 논의할 예정이라고 말했다.

"잘됐네요!"

정말로 반가운 소식을 들은 듯 이수연의 목소리가 커졌다.

"아직, 끝난 게 아니야. 은하의 자살 산재도 인정받아야지. 지금까지 조용했던 직원들도 목소리를 내기 시작했어. 우리 은결 씨도 알파연대에 가입했으니 큰 힘이 되어 주겠지."

홍은결이 다부지게 고개를 끄덕이자 남상진은 흐뭇한 미소를 지었다.

커다란 굉음이 들렸다. 밖으로 비행기가 날아갔다. 세 사람은 약속이라도 한 듯 동시에 그 모습을 바라보았다. 비행기는 창공을 가로지르며 힘 있게 날아갔다.

“저, 언제부터 다시 출근하면 좋을까요?”

이수연이 웃으며 물었다.

작품해설

괴물들

선우은실

문학 평론가. 2016년부터 비평 활동을 시작했다.

평론집 『시대의 마음』과

산문집 『웃기지 않아서 웃지 않음』을 썼다.

다수의 괴물

여실지의 소설 『난기류』에는 '괴물'이 득실댄다. 돈과 명예 그리고 출세를 위해 이용할 수 있는 모든 사람을 철저하게 권력 앞에 굴종시키는 최선영, 사랑이라는 명목하에 상대를 상처 입히는 말을 비아냥거리며 해 대면서 자신을 지킬 것은 오직 자기뿐이라는 맹신에 가득 찬 이진혁, 권력자에게 기꺼이 이용당하는 줄 알면서도 자신의 이익을 위해 냉소적으로 행동하는 오지영, 김한수, 장채린까지. 하물며 소설의 주인공인 이수연조차도 매끈하게 '정의의 편'으로 구분되지 않는다. 그 자신이 이전 회사에서 부당한 처우를 받아 오랫동안 노조 활동을 해 왔음에도 그녀는 새로이 들어간 회사에서 상사의 사적인 심부름을 대행하라는 요구를 받아들인다. 그것이 무엇을 뜻하는지 알면서도 말이다. 저마다 행위의 정당성을 주장하면서 사회 정의에 등 돌리는 이들의 모습을, 심지어 한 줌 죄책감조차 가지지 않으려 악의로 스스로를 거듭 두둔하는 이들의 모습을 보면 '괴물'이라는 표현은 더없이 적절해 보인다. 한데 문제는 이들이 괴물이라는 사실 그 자체가 아니다. 질문해야 할 것은, 우리는 왜 그런 괴물이 되는가이며, 괴물이 된다는 것이 과연 무엇을 의미하느냐다.

괴물이 되는 인간

소설에서 적시하듯 코로나19 이후 기존의 일상 생활이 전면적으로 불가능해짐에 따라 고용 환경은 악화되었으며 자영업 또한 무사하지 못했다. 노동자이면서 소비자이기도 한 이들의 사정 또한 결코 나을 것이 없었기에, 많은 노동자가 부당한 처우를 받아야만 했으며 소비자로서도 만족도를 충족하지 못했다. 몇 년 후 코로나의 공포에서 벗어나 이른바 '새로운 일상(new normal)'을 회복했으나, 한 번 망가진 고용 현실은 이전과 같은 수준으로조차 되돌아가지 못했다. 어느 곳에서나 인력난에 시달리고, 그런 와중에 취업 과정에서의 젠더 차별은 무시로 발생하고 있으며, 노동자 개개인은 업무의 하중을 이기지 못해 죽어 가고 있다. 언뜻 평범한 일상으로 복귀한 것처럼 보이지만 과연 그러한가? 속절없이 노동자가 죽어 가는 것에 점점 무감각해지는 것만 같은 이 시점에, 사회 정의라는 것이 전설처럼 느껴지고야 마는 것 같은 이런 시절에 디스토피아적인 사회를 배경으로 삼는 서사는 그저 하나의 상상된 세계 이상으로 느껴진다.

웹툰 원작의 드라마 〈지옥〉은 어느 날 느닷없이 신에게 죽음을 고지받는 사람들이 나타남에 따라 급속하게 와해되는 사회의 일면을 보여 준 바 있다. 고지받은 이들이 살아생전의 잘못 때문에 고지받은 것이라는 '징벌'적인 해석은 그러므로 신에게 헌신하고 참회해야 한다는 세기말의 사이비 종교와 다름없는 믿음의 체계를 탄생시킨다. 나아가 신의 뜻을 떠받들고 스스로 죄를 고해야만 용서받을 수 있다는 극단주의적 분파가 발생함에 따라 죽음이 예고된 이의 '시연(지옥의 사자가 약속된 시간에 목숨을 앗아가는 것)'에 몸을 던지는 폭력 집단의 자살까지 행해진다. 불특정하게 예고된 죽음에 대한 공포와 두려움으로 인해 광기 어린 믿음이 사회 전체를 지배해 나가고 있지만, 여전히 정의를 수호하려는 사람들도 있다. 그들은 '시연'이라는 명목하에 특정 집단의 맹목적 믿음의 체계를 강화하려는 이들을 저지하고 그들에게 휘말리고 마는 사람들에게 약속한다. 그들의 죽음을 막을 수는 없지만, 그들이 지키고자 했던 것, 인간성, 가족, 사랑, 우애와 같은 것들을 잃어버리지 않겠다고 말이다.

이와 같은 서사에서 흥미로운 점은 폭력적인 방식으로 벌받는 인간 사회라든가, 그 아우성 속에서 인간의 공포를 이용해 먹으려는 권력자, 그에 대항하는 정의로운 이들의 모습에 있기도 하겠으나 그뿐만은 아니다. 총체적으로 망해 가는 세상에서 어쩌면 이토록 끝없이 괴물의 모습을 거듭할 수 있을까 하는 생각이 절로 들 정도로 망가져 가는 사람들. 바로 그 '괴물들'의 모습에서 우리는 우리의 흔들리는 신념을 보기도, 결코 스러지지 않는 내면의 한 줄기 자신의 신념을 발견하기도 한다.

단연 〈지옥〉의 최고 악역이라 할 수 있는 새진리회 1대 의장 '정진수'는 괴물의 대표 격인 인물이다. 그는 자신이 그 흔한 문구점 지우개 하나도 훔쳐 본 적 없는, 즉 죄지은 적 없는 자라고 자인한다. 그러던 그는 죽음을 고지받자 악의에 가득 차

세상을 바꿔 버린다. 벌받은 자가 지옥 간다, 그러므로 종교에 귀의하고 신 앞에 복종해야 한다는 것이다. 그런 그는 시연 이후 돌연 되살아난다. 그의 환생과 더불어 세계는 더욱 혼란스러워지는 듯한데, 정진수 역시 마찬가지다. 분명 살아 돌아왔지만, 거울 속에 여전히 자신을 좇는 죽음의 수행자가 도사리고 있는 탓이다. 그는 결국 그 죽음의 수행자에게 잡아먹히고 만다. 남을 벌한다는 일념으로 자신을 좀먹어 스스로를 벌주는 자가 되어 버린 것이다.

핵심은 바로 여기에 있다. 괴물이란 과연 무엇이며 우리는 어떻게 괴물이 되는가. 도무지 받아들일 수 없는 현실의 벽 앞에서 자신이 처한 상황에 휩쓸리지 않고 어떻게든 통제력을 발휘하여 삶을 이끌어가고자 하는 의지를, 인간이라면 누구나 필요로 한다. 그러나 그것은 한 끗 차이로 세계의 존속에 이바지하기도 하고, 세계의 멸망을 앞당기기도 한다. 그런데 그 '한 끗'은 어디에서 비롯되는가? 그것은 자신이 통제력을 발휘해 지향하려고 하는 것의 도달점이 누구를 향하느냐에 좌우된다. 자신이 실천하고자 하는 의지가 자신과 다름없는 타인을 향하는지, 타인과 명백하게 다른 존재로서 선을 긋는 자기 자신을 향하는지가 그 판가름의 기준이 되는 것이다.

소설 『난기류』에 등장하는 '괴물들'에 대한 이야기로 돌아가 보자. 어쩌면 개인의 힘으로는 결코 극복할 수 없는 사회 문제가 개개인을 좀먹고 있음을 전면화하는 듯한 이 소설에서, 선뜻 괴물됨에 자신을 내어 주고야 마는 수도 없이 많은 인물들을 우리는 어떻게 마주하면 좋은가? 독자인 우리는 그들과 다르며, 달라야 한다고 여기는 것만으로 충분한가? 많은 괴물들을 돌아 그 괴물들의 사회 틈바구니에서 팔 하나 또는 다리 하나쯤은 괴물화될지라도, 여전히 '그들 자신'으로 존재하고자 하는, 최소한의 인간다운 신념을 잃지 않으려는 인물—서사의 핵심 인물 이수연이나 박은하, 다른 인물과는 달리 예외적으로 이 소설에서 줄곧 선한 축에 속하는 노조장 남상진— 쪽에 서는 방식으로 이 작품을 읽는 것만으로는 불충분한지도 모른다. 이 소설을 읽는 동안 우리는 뚜렷한 선과 악의 구도 속에서 현실의 우리가 택해야 할 '옳은 것' 하나를 결정하는 것에 멈추지 않고, 괴물 같은 사람들을 저 구렁텅이에 버리지 않고 가기 위해 골몰해야 할 그 무엇을 건져 올려야 하지 않을까.

누구나 괴물됨을 피해 갈 수 없다

그리하여 이 소설을 읽는 하나의 방식으로 나는 '어째서 괴물이 되는가'라는 질문을 가져가기로 한다. 이 질문을 쥐고 볼 때 소설 속 많은 등장인물 가운데 매끈하게 '선(善)'에 속하는 인물은 있을 수 없다. 노동자 탄압에 일조하는 인물도, 그 사이에 애매하게 끼어 있는 인물도, 그 정반대편에 서서 정의를 외치는 인물도 모두 그렇다.

소설의 주요 배경은 코로나19 이후 대규모 인원 감축을 전혀 회복시키지 않은 채로 노동자 착취에 여념이 없는 '알파에어'다. 알파에어는 누구나 들어가고 싶어 하는 잘 알려진 항공사지만 직장 내 괴롭힘, 성희롱, 사내 정치, 노동자 인권 탄압 등의 부조리 역시 그 누구보다 앞서 있다고 해도 과언이 아닌 회사다. 임금 인상, 성희롱 등에 대한 대책, 노동 인력 증원 등의 사항은 이미 사내 노조에서 격렬하게 요청하고 있는 상태다. 그러나 사측은 노조와의 대화에 참여하기는커녕 노조를 와해시키기 위해 분탕질을 일삼는다. 최선영은 그러한 사측을 대표하는 인물이다. 그녀는 부하 직원을 이른바 '알파맨'으로 기용한다. 알파맨은 최선영이 조작한 자료 등을 인사팀에 갖다주거나, 동료 사이에 교묘한 소문을 퍼뜨려 노조 가입을 방해하거나 탈퇴하게끔 만드는 데 일조하는 첩자다. 이와 같은 사측의 갈등 조장과 노조 활동의 방해는 몇 년 전 수면 위로 떠오른 이후 여전히 문제적으로 입에 오르내리는 현실의 모 회사 사태를 떠오르게 만든다. 노동자의 노동 환경 개선에 앞장서기는커녕 노동 현장에서의 사고조차 산재로 처리하지 않으려는 횡포나, 노동자의 기본권을 존중하지 않는 사측의 규약, 노조 활동을 방해하기 위해 노동자 측에 압력을 넣는 사례, 어용 노조를 통해 노조 활동에 훼방을 놓는 사례 등. 어쩌면 1980년대 노동 운동에서 근 40년 멀어진 오늘날, 노동자의 생존권과 같은 기본적인 권리들은 더욱 교묘하게 억압당하고 있는지도 모른다.

이런 현실을 고려하면, 최선영의 횡포는 오직 상상의 산물이라고 할 수 없다. 오히려 너무도 지극히 현실적인 것이어서 리얼리즘에 가깝다고 말하는 편이 나을 정도다. 최선영은 물론이고, 그녀가 쥐고 있는 권력 앞에 굴종하며 자신의 이익을 최우선으로 삼으려고 하는 많은 승무원들은 이미 괴물의 덫에 스스로 발을 들이밀고 있는 듯 보인다. 당연하게도, 그 얼마나 헌신적이고 자발적인 복종일지라도 그들이 '공존'하는 결말은 있을 수 없다. 최선영은 자신에게 복무를 맹세했던 이들을 철저하게 이용하고 그들을 벌줌에 따라 그들이 철저히 자신의 권한 아래에 귀속되어 있음을 확인한다.

알파맨으로 지정되었거나 알파맨을 자처하는 인물들은 최선영 측에 서 있기는 하지만, 그녀의 뜻에 완전히 동조하지는 않는다. 그들은 저마다의 욕망을 실현하기 위해 최선영의 욕망에 굴복하는 척한다. 그렇다고 그들에게 완전한 자율성이 보장된 것도 아니다. 그들은 이미 시스템에 대한 최소한의 신뢰를 버렸다. 그들은 살아남기 위해 오직 자신만을 믿는다. 자신의 욕망에 충실하고 그것을 실현시킬 또 다른 욕망을 찾아 그것에 고리를 거는 것. 그렇게 하는 이들은 과연 나쁜 사람인가? 그렇다. 이들은 시스템의 구조적 결함에 적극적으로 뛰어들기로 결심했으므로, 그렇게 함으로써 주변의 신뢰 체계와 정의를 왜곡시킨다는 것을 인지함에도 불구하고 그렇게 하기 때문이다. 그러나 그것은 오직 그들의 잘못인가? 그렇지는 않다. 권력자의 사사로운 개입이 암암리에 횡행하는 조직 관계에서 살아남기 위해 그들은 '무엇이라도' 한다. 달리 말하면 노동 구조의 불안정성을 해소하기 위해서 각자도생해야 한다는 결론에 이르고야 만 것이다. 하지만 이들 역시 이 일련의 과정에 미심쩍음을 느낀다. 그들은 무언가를 끊임없이 변명하고 타인에게 그 변명의 정당성을 확인받고 싶어 한다. 오지영은 되뇐다. 자신 때문에 동료 박은하가 자살한 게 아닐 거라고. 이진혁은 곱씹는다. 애인이자 동료인 자신이 박은하를 책망하는 말을 했기 때문에 그 사람이 무너진 게 아닐 거라고. 자신을 믿지 않았기 때문에 그녀가 죽고 만 것이라고. 그들은 알고 있다. 그들의 선택이 그 죽음에 연루되어 있다는 것을, 그리고 그것이 충분히 '죄책감'을 가질 만큼의 잘못의 범주에 놓여 있다는 것을.

소설에서 비교적 '선'의 축에 해당하는 인물들은 어떠한가. 꼭 선을 실천하는 입장이 아니더라도, 동료에게 궁극적인 해를 끼치지 않은(즉 악의를 드러내지 않은) 경우까지를 여기에 포함할 때, 노조장 남상진, 오컬트 마니아 홍은결, 인턴 이수연, 나아가 자살한 노조원 정영주와 그 자살에 책임감을 느끼고 자살하고 만 박은하가 선인의 축에 속한다고 볼 수 있다. 이들은 앞선 인물들과는 달리 공공의 가치를 지키려는 쪽에 선다. 그들이 지키고자 하는 것은 개인의 것이 아니라, '노동자'의 것이라는 점에서 지향의 끝에 선 대상이 다르다. 그러나 그들 또한 무결하지 않다. 서사의 주요 인물 가운데 한 명인 박은하를 보라. 회사의 술책으로 법무팀에 배정된 박은하는 얼떨결에 정영주를 사지로 몰아넣은 새 근무 평가 개정안 작성에 가담한 전적이 있다. 간접적 해고 조치를 정당화하는 데 평가표가 쓰이게 될 때까지 정영주도 박은하도 그들이 행하고 있는 것의 의미를 알지 못했지만, 결과적으로 노동자가 노동자를 겨누는 구조 속에서 서로 죽어 가고 만 것이다.

남상진이나 이진혁의 관점에 따르면 박은하는 이 망해가는 회사에서 미련해 보일 정도로 정의와 신념을 지키려는 사람이었다는데, 객관적인 상황만 놓고 봤을 때는 인물의 그와 같은 해석을 완전히 신뢰하기는 어렵다. 사측에 동조하는 사원에 비하면야 그렇지만, 새 평가안에 참여한 박은하는 정말로 특정 사안이 문제적인 방식으로 쓰일 거라는 것을 몰랐을까? 박은하는 철저히 이용당하기만 한 걸까? 이 의문에 대해 우리는 두 가지 답변을 내놓을 수 있다. 하나는 그렇지 않았다는 걸 알게 된 박은하가 결국 죄책감에서 벗어날 도리가 없어지고 말았다는 것, 다른 하나는 바로 이러한 의문 자체가 우리가 박은하와 같은 인물들을 평가하는 방식이라는 것이다. 이면의 의도를 헤아리는 것은 늘 어렵다. 보통의 사람들은 자신이 타인을 바라보는 방식으로 행위하기 때문에, 그 자신이 어지간한 악인이 아니고서야(혹은 그러한 사람에게 어지간히 덴 적이 있지 않고서야) 모든 일상적 업무가 악의로 가득 찬 채 이용당할 거라고 예상하지 않는다. 그리고 그런 일에 휘말린 사람을 볼 때, 우리는 보이지 않는 것을 보려는 의지를 작동시켜야만 한다. 저 '악인'처럼 보이는 사람 주변에 타인의 악의가 어떻게 그를 꽁꽁 둘러 싸매고 있는지를 보려고 해야만 한다. 괴물됨에서 벗어나기 위해 내가 얼마나 괴물 같은 시선으로 상황을 보고 있는지를 성찰해야 한다.

그리하여 괴물은 이렇게 탄생한다. 이 소설에서 단연 문자 그대로의 '괴물'이라고 할 만한 존재는 이수연이다. 홍은결에 의하면 귀문살의 '귀문' 역할을 하는지도 모른다는 가능성의 주인공 이수연은 박은하에 빙의하거나 박은하가 빙의하는 매개체로 추측된다. 박은하 자살 당시 순간적으로 이수연의 시선이 그쪽으로 갈음된 장면, 악의를 처단하는 또 다른 악의에 의해 모든 것이 파국으로 치닫는 결말부의 장면에서 이수연에게 비쳐 보였던 박은하의 모습을 떠올려보라. 타인의 몸에 빨려 들어가거나 타인의 영혼을 흡수하는 이수연과 같은 존재야말로, 괴물이 아니라고 할 수 있을까.

그러나 이수연은 왜 괴물이 되어야만 했으며, 이수연과 같은 존재가 괴물이 된다는 건 과연 무슨 의미인가? 이수연은 이전 회사에서 오랜 노동 투쟁 끝에 실직하고 만다. 그런 그녀가 알파에어에 인턴으로 입사해 그것을 약점 잡혀 상사의 부조리한 요청을 받아들이기로 작정할 때, 그녀는 한 발짝 괴물에 가까워진다. 그녀는 상사의 오더가 나쁜 것이라는 것을 알고, 지금껏 자신이 아르바이트와 비정규직을 전전하며 불안정한 생활을 지속하게 된 근본적인 원인이라는 것을 지난 경험을 통해 알고 있으며, 심지어 그것에 저항했으면서도, 그 굴레에 다시 뛰어들려고 했다. 그러나 그녀는 최선영에 의해 조작된 투서를 인사팀에 전달하지 않고 회의적인 마음으로 노조에 가입한다. 이때 그녀는 괴물 그 자체에서 한 발짝 멀어진 것이 아니라, 괴물된 몸의 일부를 가지고 한 발짝 뒤로 물러난다. 타인을 훼손하려는 악의에 구속되지 않으려 저항했지만 그것에 휘말려 버린 이의 절망, 그리고 저항하지 못했다는 사실에서 발생한 자신과 타인의 악의를 빙의하듯 실현하는 존재. 이것이 이 소설에서 이수연이 '괴물'로 그려진 까닭이다.

그러나 이수연은 정말 '괴물'인가? 빙의라는 장치는 이 소설의 핵심이기도 하면서 트랩이다. 소설의 말미에 이르러 이수연의 몸에 깃든 박은하를 본 것은 오직 징벌받는 인물뿐이다. 게다가 그들을 직접적으로 살해한 것은 악의에 이용당해 악의로 복수하고자 했던 중간 지대의 '괴물들'이다. 소설은 삼인칭 서술을 활용하여 비교적 객관적인 사실을 전달하고 있음에도 불구하고, '박은하가 깃든 이수연이 OO를 죽였다'라고 서술하지 않는다. 독자는 이수연이 귀신의 원한을 풀어 주는 육체로 이용될지도 모른다는 예측을 해 나감에 따라 귀신이 그들을 직접 응징했다고 생각하지만, 또 다른 중간 지대 괴물들의 개입이 밝혀짐에 따라 그들은 그들 자신의 악의에 잡아먹힌 것이 되어 버린다. 그렇다면 그 죽음을 다시금 심문할 수밖에 없다. 악인 처단은 과연 박은하의 의지일까? 혹은 이수연의 의지일까?

괴물의 세상

'괴물'은 종종 탈규범적 속성을 지닌 존재로 간주된다. 가령 '여성 괴물'의 측면에서 보자면, 괴물로 간주되는 여성은 남성 중심적 가부장제 사회의 질서에 복무하지 않는 '악녀'이자, 그러한 기준된 권력의 영향하에 속하지 않고 통제되지 않음에 따라 공포를 유발하는 존재다. 그러한 미지의 존재는 '인간의 기준'에서 장악되지 않는다는 점에서 불가해하며 위험을 초래하기에 처단됨으로써 어떻게든 규범 안에서 통제되어야 하는 것으로 의미화된다. 이때 '인간의 기준'이란 기득권의 규범을 뜻한다. '일반-보통'이라는 규범은 사회적인 것, 국가적인 것, 이성(理性)적인 것, 남성성 등과 같은 개념과 등가로 취급됨에 따라 반드시 '타자'를 상정하여 그 정당성을 확보하고자 한다. 다시 말해 '기본'으로 설정된 것의 시야에서 해석되지 않는 것은 처단되어야 마땅하며, 그러한 방식으로 '기본'과 '보통'의 정당성을 유지하고자 하는 것이다. 이때 '괴물'로 취급되는 존재들은 그 규범에 탈각하는 이들이다. 이들은 통제되고 장악되지 않는다는 점에서 '주체'를 타자의 개념으로 전유하며 '일반적 규범'을 뒤흔듦에 따라 그러한 시선 아래 왜곡되어 왔던 현실을 목도하게 만들기도 한다. 그런 점에서 이들은 분명 위험하지만, 그것이 과연 위협인지는 재차 생각해야만 한다.

소설 속 인물들이 저마다의 이유로 괴물이 되어 간다고 말할 때, 이 말은 세상이 아수라장이 되어 버린다는 말로만 읽히지는 않는다. 저마다의 방식으로 억압에 저항하려는 시도들이 때때로 자신을 망가뜨려 버리고, 그런 세계 속에서 속수무책 버려지고 있음에 절망하는 하나의 표식이 '괴물됨'으로 드러나는 것이라면, 우리는 그러한 괴물됨의 근저에 있는 것들을 더욱 가까이서 들여다보아야 하는 것은 아닐까. 우리 모두가 지니고 있는 괴물성을 외면하지 않으면서, 타인의 괴물됨으로부터 눈 돌리지 않으면서 말이다.

부록

대담

미지의 공포

이현석 × 여실지

이현석

소설가. 2017년 단편 소설 「참(站)」으로 중앙신인문학상을 수상하며 작품 활동을 시작했다. 소설집 『다른 세계에서도』, 장편 소설 『덕다이브』가 있다. 2020년 제11회 젊은작가상을 수상했다. 직업환경의학과[3] 전문의로 산업보건 현장에서 일하고 있다.

3) 산업 활동에 의한 건강 장애, 직업병, 재해 따위에 대한 예방, 진단, 치료 방법을 다루는 의학 분야.

『**난기류**』가 조명하고 있는 사회적 문제는 '직장 내 괴롭힘'입니다. 해당 사회적 문제와 깊이 관련된 전문가 1인과 작가가 나눈 대담을 통해 소설과 현실을 잇고, 그 현실의 측면을 더 자세하고 뚜렷하게 보여드리고자 합니다.
이번 대담의 진행은 산업 현장에서 많은 노동자들을 만나고 있는 직업환경의학과 의사이자 소설가인 이현석님이 맡아 주셨습니다.

본 대담은 2024년 8월 28일에 진행되었습니다.

이현석 만나 뵙게 돼서 반갑습니다. 저는 소설을 쓰고, 직업환경의학과에서 근무하고 있는 이현석이라고 합니다. 안녕하세요.

여실지 네, 안녕하세요. 소설 쓰는 여실지입니다.

이현석 네, 여실지 작가님. 저는 텍스티의 이번 기획을 통해서 작가님 작품을 처음 접하게 됐는데요. 먼저 이번 작품 『난기류』에 대해 잠깐 소개해 주시겠어요?

여실지 『난기류』는 제 첫 장편 소설이에요. 제목인 '난기류'는 속수무책으로 당할 수밖에 없는 처지를 은유적으로 표현한 말이고요. 포스트 코로나 시기를 배경으로 항공사 조직 내부의 직장 내 괴롭힘을 다룬 사회파 소설입니다. 신체적 · 언어적 괴롭힘, 업무적 괴롭힘과 업무 외적 괴롭힘, 집단적 괴롭힘. 그리고 직장 내 성희롱과 조직 외부인인 고객의 갑질 등도 곳곳에 깔려 있습니다. 그중 큰 줄기는 노조 파괴와 이간질에 관한 이야기예요.

일터 괴롭힘으로 인한 자살과 피해자에 대한 가해자와 방관자들의 죄책감이 흉터처럼 남아 비극이 되는 과정을 보여 주는 데 많은 공을 들였습니다.

이현석 네, 아마 저처럼 이 책을 통해서 작가님을 알게 된 독자분들도 계실 텐데요. 어떤 과정을 거쳐서 소설가가 되었는지, 이런 것부터 먼저 얘기해 나가다가 작품 속으로 더 깊이 들어가면 될 것 같아요. 작가가 되어야겠다고 결심한 것은 언제였을까요?

여실지 작가가 되고 싶다는 생각은 좀 오래전부터 해 왔어요. 번역가로 활동하다가 오롯이 내 글을 쓰고 싶은 마음이 들었어요. 그래서 소설을 써 보자, 그렇게 생각하고 여기저기 투고를 하기 시작했어요. 신춘문예에도 하고, 문학동네, 창비, 이런 출판사에도 투고해 보다가 2022년도에 《계간 미스터리》를 통해 신인상을 받으며 등단하게 됐어요.

이현석 그렇군요. 누구에게나 본인도 몰랐던 특장점을 발견할 기회가 주어지는데, 작가님께서는 많은 장르 중에서 특히 미스터리나 호러 같은 장르가 본인한테 잘 맞는다고 생각하셨던 걸까요?

여실지 네. '스티븐 킹'이나 '리처드 매시슨', 이런 작가들의 영향을 받았던 것 같아요. 트릭이 가미된 추리 장르도 좋지만, 그보다는 캐릭터 위주의 소설을 더 좋아하고요. 미스터리, 호러 장르지만 거의 스릴러에 가까운 호러? 그리고 SF도 좋아해요. 데뷔작은 SF 요소가 가미된 작품이기도 하고요. 아, 명함을 가지고 와서 드렸어야 했는데!

이현석 명함에 뭔가 적혀 있나요?

여실지 명함에 SF, 미스터리, 호러, 스릴러. 이렇게 네 개 장르만 딱 박아 놨거든요.

이현석 다른 장르는 안 박으시나요?

여실지 외에는 좀 상상이 안 되더라고요. 로맨스도 좋아하긴 하지만, 소설 어딘가에서는 꼭 사람을 죽이고 있으니까요. 제가 활동하는 한국추리작가협회 건배사가 '죽이자!'거든요(웃음). "올해는 더 많이 죽이자!"

이현석 맞아요, 저 사실 『난기류』 읽으면서도 '어, 또 죽네' 약간 이러면서 읽었어요(웃음). 요즘에는 그러면 소설 쓰기에 전념하고 계실까요?

여실지 작년 한 해 동안은 제가 정말 바빴어요. 1년에서 1년 반 남짓 아르바이트를 하면서 아이들도 챙기고, 글도 쓰고, 번역도 하고. 할 일이 쏟아지는 한 해였어요. 지금은 조금 쉬어 가는 타임이긴 한데, 이럴 때 바짝 구상하고 계속 도전하려 노력하고 있어요.

이현석 아, 쉽지 않으셨을 것 같아요. 저도 투잡, 아니다, 투잡 이상이네요. 아무튼 일을 하고 있는데 그러다 보니까 좀 공감이 갑니다. 그런 상황에서는 한 해에 쓸 수 있는 작품 편수가 사실 전업 작가이신 분들보다 훨씬 적잖아요.

여실지 아무래도 그렇죠.

이현석 그렇게 바쁘신 와중에 『난기류』도 작년부터 쓰신 거 아닌가요?

여실지 기획은 23년도부터 시작했어요. 그해 여름에 처음 기획을 제안받았고 시놉시스를 쓰기 시작했어요.

이현석 그러면 제일 바빴던, 아르바이트도 하시고 아이들도 챙기고 번역도 하시고 작품도 쓰셨던, 그해 기준으로 단편은 몇 작품 정도 쓰셨나요?

여실지 그때부터 지금까지 한 네 편, 다섯 편 쓴 것 같아요. 양으로 따지자면 오히려 괜찮기는 한데, 소설이 뚝딱 나오진 않잖아요. 쌓아 둔 이야기들이 있으니까 그걸 계속해서 확장하는 식으로 썼어요. 제 소설들은 작품마다 색깔이 조금씩 다른 편이에요. 어떤 작품은 SF 요소가 짙고, 다른 작품은 교제 살인 관련된 스릴러고, 황금펜상 우수상을 받았던 소설은 은둔형 외톨이를 소재로 한 심리 스릴러예요. 다른 색깔의 작품들을 쓰려고 하다 보니까 재미는 있는데, 체력적으로나 시간적으로는 조금 힘들었던 것 같아요.

이현석 그렇게 쓰시면서도 장편 소설을 구상하고 쓰신 거군요.

여실지 네. 장편을 처음 써 보니까, 단편 쓸 때랑은 또 다르더라고요. 저는 한 작품을 쓸 때 그 작품에만 깊이 몰입했다가 다 쓰고 천천히 빠져나오는 타입인데, 시쳇말로 단타만 치다가 호흡을 길게 가져가려고 하니까 어려웠어요. 『난기류』는 계속 구상하고 수정하고, 좀 쉬면서 묵혀 두고, 묵혀 두는 동안 단편 하나 쓰고, 나중에 생각이 좀 뜸해졌을 때 꺼내서 다시 읽어 보는 식으로 썼어요. 그러다 보니까 '어, 이건 왜 이렇게 썼지?' 하고 다시 쓰게 되고. 쓰고 쉬고 읽고 수정하고를 반복하다가 시놉시스 작업이 마무리됐어요. 시놉시스를 마무리한 다음에는 초고를 쓰고, 그때부터 원고 완성까지는 3개월이 안 걸렸어요. 한 작품에만 매달려 구상을 오래 한 덕분인 것 같아요.

이현석 그렇죠. 글을 묵혀 두면 메타 인지가 좀 되잖아요. 내가 썼던 글의 단점들도 잘 보이고, 어떤 장면을 잘 썼는지도 알 수 있고. 단편 쓸 때는 확실히 그렇게 묵힐 수 있는 기간들이 좀 짧잖아요, 장편보다는.

여실지 그런데 제 단편 중에 구조적으로 장편 느낌이 나는 것들이 조금 있어요. 저는 책장을 덮었을 때 영화 한

편 보고 나온 기분이 들게끔 하는 데 힘을 많이 써요. 가상의 공간이지만 나름의 역사를 부여하고, 인물의 배경에 어느 정도 개연성을 갖추려 하다 보면 거의 장편 구조와 크게 달라지지는 않더라고요.

이현석 작가님 소설들은 단편과 장편의 구조적 짜임새가 크게 다르지 않다, 그런 말씀이시군요. 알겠습니다. 아까 번역도 하신다고 말씀하셨는데, 번역에 관심을 가지게 되신 계기가 따로 있으셨어요?

여실지 계기가 있었다기보다는, 처음에는 당장 내 글을 창작한다는 것에 대한 약간의 두려움이 있었어요. 영어 공부도 하고 글도 쓰고, 두 마리 토끼를 잡을 수 있겠다고 생각한 것 같아요. 그리고 원서를 읽고 우리말로 옮기고 하는 작업이 그 당시에는 애들 교육에도 도움이 좀 되겠다고 생각했던 것 같아요.

근데 번역을 잘하려면 문장을 잘 써야 하잖아요. 주로 하고 싶었던 분야가 어린이, 청소년 소설이니까 '소설 문장은 어떻게 해야 잘 쓸 수 있을까?'라는 고민을 했고 소설 수업을 들어 봐야겠다고 생각했어요. 그래서 소설가 선생님이 진행하는 수업을 들었는데 도움이 많이 됐어요. 소설 구조나 문장에 대해서도 많이 배웠고요.

그래서 그런지, 제 글의 성격이 좀 모호하다는 말을 듣기도 해요. 장르 쪽에서는 조금 순문학스럽다는 말을 듣기도 하고요.

이현석 어, 저도 그런 느낌을 많이 받았어요.

여실지 그런데 또 그쪽(순문학)에서는 장르 소설 느낌이 난다고 하더라고요.

이현석 저도 창작 수업을 받았었고, 해 보기도 한 입장에서 사람 죽는 이야기가 나오는 소설을 보면 그 사람이 죽어야만 하는 이유를 읽는 사람이 납득할 수 있게, 죽음 자체가 아니라 거기까지 가는 과정을 이해할 수 있게 잘 써야 한다, 이런 식으로 피드백했을 것 같아요. 이 대화에서 이야기되고 있는 소위 순문학과 장르 문학은 문장의 결보다도 그런 쪽에서 차이가 좀 나는 것 같기도 하네요.

그러면 작가님께서는 청소년 책을 번역하시면서 작품을 쓰시는 데 힌트나 도움 같은 것도 많이 받으셨겠어요.

여실지 그렇죠. 우선 어린이, 청소년 소설은 성장 플롯이고, 영미권 소설들은 또 혐오를 배척하거나 연대 의식을 드러내려고 하는 경향이 강한 편이에요. 성장, 혐오 배척, 연대 의식. 제가 쓰는 소설은 거의 그런 사회적인 키워드에 섬뜩함을 섞는 걸 추구하는 느낌이에요. 그런데 제가 번역한 청소년 소설들은 읽고 나면 마음 따뜻해지는 얘기가 주를 이루는 반면, 제 소설들은 서사적으로 좀 섬뜩하다는 차이점은 있는 것 같아요. 그래서 번역가와 소설가로서 색깔을 구분하기 위해 소설 쓸 때는 필명을 쓰지요.

이현석 그렇군요. 근데 또 가만히 생각해 보면, 이 작품에서는 생각보다는 많이 안 죽이신 것 같아요. 물론 마지막에 한꺼번에 날리기는 하시는데(웃음).

여실지 네. 저는, 약간 그런 쪽에 여전히 벽이 있는 편이에요. 그래서 욕설도 잘 안 써요.

이현석 예, 확실히 이 소설에서도.

여실지 소설 읽을 때 좀 거부감 드는 부분들 있잖아요. 제 경우는 욕설이라든가, 너무 지나치게 극단으로 가는 묘사를 볼 때 그런 편인데, 그래서 그런 것들을 되도록 피하려고 해요. 스스로 좀 걸리는 게 있더라고요. 지금처럼 이렇게 말로 듣는 거랑 글로 보는 것 중에, 글이 더 오래가고 파급력도 크고 기록으로도 남는 거니까 조심해야 하지 않을까? 그래서 그런 안 좋은 말과 문장은 지양하려고 하죠.

이현석 그렇죠. 글이라는 게 독자가 무한대로 상상할 수 있는 거니까 오히려 생채기를 더 많이 낼 수가 있죠.

여실지 네. 작가님 말씀대로, 독자가 무한대로 상상할 수 있기 때문에 '내가 이렇게 썼으니까, 이건 이런 얘기니까 이렇게 해석해야 해'라고 하면 안 된다고 생각해요. 제 표현이 부족해서 독자분들이 내용을 오해할 수도 있겠지만, 그래도 해석은 읽은 사람의 몫으로 남겨야 한다고 생각해요. 그래야 더 다양한 얘기가 나올 수 있잖아요.

그런 생각 덕분에 원고의 첫 독자인 PD님의 피드백을 받아들이고, '아, 이렇게 해석이 될 수도 있겠네'라고 생각할 수 있어서 이야기의 중심을 잡는 데 도움이 됐던 것 같아요. 제 첫 장편, 『난기류』는 완성된 원고가 나올 때까지 담당 PD님과 소통하고 협업하는 과정을 거쳤거든요. 오롯이 제 머리에서만 나왔다면 좀 다른 형식의 소설이 되었을 것 같다는 생각도 들어요.

이현석 그 얘기도 한번 해 볼까요? 단편을 쓰고 발표할 때는 PD님과 이런 과정을 거치진 않죠?

여실지 네, 단편은 완성 원고를 써서 넘기니까 오탈자 수정하는 교정 정도로만 도움을 받아요.

이현석 저도 장르 소설을 쓰시는 지인분들이 있는데 항상 PD님들 얘기를 하세요. 그런데 저희(순문학 창작자) 같은 경우에는 장편이든 단편이든 상관없이 편집자분들이 거의 오탈자를 교정해 주시는 작업 위주로 많이 도와주시거든요. 작가님께서 조금 전에 PD님과 협업하지 않았다면 다른 작품이 되었을 것 같다는 말씀을 하셨잖아요. 초기 구상과 어디가 어떻게 달려졌는지 조금 궁금하기도 하네요.

말이 나왔으니 일단, 작품 얘기로 살짝 들어가 볼까요? 처음에 이 작품을 어떻게 구상하게 되었고 원래는 어떤 방향으로 이야기를 풀어 나가고 싶으셨던 걸까요? 말하자면 왜 이런 소재를 택하셨는지요?

여실지 처음 시사(時事) 소설 집필에 대한 제안을 받고 나서는 장르에 대한 고민이 많았어요. '시사 소설'이라면 말 그대로 사회 문제를 다루는 일종의 사회파 소설인데, 어떤 감정과 분위기를 가져가면 좋을지가 고민이었죠. 사회적으로 문제가 되는 현상들이 원인은 뻔한데 해결이 잘 안 되잖아요. 그런 이해할 수 없는 답답함이 호러 장르와 잘 맞는다고 생각했어요. 그래서 '사회파 호러'를 써 봐야겠다고 결심했죠. 그다음부터는 어떤 이야기를 할까 고민했어요.

개인 간의 갈등 문제보다는 사회 구조적인 문제가 있어야지 이게 사회파 소설로서의 의미가 있지 않을까? 그리고 여러 사회 문제 중에 호러 장르와 접목할 만한 소재가 무엇일까, 고민하다가 공동체의 붕괴가 가장 큰 사회 구조적 문제라는 생각이 들었어요. 공동체가 무너지고 공적 시스템이 해결해 줄 수 없는 각자도생의 상황이 발생하는 사회적 퇴행을 공포로 삼은 거죠. 그런 사회적 퇴행으로서 일터와 삶의 붕괴로 이어지는 '직장 내 괴롭힘'을 포인트로 잡게 되었어요.

직장 내 괴롭힘 중에서도 제일 질이 나쁜 게 뭘까, 생각하다가 이간질에 꽂힌 거예요. 제가 볼 땐, 사람들 사이에 혐오를 부추기고 서로를 의심하고 미워하다가 다 함께 나락으로 떨어지는 최악의 행위였어요. 문제는 개인 차원의 이간질에 그칠 게 아니라 사회 구조적

차원의 이간질로 발전시켜야 했어요. 그래서 노조 파괴라는 소재도 끌어오게 되었고요.
그런 다음, 이 사회파 소설을 어떻게 끌어갈 것인가? 어떤 대립 구조로 갈등을 심화하고 해결할 것인가에 대한 고민을 하게 되었죠. 저는 이간질과 공동체 파괴의 대척점에 있는 게 연대라고 생각했어요. 사람이 사람을 구원한다, (연대를 통해) 상처를 치유할 수 있다. 그런 메시지를 건네고 싶었어요. 마지막에는 공포가 해소되고 살아남아야 하니까요. 이 '연대'라는 키워드와 '사람이 사람을 구원한다'라는 주제에 PD님이 공감해 주셨고, 힘을 실어 주셨어요.
이야기를 더 극적으로 전개해 보고 싶은 마음에 위계질서가 확고한 곳을 배경으로 하고 싶었어요. 군대 폭력을 다룰까, 간호사들의 태움을 다룰까도 생각했었는데, PD님이 승무원이 어떻겠냐고 제안을 주셨죠. 마침 구상을 시작한 시기가 코로나 이후 하늘길이 열리기 시작한 때여서 저도 흔쾌히 받아들이고 국내 항공사에 관한 자료를 조사하게 되었어요. 혹여 여초 집단에 대한 선입견이나 편견을 줄 수도 있지 않을까 고민했지만, 그런 문제는 잠시 차치하고, 억압된 사회 구조에서 얽히고설키는 감정을 드러내는 데에 집중하고 싶었어요. 저마다 처한 직장 내 괴롭힘의 모습과 감정을 그리다 보니까 군상극으로 나가게 되더라고요.

이현석 네, 실제로 보면 처음 소제목들이 이름으로 쭉 이어지잖아요.

여실지 네, 처음에 저는 아예 시작부터 끝까지 군상극으로 이야기를 마무리할 생각이었어요. 정세랑 작가님 소설 『피프티 피플』[4]처럼 캐릭터들이 각자의 얘기를 계속하다가 서로 연결이 돼서 끝을 맺으면 좋겠다고 생각했는데요. PD님께서 주인공 한 명이 끌고 가는 느낌이었으면 좋겠다고 의견을 주셨어요. 그래서 두 아이디어를 합쳐 1부에는 주인공이 숨어 있다가 2부부터 본격적으로 등장하는 이야기가 되었어요. 2부부터는 여기저기 뿌려져 있는 호러 색채를 확 드러내서 가면 좋을 것 같다, 이런 의견도 도움이 됐어요.

이현석 주인공 하니까 말인데요. 귀문이라고 이해하면 될까요, 수연이? 여기에 나온 대로?

여실지 귀문은…… 사실…… 아니에요. 네, 아니에요(웃음). 트릭이에요.

이현석 이게 말씀하신 대로 저도 수연을 주인공으로 생각하면서 읽었는데요. 그럼 맨 처음에 수연이 약간, 뭐랄까, 은하가 죽을 때 뭔가 은하한테 빙의된 것 같은 그런 장면이 있었잖아요.

여실지 그렇게 보는 분들도 있을 것 같긴 한데……. 아니, 이거 제가 설명해 줘도 되나 싶긴 한데요, 이야기 속에

4) 정세랑, 창비, 2016

는 자기를 객관적으로 보지 못하는 믿을 수 없는 화자들이 곳곳에 존재하고 있어요. 현실에도 자기가 억울하다고 하지만 사실은 괴롭히는 쪽이었던 사람이 있잖아요.

이현석 네, 실제로 저도 진료를 보다 보면 많이 봬요. 자기가 피해자인 줄 알고 있는 가해자들.

여실지 네, 딱 그런 캐릭터들이 소설에 여러 명 등장하죠. 저는 가해자들이나 방관자들의 심리가 원혼을 만들어냈다고 생각해요. 홍은결이 특히 원혼이니 귀신이니 그런 얘기를 많이 하잖아요. 귀문이라는 건 사실, 그 친구 나름대로 현상을 비현실적으로 해석하고 의미를 부여한 거예요. 『난기류』에서는 직장 내 괴롭힘이 빈번하게 일어나고 피해자가 죽거나 떠난다는 '사실'과 억울한 원혼이 구천을 떠돈다는 '허구'가 동시에 존재해요. 저는 박은하와 이수연의 연결점을 귀문이라는 초현실적 개념이 아니라 사람들의 심리적 거부감 또는 죄책감이라고 생각했어요. 안 닮았는데 왜 자꾸 닮았다고 하지? 왜 나를 보면서 누군가를 자꾸 떠올리지? 이수연이 반복해서 이런 물음을 던져요. 박은하에게 죄책감을 느꼈던 사람들이 이수연에게서 비슷한 감정을 떠올리고 그걸 투영하는 걸 느끼는 거죠. 미스터리 요소로 귀문을 트릭으로 던져 놨는데, 작가님처럼 보는 사람들이 꽤 많을 것 같긴 하네요.

이현석 예, 그냥 개인적인 궁금증이었습니다. 다음으로, 앞에서도 부분 부분 이야기가 나왔었지만, 군상극에 관한 의견 말고도, 처음 구상을 시작할 때 작가님께서 생각하셨던 기획이 PD님과 협의를 거치면서 어떤 식으로 변해 갔을까요?

여실지 앞서 몇몇 의견을 주셨다고 말했지만, 제가 가고자 하는 흐름과 의견은 대부분 받아 주신 것 같아요. 그래도 많이 들었던 얘기는 주인공인 이수연을 중심으로 하는 서사가 좀 더 들어갔으면 좋겠다, 그런 얘기. 그래서 1부의 군상극을 2부에서 끌어가게끔 이수연이라는 캐릭터가 1부에서 좀 더 다루어져야 하지 않겠는가, 얘기해 주셨어요. 이수연도 사실 가온항공이라는 항공사에서 정리 해고를 당한 거잖아요. 승무원이라는 일이 자신에게 맞나 고민하면서도 계속 새로운 항공사에 취직하기 위해 노력하고, 알파에어에로부터 제안이 왔을 때는 바로 수락하죠.

개인적으로 제가 이현석 작가님 소설책 뒤에 덧붙인 글에서 인상 깊었던 게 그런 애기들이었어요. '그렇게 힘들면 그만두지'라는 말에 관한 이야기. 그 말을 딱 이렇게 표현하셨는데요. "순진해서 더 저열해 보이는 이 질문"[5]이라고. 그 말이 저는 너무 와닿았어요. 그렇게 말하는 사람들 주변에 되게 많고 저도 그런 생각을 했던 적이 있거든요. 차라리 그만두지, 왜 그만두

5) 『덕다이브』(이현석, 창비, 2022, P294)

지 않을까? 그런데 가만히 생각해 보면, 지속되고 있는 현재의 괴롭힘에 대한 고통만큼이나 그만둔 후에 다가올, 알 수 없는 미래에 대한 불안 역시 고통스럽지 않을까 싶어요. '그렇게 힘든데 왜 그만두지 않느냐?' 그런 순진하고 저열한 질문에 대한 답변과 고민을 좀 드러내는 캐릭터로 이수연을 배치하게 됐어요. 일터 괴롭힘은 우리가 살기 위해 일하는 한 언제, 누구에게, 어떤 강도로 급습할지 예측할 수 없는 '미지의 공포'라는 점에서 지극히 현실 사회의 이야기이고, 동시에 오컬트적이기도 한 것 같아요. 또 그런 점이 2019년 말부터 현재까지 계속되고 있는 전염병 확산이 주는 공포와도 닮아 있고, 예측할 수 없는 미래와도 비슷하다고 생각했어요. 그런 공포는 우리가 무언가를 스스로 선택할 수 있는 이성과 힘을 빼앗고 옴짝달싹할 수 없게 만들잖아요. 인생이라는 비행에 들이닥치는 '난기류'처럼요.

이현석 그럼 집필 계기에 관한 이야기는 충분히 들었으니 취재를 중심으로 얘기해 볼까요? 무척 디테일한 내용을 많이 쓰셨잖아요. 이런 디테일을 조사하면서 취재는 주로 어떻게 하셨고, 혹시 인터뷰 같은 것도 하셨을까요?

여실지 네, 주로 직장 내 괴롭힘 관련 신문 기사를 많이 참고했고요. 유튜브에 있는 항공 승무원들 에피소드들. 그런 걸 많이 참고했어요. 근데 저는 가능하면 취재를,

그러니까 승무원 대면 취재를 안 한 게, 직접적으로 누군가의 얘기를 쓰지 않으려고 했던 이유도 있고 승무원으로 특정 지은 환경에서의 폭력이 아니라 다양한 직업 환경의 괴롭힘 사례를 소스로 가져오려고 했던 것도 있었어요. 그래서 다양한 직업의 일터 괴롭힘 이야기를 담은 책들을 참고하기도 하고, 상상한 요소들을 동원하기도 했어요. 또 디테일한 부분뿐만 아니라 이 소설은 장르적인 색깔도 드러내야 하니까, 도플갱어에 관한 자료도 많이 참고했고요.

이현석 아, 도플갱어로 이해하니까 또 그것도…….

여실지 네, 완전히 도플갱어 이야기로 가면 또 곤란한 지점들이 있어서 그럴 수는 없었죠. 애초에 제가 이 작품의 기획을 시작할 때는 호러 장르의 형식을 가져오겠지만 막연히 호러 소설처럼 규정되면 안 되지 않을까, 하는 생각을 했어요. 왜냐하면 '사회파'에 방점을 찍어야 하니까요.

미국 드라마 시리즈 중에 〈이블〉이라는 드라마가 있는데, 악마에 씐 피의자가 등장해요. 그 피의자가 '악마가 한 짓이다, 나는 죄가 없다' 이런 식으로 주장하는데, 주인공이 '저건 악마가 아니다. 악마일 수가 없다'라고 하면서 진실을 밝히는, 그런 과정이 저는 재미있었거든요.

'악마', '원혼' 같은 오컬트적 존재가 있다고 믿고 써버리면 편하겠지만, 우리 사회에서 벌어지는 문제들을 그런 초현실적인 존재에 의한 것으로 인정해 버리는 이야기가 되면 안 되잖아요. 호러가 '사회파'라는 단어와 붙으려면, '호러'라는 장르에서 관행처럼 굳어진 것들, 그런 것들을 현실적으로 비틀어야 하지 않을까? 그런 생각을 했어요. 근데 잘 살아났는지는 모르겠어요.

이현석 무슨 뜻인지 알 거 같아요. 음, 작가님께서는 작품에 대한 너무 직접적인 가이드가 되는 내용이어서 대담 지면에서 뺐으면 좋겠다고 하셨지만, 저는 이 내용들이 작품을 이해하는 데 도움이 되는 이야기여서 넣는 것도 좋을 거 같아요. 왜냐면, 어쨌든 난기류를 만나게 되는 마지막 하이라이트에서 물리적인 힘에 의한 죽음도 있고, 오지영처럼 자연현상에 의한 사고사도 있고, 독살도 있잖아요. 우연하게도 한꺼번에 일어난 이 죽음들이 그냥 현실에서 현실적인 수단으로 일어난 사건들인데, 그걸 귀문을 비롯한 오컬트, 호러적인 이유로 처리해 버리면 죗값을 치러야 마땅한 사람들에게 알리바이를 줄 수도 있으니까요. 하이라이트의 내용이 오히려 지극히 리얼리즘적이라는 얘기를 하시는 것도 좋은 방법인 거 같아요. 최종 결정은 작가님께서 하시겠지만요.

작품 얘기를 조금 더 하자면 직장 내 괴롭힘이 메인이 되는 작품이잖아요. 말씀하신 대로 군상극처럼 여러 인물이 나오고 있는데요. 그중에 유독 좀 신경 쓰였던 사람도 있을 테고, 이 사람은 전적으로 빌런으로 만들어야겠다는 사람도 있을 거 같아요. 혹은 이 사람은 빌런이지만 뭔가 좀 아픈 손가락처럼 남았다, 요런 캐릭터도 있을 텐데요. 캐릭터를 만들면서 기억에 남는, 내가 신경을 유독 많이 썼던 그런 캐릭터 두세 명에 대해 이야기해 보면 좋을 것 같아요.

여실지 아, 네. 그럼 저는 우선 이진혁.

이현석 네, 이진혁. 매력적이죠.

여실지 '이 사람이 주인공처럼 보이면 안 되는데' 하면서 제일 억누른 캐릭터예요. 우선 이 직장 내 괴롭힘이라는 주제에서, 『난기류』 속 주인공은 이수연이지만, 박은하와 이진혁까지, 이렇게 세 명을 중점적으로 봐야 한다고 보거든요.

박은하가 순교자 같은 인물로서 연대를 중요시하고 타인에게 상처를 줄 수 없어 어쩔 수 없는 선택을 한 사람이라면, 이수연은 우리처럼 평범한 보통의 사람이지만 결국에는 자신이 갈 수 있는 가장 올바른 길을 가려고 하는 용기 있는 사람으로 설정을 잡았어요. 이 두 사람과 대조되는 비극의 주인공 같은 역할로 이진혁을 잡았죠. 이진혁은 착해요. 착한데, 그 착함을 울분과 분노, 파괴로 끌고 간 사람이에요. 근데 아무래도 셋 중에서는 이진혁이 좀 더 이야기적으로는 매력이 있는 게, 알 수 없는 밀정 노릇도 하고 또 누구에게도 속을 안 드러내다가 결국 폭발하잖아요. 어떻게 보면 일터 괴롭힘의 목격자면서도 피해자죠. 옆에서 연인이 당하는 걸 보면서도 참아야 했던, 그런 울분을 꾹꾹 누르다가 결국 괴물이 되어 버린 그런 존재니까 제일 마음이 많이 갔죠.

이현석 네, 소설 보면서 이진혁이 균형 잡기가 쉽지 않은 인물이라고 생각했는데요. 왜냐하면 처음에 최선영의 어떤, 말하자면 심복처럼 정보를 습득해서 주는데 거짓 정보도 섞어서 주잖아요. 자기가 나쁜 짓을 하지만 완전히 악역을 맡고 싶어 하지는 않는, 그래서 되게 균형 잡기 어려운 인물이라고 생각했고 그만큼 흥미로운 인물인 것 같아요. 또 마지막에 갑자기 이수연을 죽이려고 하잖아요. 그러다가 항공기가 폭발하는 화재가 일어나서 죽게 되고요. 그렇다면 작가님 생각에는 이진혁이 선악을 동시에 지닌 양면적인 인물임에도 불구하고, 아무튼 인과응보의 처벌을 받는 것이 합당한 인물이라고 생각하셨던 걸까요?

여실지 음, 그런 점이 있죠.

이현석 어떤 것이었을까요? 이진혁의 죄는.

여실지 요즘 많이들 얘기하는 '악의 평범성'에 관한 얘기에요. 이진혁은 자기가 소속된 집단에서 옳지 못한 일을 하는데도 그냥 "아휴, 그래도 좋은 게 좋은 거야"하고 따른 사람이잖아요. 그런 소속 집단의 악행을 거절할 수 있는 용기가 있는 사람이 필요하다고 생각했어요. 작품 속에서는 이수연이 그런 불의를 거절하는 모습을 보여 주거든요. 부당한 일에 의문을 갖는 그런 작은 행동 하나가, 쉽지는 않지만 중요하다고 생각했어요. 그런 사람이 많아지면 직장 내 괴롭힘이 사라지는 날이 올 수도 있지 않을까. 그런데 이진혁은 자기 애인이 그런 불합리한 일을 당하는데도 가해자의 비위를 맞추면서 가만히 있었잖아요. 그런 행동은 어떻게든 죗값을 치러야죠. 그런 점에서 호러 장르가 매력적인 게, 결국에는 죗값을 치르잖아요. 나쁜 사람은 죗값을 치러야 보는 사람이 시원해지니까. 나쁜 놈들이 활개 치고 그러면 너무 분하잖아요. 소설가도 시원하게 쓰는 맛이 있어야죠.

이현석 그렇죠. 이진혁은 아무튼 그런 인물이었고요, 말하자면, 복잡함의 아이콘. 다른 인물은 누굴까요?

여실지 저는 장채린도 안쓰럽긴 해요. 물론 주인공 외의 인물로.

이현석 맞아요. 장채린.

여실지 장채린은 어떻게 보면 아픈 손가락이기도 하고. 사실 처음에 쓸 때는 정을 안 줬어요. 얘는 상황을 보여 주는 기능적인 인물로 그려야겠다고 생각했는데, 점점 너무 안타까운 거예요. 다 쓰고 보니, 진짜 피해자는 여긴데? 최악의 케이스네, 하는 생각도 들고.

이현석 그렇죠. 이 구조 안에서는 가장 갈려 나간 사람이니까.

여실지 욕은 욕대로 다 먹고, 불쌍하긴 하다, 그런 생각이 들더라고요. 근데 그것도 어떻게 보면 우리 장채린이의 업보죠. 생각 없이 그렇게 살았으니까. 근데 정말 많이 휘둘렸어요. 어떻게 보면 열심히 살았을 뿐일 텐데. 안타깝고 짠한 그런 느낌이 있어요.

이현석 휘둘렸다면, 그러니까 이 장채린이 어떤 대가를 치른 건 살인자가 된 거네요.

여실지 그렇죠. 말하자면 이 친구도 자기가 불합리한 상황에서 "아, 이거 아닌데" 하고 용기를 내려면 그럴 수도 있었는데, 이간질에 휩쓸린 거잖아요. 이진혁이한테 놀아나고.

이현석 아, 그렇죠. 맞죠. 그러니까 이게 귀문으로 이해했을 때는 뭐가 씌었나 했었어요. 이진혁의 기가 장채린을 움직인 거라고. 근데 이게 현실의 이야기라고 생각하면은 이진혁이 계속 살살 꼬드긴 거잖아요, 말하자면.

여실지 그렇죠. 그리고 마지막으로 남상진. 처음에는 그냥 꼰대 아저씨 하나 넣어야지 했었어요. 그러다 외모 설정하면서 바뀐 케이스예요. 원래 겉으로는 좋은 말하고 착한 척하는 아저씨, 뭐 이렇게 생각했었는데 인물에 대한 외적인 이미지를 풍채가 좋고, 조진웅 배우님 같은 이미지를 상상하면서 쓰기 시작하니까 이 사람이 너무 좋아지는 거예요. 쓰면서 점점 좋은 이미지로 쓰고 싶어졌어요. 뭔가 진짜 어른. 우리 사회에서 믿을 만한 선배, 그런 사람으로 쓰고 싶었는데 그걸 좀 살리지 못한 듯해요.

이현석 아니에요, 충분히 느껴졌어요.

여실지 다행이네요. 너무 공을 들이면 주인공들이 빛을 못 볼 것 같아서 참았거든요.

이현석 그렇죠. 뭔가 남상진의 경우에는 확실히 박창진님 같은 실제 인물도 많이 겹치니까.

여실지 이름이 좀 비슷하죠.

이현석 네, 그렇습니다.
이제 얘기를 듣다 보니까 작가님 작법에 대해서도 궁금한 점들이 많이 생기는데요. 가령 남상진처럼 캐릭터 만들 때 외모를 정하고 쓰는 것도 있을 테고, 여러 인물을 잘 배치해야 하잖아요. 저 같은 경우에는 주요 인물들에 대한 전기를 되게 길게 쓰는 편이거든요. 작가님은 그런 캐릭터 밑그림을 그릴 때 어떤 식으로 하시는지 궁금합니다.

여실지 음. 제가 지금까지 작업해 온 방식을 생각해 보면 그냥 플롯만 설렁설렁 잡아 놓고 원고를 쓸 때 본격적으로 설정하는 것 같아요. 성격이라든가 말투라든가, 집안 내력 정도? 그런 프로필 정도만 만들고 전기까지 작성하진 않았던 것 같아요. 오히려 시놉시스를 짤 때는 등장인물 정리만 해 놓고, 어느 정도 이야기의 줄거리만 잡은 다음에 초고 작업을 할 때가 재미있었거든요. 뭔가 상황 묘사에 따라 자연스럽게 분위기가 만들어지는 걸 좋아해요. 남상진 외모도 처음에는 되게 여리여리한 아저씨였는데, 곰 같은 아저씨가 물고기 잡으려고 좀 웅크리고 있는 모습을 하나 딱 넣으니까 그때부터 이 사람이 살아나는 거예요.

장채린도 사실은 처음에는 성형에 중독된 캐릭터였어요. 그런데 쓰다가 살집이 있는 사람이 되고……. 그런 식으로 설정을 다 바꿨어요. 쓰면서 많이 바뀌는 것 같아요.

이현석 줄거리 같은 경우에는 어떻게 만드시는 편이세요? 가령 저 같은 경우에는 마지막 장면을 딱 떠올린 다음 '아, 이건 정말 괜찮은 장면이다' 싶으면은 거기서부터 거꾸로 이야기를 만들어 가고 이런 식으로 하거든요. 혹시 시놉시스 작업을 하실 때 작가님만의 방식들이 있으실까요?

여실지 저도 클라이맥스를 먼저 정하고 써요. 클라이맥스의 그 장면이 나오려면 어떤 식으로 흘러가는 게 좋을까? 그걸 계속 생각하면서 썼어요. 단편 같은 경우도 결말을 먼저 생각하고 쓰는 편이에요. 그래야 좀 이렇게 앞뒤가 맞는다고 해야 하나.

이현석 그럼 구상하셨던 『난기류』의 가장 첫 장면도 클라이맥스 부분이었겠네요. 비행기에서 죽고 죽고 죽이는 그런 장면.

여실지 네. 사실 원래는 제목이 '이간'이었어요. '난기류'는 PD님이 제안해 주신 제목이긴 한데, 처음에도 난기류 만나는 장면이 나오긴 나왔어요. 그런데 그렇게 비중이 크진 않았어요.

이현석 이간. 이간이면, 다른 공간이라는 뜻인가요?

여실지 아니요, 이간질할 때 이간. 그런데 그 제목이 사람들한테 너무 안 와닿을 수 있으니까 난기류로 하자고 의견 주셨어요. 그래서 바꾸게 된 제목이에요.

이현석 확실히 PD님의 감이 좋네요. 난기류가 더 좋아요, 제목으로.

여실지 그래서 저도 단번에 "네! 좋아요!" 그러고(웃음).

이현석 아무튼 루틴 이야기도 했고 많은 이야기를 나눈 것 같은데요. 에세이도 쓰셨지만, 거기에 담지 않은 말 중에 혹시 이 이야기만큼은 독자분들이 알아봐 줬으면 좋겠다 싶었던 게 있으셨을까요?

여실지 제가 요즘에 리베카 솔닛의 『멀고도 가까운』[6]을 다시 읽는 중인데, 서사 예술에 대한 얘기가 특히 흥미로웠어요. 리베카 솔닛은 이야기가 자꾸 만들어지고 사람들이 그걸 가까이하고 보다 보면, 그 이야기의 내용을 실천할 수 있는 계기가 되고 자극과 영향을 주게 된다고 말하더라고요. 너무 교훈적으로 가자는 얘기는 아니지만, 우리가 잘 모르고 대수롭지 않게 여겼던 잘못과 폭력들을 부정적으로 인식하게 되면 좀 나아지지 않을까? 뭐 이런 생각도 해요.

『난기류』를 보고 '이게 뭐야? 결국엔 다 죽고 말잖아.' 이런 허무함을 느끼실 수도 있을 거고, '그래서 뭐 어쩌자는 거야. 해결 방안이 대체 뭐야?' 이렇게 생각하는 분들도 있을 것 같아요. 의견은 분분할 거고, 해석도 다양하겠죠. 그래도 그렇게 다양한 해석과 목소리를 가진 이야기가 필요하다고 생각해요. 저는 재미와 의미 두 마리 토끼를 모두 잡는 그런 작가가 되고 싶어요.

이현석 모든 작가의 꿈이죠.

여실지 그렇죠. 그래도 저는 우선은 재미라는 토끼가 좀 더 컸으면 좋겠고, 의미는 그 재미 너머에서 독자분들이 나름으로 챙겨 가셨으면 좋겠어요.

이현석 그게 좋죠. 이런 이야기들을 통해서 사회 저변에 있는

6) 리베카 솔닛, 김현우 옮김, 반비, 2016

문제들을 가깝게 만드는 그 자체가 굉장히 의미 있는 일이니까요. 무척 소중한 작업 하셨습니다.
마지막으로, 이제 하나의 대작업을 끝내셨으니까 이후에 또 쓰고 계신 작품이나 기획하고 계신 작품 있으실까요?

여실지 구상하고 있는 소설은 있어요. 재밌게 쓰고 싶은 소설인데 거기서 또 의미를 만들어야겠죠. 아니, 이거 얘기하면 스포일러 되는데.

이현석 어……. 저의 개인적인 경험으로는 이런 인터뷰에서 향후 작품에 관한 얘기를 하면은 대부분 안 쓰더라고요(웃음).

여실지 그래요? 아무튼 연극 무대를 배경으로 살인 사건이 벌어지는 이야기예요. 뭔가 환상적인 느낌을 자아내는 소설을 쓰고 싶어요. 마술적 사실주의라고 해야 할까요? 그런 걸 좋아해서.

이현석 그 작품은 장르로 치면 어디에 가까울까요?

여실지 음. 우선 다 써 봐야(웃음). 그리고 제가 냉동인간 얘기로 데뷔했는데 그 소재에 관한 이야기를 마무리 지어야 하지 않을까, 하는 생각도 있어요. 제 단편은 거의 다 열린 결말로 끝나서요.

이현석 그러니까 열린 결말로 끝낸 작품을 좀 더 장편으로 확장시키고 싶은 생각이 있으신가 봐요.

여실지 맞아요! 작가님 진짜 요약 정리를 너무 잘하시네요.

이현석 (웃음) 혹시 더 말씀하실 얘기가 있으실까요?

여실지 아니요. 하고 싶은 얘기를 많이 나눈 것 같아요.

이현석 그럼 이제 대화를 마치도록 할까요? 여러 해석의 여지를 열어 둔, 좋은 작품 감사히 잘 읽었습니다. 앞으로 발표될 작가님의 작품이 가닿을 세계를 기대하겠습니다.

여실지 대담 즐거웠습니다. 이렇게 작품 얘기를 할 기회가 없었는데, 얘기할 수 있어서 좋았습니다. 앞으로도 열심히 작품 활동을 이어 가겠습니다. 감사합니다.

작가 에세이

난기류와 일터 괴롭힘

우리 사회의 공포는 무엇일까.

재작년 여름, '사이드미러' 소설을 기획하면서 던진 질문이다. 팬데믹에서 엔데믹으로 넘어가는 즈음이었고, 러시아와 우크라이나의 전쟁이 일어나 국제 정세도 불안하던 시기였다. 흉기 난동 사태와 살인 예고가 전국 곳곳에서 일어나기도 했다. "가장 오래되고 강력한 것이 바로 미지에 대한 공포"[7]라는 러프크래프트의 말처럼, 무슨 일이 벌어질지 알 수 없는 두려움이 뿌연 앙금처럼 가라앉은 나날들이 이어졌다.

코로나 팬데믹은 우리가 최근에 겪은 거대한 공포였다. 노령의 부모님과 면역력이 약한 아이들이 걱정이었고, 마스크 하나를 사기 위해 줄을 서고, 그마저도 구하지 못할까 봐 서로 날을 세우고, 버스나 지하철 안에서 마스크를 벗는 사람을 보면 병균을 퍼뜨릴까 봐 두려워 가까이 가지 못하던 시절이었다. 매일 아침저녁으로 뉴스 상단에 굵은 글씨로 적힌 확진자 수와 사망자 수를 보면서 혹시나 저 숫자가 내 일이 될까 봐

7) 『공포 문학의 매혹』(H. P. 러브크래프트, 홍인수 옮김, 북스피어, 2012, P9)

초조하고 불안했다. 세계적으로 사망자 수가 점점 늘면서 나라마다 봉쇄 정책을 펴고, 동양인에 대한 혐오는 극심해졌다.

그런 커다란 일들과는 별개로 일상은 의외로 평화로웠다. 내 기억에는 그랬다. 나라 밖 전쟁도, 사망자 숫자도 결국에는 '남의 일'이었기에 잠깐 놀랐다가 사그라드는 충격이 있을 뿐이었다. 사회적 거리 두기 덕분인지 뻔한 인간사 갈등은 오히려 줄었다. 명절에 친척들이 모일 일도 없고, 회사 회식이며, 이웃 모임도 줄었으니 그랬던 것 같다. 바이러스보다 가게 문을 닫는 곳이 많아지고 정리 해고를 당하는 등 생계를 위협당하는 일들이 오히려 더 무서운 일이 되었다.

생계.

우리 사회의 공포는 '생계'를 이어 가는 가운데 벌어지는, 그 '무엇'에 있지 않을까.

그런 '무엇'에 관한 이야기를 하고 싶었다. 어느 날 갑자기 쿵 하고 떨어지는, 난기류에 부딪힌 비행기 안에서 옴짝달싹 못 하는 공포도 무섭지만, 가랑비에 옷 젖듯, 일상에서 시나브로 스며드는 섬뜩한, 알아차렸을 땐 이미 손쓸 수 없이 녹아내려 버린 밀랍 인형 같은 파멸 이야기가 더 무섭지 않을까. 아주 작고 하찮은 바이러스 같지만, 그 결과는 걷잡을 수 없는 범지구적인 위기로 이어지는, 작지만 사소하지는 않은 공포. 뉴스 화면에 등장하는 죽음의 숫자처럼 잠깐 스쳐 지나가고, 위험조차 감지할 수 없는 바다 밑에 숨은 빙산 같은 공포. 내가 생각하기에 그것은 일터의 죽음이었다.

팬데믹과 일터의 죽음, 이 두 가지를 연결 짓게 된 것은 죽음을 표시하는 '숫자'였다. 한국산업안전보건공단 홈페이지에 게재되는 사망 사고 속보를 보고 왠지 모를 기시감을 느꼈다고나 할까. 그것은 뉴스로 접하는 코로나19로 인한 사망자 수와 닮아 있었다. 가장 즉각적으로 알 수 있고 간단한 숫자. 무엇보다 그 숫자가 바뀌면서 죽음이 다른 죽음으로 잊힌다는 점이 그랬다.

산업 재해 사망 사고 속보는 사업장 관계인과 근로자의 안전 의식 및 경각심을 고취하고자 최근 3일 이내에 발생한 사고 관련 사망 사고를 게시하는 내용이다. 업무상 질병으로 인한 사망이나 원인을 알 수 없는 사망 사고와 장시간 원인 분석이 필요한 사망 사고는 빠져 있다.

숫자는 크지 않다. 한 자릿수가 대부분이다. 하지만, 얼마나 많은 1이 반복되었을지, 그리고 숫자로 헤아려지지 않은 죽음이 얼마나 많을지는 알 수 없다. 그 숫자가 오랜 노동의 역사와 함께해 온 일터의 죽음을 나타낸다는 사실이, 그리고 일하는 사람이면 누구에게나 해당할 수 있는 숫자라는 점이 으스스했다.

살려고 일하는데, 일하다가 죽는 아이러니

"일터의 죽음은 사회의 집단적 음모다."[8)]

국제노동기구 고용정책국장 이상헌이 한 말이다. 일터의

8) 『같이 가면 길이 된다』(이상헌, 생각의힘, 2023, P28)

죽음을 '몰랐던 일'로 치부하고, 애써 숨기고, 다른 주제로 은근슬쩍 넘기는 사회 분위기를 꼬집는 말이다. 죽은 자와 유족 외에는 알 길이 없는 비합리적인 노동 과정은 은폐되고, 사용자와 책임자와 담당 부처는 모르쇠로 일관한다. 부조리한 노동 현장을 고치고 바꾸려는 대신, 새 부품으로 갈아 끼우듯 그 자리에 사람만 바꿔 채워 넣는다.

많은 이들이 일터에서 죽었다. 위험천만한 고층 현장에서 떨어져 죽고, 거대한 물류에 깔려 죽었다. 기계에 끼이거나 떨어지는 물체에 부딪쳐 죽고, 위해 물질에 노출되어 서서히 병들어 죽었다. 고된 노동에 쉬지도 못하고 그냥 죽고, 그냥 죽지 못하면 스스로 죽었다. 일하다 죽거나 쉬다가 죽었다. 일터는 삶을 영위하고 꿈을 실현하는 삶터가 아니라 생을 마감하는 무덤이 되었다. 살려고 일하는데, 일하다가 죽는 아이러니다.

누구 하나 죽으면, 언론은 노동 현장의 허점과 부조리를 드러내고, 전문가들은 문제를 지적하고, 사회 운동가들은 법과 제도를 고치고 대책을 마련해야 한다고 성토한다. 우리는 그저 잠깐 놀라고, 약간 분노하다가 금세 사그라든다. 그마저도 외면당하는 죽음들이 부지기수다. 우리가 입에 담지 않았던 죽음들이, 우리가 모르고 지나간 죽음들이 너무나도 많다.

죽음은 또 다른 죽음으로 잊힌다. 죽은 자는 제 팔자고, 남의 일이다. 나에게는 죽음의 그림자가 절대로 다가오지 않으리라, 필사적으로 믿고 묵묵히 일한다. 그러다 보면, 어느새 내 옆에서 일하고 같이 밥을 먹고 소소한 대화를 나누던 동료들이 하나둘 사라지고 텅 빈 자리는 어느새 다른 얼굴로 바뀌어 간다. 빈자리는 누군가가 채우게 되어 있다고, 일할 사람은 많다며 한번 쓰고 버리는 소모품처럼 취급당한다. 언제 내 차례가 될지는 아무도 모른다. 그저 죽음 뒤에 숨어서 숨죽인 채 먹고 살겠다고 아등바등 살아간다.

일터의 죽음은 우리 사회의 공포다.

둑을 무너뜨릴 개미구멍

일터에서의 죽음은 업무상 재해 또는 산업 재해[9]라는 용어로 표현된다. 그중 스스로 목숨을 끊은 경우를 자살 산재라고 한다. 2022년 근로복지공단이 조사한 자살 산재 신청 97건 중 업무상 질병 판정서를 입수한 85명 중에 산재 승인은 39건이었다. 산재가 승인된 39명의 자살 사유 중 '직장 내 괴롭힘 · 성희롱'이 33%로 가장 많았다. '과로'가 26%, '징계 · 인사 처분'이 21%, '폭행'이 5%로 뒤를 이었다.[10]

직장인 자살 원인 1위가 일터 괴롭힘이라는 통계다. 업무상 재해로 인정받기 위해서는 업무와 재해 사이에 상당한 인과 관계가 있다고 추단되어야 하고, 그 인과 관계를 보험 급여의 희망 수급권자인 근로자 또는 유족이 입증해야 한다. 안타깝게도 그런 조건을 맞추지 못한 죽음과 이리저리 흩어져

9) 산업 재해는 사망뿐 아니라 근로자가 업무상 입은 부상·질병·장해 등의 재해를 포괄한다.
10) "직장인 자살 원인 1·2위는 '이것'… 우리, 이대로 괜찮을까", 〈경향신문〉, 2023.12.13.

서 세어 볼 수도 없는 죽음이 더 많을 것이다.

일터 괴롭힘으로 인한 자살이 그런 죽음 중 하나다. 큰 사고로 인한 사망과 달리 개인적이고 사소하다는 취급을 받는다. 일터 괴롭힘을 당했다고 해서 모두가 죽음을 선택하지는 않는다며 예민한 개인의 문제가 아니냐고 보는 이들도 많다. 평소 앓던 우울증이 원인이거나 건강이 문제였다고 보는 것이다. 스스로 생을 마감하느니 회사를 그만두거나 이직하면 되지 않냐고 묻는 사람도 있다. 어쩌면 일터 괴롭힘으로 인한 죽음은 누구 하나 죽어야만 세상이 바뀌냐는 한탄도 듣지 못하는, 그런 보잘것없는 죽음일지도 모른다.

일터 괴롭힘은 사회라는 거대한 둑에 뚫린 무수히 많은 개미구멍과 같다. 자세히 들여다보지 않으면 별일 아닌 듯 보일 수도 있지만, 눈에 보이지 않는 바이러스가 전 세계를 공포의 도가니로 몰아넣은 것처럼, 언젠가는 그 구멍이 커지고 커져 사회라는 둑이 무너져 내릴지도 모른다. 그것은 늘 우리 일상에 도사리고 있으며 사람과 사회를 좀먹는다.

우습게 보기에는 뭔가 섬뜩하다.

일터 괴롭힘은 심리적 테러다

일터 괴롭힘은 비슷한 말이 많다. 직장 내 괴롭힘, 갑질, 파와하라(Power Harassment), 가학적 인사 관리, 직장 내 성추행, 직장 내 왕따, 노조 파괴, 감정 노동, 직장의 포식자 등등. 일터 괴롭힘은 일터에서 “노동자의 존엄성과 인격을 모독하고 권리를 위협하는 일체의 태도 · 행위를 가리키는 포괄적인 용어다."[11] 또한 합리적인 사람이라면 원치 않으리라고 간주하는 해로운 행위이다.

일터 괴롭힘이라고 하면, 성질이 못된 상사가 부하 직원에게 함부로 대하는 폭언, 폭행, 부당한 업무 지시 등, 이런 것들을 떠올리기 쉽다. 한마디로 되먹지 못한 몹쓸 사람들이 열등감으로 인해 저지르는 갑질이거나, 아니면 일 못하는 사람들이라서 당할 수밖에 없는 시련이라고 여겨지기 일쑤다. 재수 없이 걸려든 개인 간의 사소한 갈등 정도로 치부되는 일이 다반사다.

고충을 토로해도 뾰족한 수가 없다. 큰 노동 문제들에 가려져 얘깃거리도 못 되고 대책 마련에서도 소외된다. 죽을 만큼 아파도 엄살이라며 무시당하거나 누구나 앓을 수 있는 고통이 아니라며 예외적인 것쯤으로 취급된다. "직장생활이 다 그렇지. 더 심한 데도 많아"라든가, "별걸 다 문제 삼네"라는 식으로 참아 넘기라는 반응이 대부분이다.

"그런 건 하룻밤 자고 나면 사라지는 거예요. 서로 욕하면서 일하는 게 직장이에요."

"돈 벌러 왔으면 그 정도는 참아야죠."

괴롭힘을 당한 이들이 감정의 불편함을 호소하며 자제해 달라고 요청하면, 사과나 반성, 앞으로 조심하겠다는 말도 없이 자신의 잘못된 행동이 일터의 관행이며 당연한 일이고, 오

11) 『일터괴롭힘, 사냥감이 된 사람들』(류은숙, 서선영, 이종희, 코난북스, 2016, P25)

히려 고충을 호소하는 쪽이 예민하다고 여긴다.

사실, 일터 괴롭힘은 일상의 갈등과 스트레스로 보이는 것에서부터 노조 탄압, 직장 폐쇄, 용역 폭력, 대량 해고 등 무시무시한 사건까지 아주 다양하게 펼쳐진다.

일터 괴롭힘은 크게 세 가지로 구분된다. 조직적 괴롭힘, 업무 관련 괴롭힘, 대인 간 괴롭힘이다. 저성과자를 축출하는 시스템과 같은 조직적인 경영 전략을 이용하는 게 조직적 괴롭힘이라면, 업무 관련 괴롭힘은 과도한 업무 지시나 업무 박탈, 불합리한 마감 시간 강요, 감당할 수 없는 업무량 요구, 지나친 감시, 의견 무시 등을 말한다. 못된 상사의 폭언과 폭행 같은 것은 대인 간 괴롭힘이다.

기업은 경영에 필요하다는 이유로 괴롭힘을 합리화한다. 치열한 경쟁사회에서 살아남으려면 어쩔 수 없는 일이라고 동조하고 수긍하기 쉽다. 그러다 보니, 기업 오너나 경영 전략을 괴롭힘의 원인으로 지목하기보다는 그 전략을 실행하는 상사나 동료를 가해자로 지목하기 쉽다. 저성과자를 해고하고 불안정 고용을 부추기며 열정 페이와 감정 노동을 당연시하는 풍토를 조성한다. 무례와 모욕이 없으면 생산성이 올라가지 않는다고 여긴다. 일터는 그저 돈을 벌기 위해 참아야 하는 험난한 곳이 되어 버린다.

한국에서 유독 불거지는 괴롭힘은 회사의 노조 파괴 전략이라고 한다. 당당한 노동의 대가를 요구하기 위해 힘을 모아 자율적으로 세운 노조를 사측은 눈엣가시처럼 여긴다. 복수 노조 제도를 악용하여 노동자들이 자율적으로 세운 노조를 해체하기 위해 갖은 공작과 폭력을 동원한다. 노동자들끼리의 갈등을 부추기고 이간질하고, 서로 감시하게 하고, 회유하거나 고자질하게 한다. 노동자들은 어느 편이냐에 따라 서로를 비웃고 경멸하고 증오하게 된다.

일터 괴롭힘 연구의 선구자로 불리는 하인츠 레이만은 일터 괴롭힘을 두고 일터에서 벌어지는 '심리적 테러'라고 했다. 괴롭히는 관리자들의 폭언과 폭력, 차별, 뭐라 콕 집어 말할 수 없는 미묘한 갈굼과 조롱, 따돌림, 감시, 이간질이 쌓이고 쌓이면 매일 출근하는 일터는 지옥으로 변한다. 퇴근 후에는 괴롭힘의 잔상에 허우적대느라 일상이 무너진다. 일터와 삶터가 무 자르듯 구분되지 않으니 일터에서의 삶이 흔들리면 개인의 삶이 송두리째 무너지는 건 당연한 순서다.

개인의 노력과 힘들게 이루어낸 성과, 사회 구성원으로서 이바지했던 일들이 아무짝에도 쓸모없어지는 상황이 벌어지면서 우리는 절망, 좌절, 억울함, 울분, 자책, 무기력감, 나만 사라지면 된다는 자살 충동에 빠진다. 모멸감과 수치심이 일고 무기력감에 빠져 허우적대다가 가끔 분노가 들끓는다. 그나마 함께 일하는 동료 때문에, 생계 때문에 어쩔 수 없이 참고 버텨 왔던 사람들은 직장을 그만두거나 생을 마감한다.

누구나 혐오의 희생양이 될 수 있다

일터 괴롭힘은 우리의 정신과 육체를 파괴한다. 혐오와 증오를 발산하여 또 다른 희생자를 만들어 내기도 한다. 일터 괴롭힘의 희생양은 나를 과시하기에 좋은 먹잇감인 동시에 권력자로부터 인정받기 위한 제물이 된다.

일터 괴롭힘은 가해자와 피해자, 둘만의 이야기가 아니다. 괴롭힘은 가해자와 피해자, 방관자와 동조자, 공모자의 경계가 모호하고 혼란스러운 상황에서 이루어진다. 그 과정에서 드러나는 몹쓸 것이 바로 혐오다.

혐오는 공동체 감각을 파괴한다. 부족하더라도 서로 일을 돕고 노동자의 유대감을 키우는 건전한 일터를 무너뜨린다. 대신 그 자리에 혐오를 즐기고 서로를 이간질하는 무리가 들어선다. 이간질은 권력과 사용자가 자기 입맛대로 노동 현장을 조종하기 위한 수단이 된다. 표적을 혐오하는 것만으로도 쉽게 일원이 되고, 왜곡된 집단의식을 거쳐 소속감과 정체성을 강화한다. 이유는 만들어 내기 나름이다. 사실 여부는 상관없다. 어차피 무시하고 괴롭히려고 만들어 낸 거짓말이니까. 거짓말도 되풀이되면 결국 모든 사람이 믿게 된다는 말처럼, 사람들은 피해자가 정말 몹쓸 인간이어서, 무능해서, 당할 만하니까 괴롭힘을 당하겠지, 라고 여기게 된다.

희생양은 근성과 태도를 갖추지 못한 자격 미달자가 되고 문제의 원인을 제공한 인성을 갖춘 사람으로 몰린다. 혹여 생을 마감했을 경우, 죽음의 원인을 개인의 문제로 둔갑시킨다. 불성실해서, 업무 부적격자라서, 나약해서 죽었다고 말한다. 성실한 노동자는 순식간에 '일 못하는 사람'이 되어 버린다.

이야기 속의 박은하는 희생양을 대표한다. 명문대를 졸업하고 알파에어의 승무원이 된 박은하는 회사를 대표하는 홍보 모델이기도 했다. 어딜 가도 눈에 띄는 미인이고 이성에게 인기도 많다. 온화하고 사회성도 좋아 동기들보다 빠르게 승진하였지만, 오너 아들 신현오의 갑질에 저항하고 노조 활동까지 하다 회사에 '찍힌다.' 과도한 업무 스트레스, 부적절한 업무 배치, 동료들의 따돌림 등의 외부적 요인과 심리적 갈등으로 괴로워하던 박은하는 기내에서 자살한다. 박은하는 알파에어의 부조리한 고용 구조의 희생양이 된 셈이다.

비행기마다 하나씩은 꼭 있다는, '원혼'들 역시 일터 괴롭힘의 희생양들이다. 홍은결만이 그 존재를 눈치채지만, 딱히 구원도 해결도 없다. 나름의 의식을 치르며 오늘 탈 비행기가 무사하기만을 바랄 뿐이다.

순교자처럼 생을 마감한 박은하를 두고 이야기 속 인물들은 저마다의 상처와 기억을 내면 깊숙이 각인하고 봉인한다. 박은하의 후신처럼 등장한 이수연이 이들 모두의 내면에 각인된 상처와 기억을 헤집어 놓으면서 공포는 시작된다.

전혀 비슷하지 않은 외모의 이수연을 보면서 박은하를 떠올리는 이들은 어떤 심정이었을까. 혼란과 양식의 가책, 죄책감과 울분을 느끼는 이들은 어쩌면 선한 본성을 지닌 사람들이었을지도 모른다. 심정이나 본성과는 상관없이, 행위와 실천은 혹독한 대가를 치른다.

특히, 이진혁은 일터 괴롭힘을 애써 묵과해 온 울분을 비뚤어진 방식으로 표출한다. 희생된 연인, 박은하를 그리워하면서도 자신의 무기력함과 떳떳하지 못한 자신을 증오하던 그는 자신은 물론 모두를 파괴하는 극단으로 치닫는다.

어디서나 일어나는 일터 괴롭힘

일터 괴롭힘은 열악한 노동 환경에서 더 잘, 더 자주 일어나는데, 권력의 위계가 있는 곳이면 더욱 일어나기 쉽다. 주로 권력의 위계나 지위가 낮은 사람이 괴롭힘을 당하기가 쉽다. 수직적인 권력 구조뿐만 아니라 비공식적으로 작용하는 권력도 무시 못 한다. 지위가 낮더라도 영향력이 센 사람은 가해자가 될 수 있다.

노동자는 밥줄이 달렸고, 권한과 책임에 따라 업무의 범위가 정해지고, 동료들의 협력이 필요하니 일터에 관계하는 모든 이들에게 업무적으로나 경제적으로 의존할 수밖에 없다. 권력 구조에서 '을'의 입장이다 보니 괴롭힘의 피해자가 되기 일쑤다.

일터 괴롭힘은 사람들이 부러워하는 대기업이나 공공 기관에서도, 소위 엘리트 집단 내에서도 일어난다. 그 좋은 직장을 다니면서 뭐가 힘드냐고 하거나, 배부른 소리 하지 말라는 핀잔을 듣기도 한다. 당사자에게는 자살에까지 이를 수 있는 고통이지만, 고통에 공감받지 못하는 서러움이 더해지고 혼자 끙끙 앓는다. 속사정을 알 수 없는 조직적 괴롭힘이 있으니, 우리가 타인의 고통에 공감할 수 없는 구조다. 마치 비행 중인 기내에서 벌어지는 테러나 다름없다.

『난기류』에서 알파에어가 배경이 되는 이유다.

국내 최고의 항공사인 데다, 팬데믹에 하늘길이 막힌 불황기에도 굳건하게 버텼던 알파에어는 이수연이 취업에 실패하고도 미련을 못 버렸던 기업이다. 실상은 직원들의 고혈로 운영되던 곳이고, 직원들이 노조를 결성하고 처우 개선을 요구하지만, 밖에서 본 사람들은 그저 엄살을 부린다고만 생각한다. 알파에어 유니폼만 봐도 동경의 눈으로 바라보던 이수연은 막상 입사하고 나서야 열악한 노동 현실을 깨닫는다.

그 열악함은 조악한 건물이나 쾌적하지 못한 환경을 말하지 않는다. 노동을 하는 데 있어서 일을 힘들게 만들고 노동자가 소진되게 만드는 환경이다. 막무가내식 노동 설계, 리더십 결함, 수직적인 조직 문화, 안전 수칙 무시 등이 그 예이다.

열악한 노동 환경은 일터 괴롭힘을 부추긴다. 무성하게 자란 일터 괴롭힘은 열악함을 더 악화시키고 그 문제의 원인을 피해자 탓으로 돌리고, 괴롭힘을 정당화한다. 인격 모독은 업무를 수행하는 통과 의례며, 관행이라는 식으로 탈바꿈하기도 한다.

이직하든 퇴사하든, 그런 지옥을 빠져나온 사람의 삶은 나아졌을까.

이직을 한다 해도 상처가 치유되는 일은 거의 없다. 아무렇지도 않은 척 잊은 척, 살아갈 뿐이다. 심한 후유증과 트라우마로 인해 대인 공포증이나 대인 기피증을 앓거나 새로운 직장에서도 적응하기 힘들어하는 사람도 많다.

어떻게든 일터에서 살아남으려 애쓰지만, 세상살이는 여전히 팍팍하다. 살아남은 노동은 살아남은 대가를 치른다. 침묵하고 방관하고 고개를 숙인다. 먹고 살아야 하니 참아야 하고, 그 희생양이 언제 내가 될지 모른다는 불안감을 안고 산다. 공장에서 사무실에서 매장에서, 군대에서 병원에서 공공기관에서, 장소만 다를 뿐 납작 엎드려야 하는 양상은 대동소이하다.

일터와 삶터, 존중받는 노동과 함께 가는 길

노동자의 사전적 의미는 노동력을 제공하고 그 대가로 생활을 유지하는 사람이다. 그렇다고 급여를 주니까 사용자의 마음대로 해도 된다는 뜻이 아니다. 노동자는 노동의 대가만으로 삶을 영위하지는 않는다.

노동자에게 일은 중요하다. 내가 무슨 일을 하는 사람인지, 어떤 타이틀을 갖느냐에 따라 정체성이 정해지기도 하고 삶의 방향성을 키우기도 한다. 일에 대한 성취감과 자기 효능감, 현재의 보람과 미래 지향적인 비전, 이런 것들이 쌓이면서 성장한다. 일은 그 사람이 지닌 고유한 개성을 설명해 주기도 하지만, 주어진 정체성을 만들고 지키고 확장하는 데 중요한 몫을 한다.

그런 '나'와 비슷한 사람들이 모인 곳이 일터이다. 직장 상사, 선후배, 동료, 라이벌 등 다양한 관계를 맺고 알게 모르게 보고 배우며, 좋든 나쁘든 영향을 주고받는다. 사람이 힘들면 일이 힘들 수밖에 없다. 일터가 단순히 생계를 위해 돈을 버는 장소가 아닌 이유이며, 사람이 힘들면 떠나거나 생을 마감하거나 둘 중 하나를 선택하는 이유다.

그럼 우리는 일터 괴롭힘에 대해 어떤 태도를 보여야 할 것인가. 피할 수 없으니 속수무책으로 당하고 살거나 좋은 기업과 착한 사람들을 만나기만을 기대해야 하는 걸까.

우선, 일터 괴롭힘은 계속 얘깃거리가 되어야 한다. 우리 사회가 아무렇지 않게 대했던 폭력과 억압의 사례들을 드러내야 한다. 그런 사례들은 정말 많다. 가정 폭력과 아동 학대, 군 폭력, 학교 폭력 등등. 과거와 현재를 비교해 보면, 우리 사회가 얼마나 위험했는지를, 일상의 잔학성이 얼마나 깊숙이 구석구석 자리 잡고 있었는지를 알 수 있다. 도를 넘는 인간의 폭력성과 이를 아무렇지 않게 받아들였던 악의 평범성들을 끄집어내고 인지하고 고치려 시도하고 노력해 온 결과, 우리는 얼마나 달라졌는가. 완전하지는 못해도 과거보다는 나아졌다고 말할 수 있다. 시행착오는 실패가 아니다.

2019년 7월, 한국에서 직장 내 괴롭힘 방지법이 시행되었고, '갑질'에 대한 형사 처벌이 가능한 법률이 제정되었다. 2023년 기준으로, 고용노동부에 신고된 직장 내 괴롭힘은 1만 28건이다.[12] 하루 평균 27.5건꼴로, 5년 사이에 두 배로 늘어난 셈이다.

직장 내 괴롭힘을 금지하는 법과 제도가 생겼으니 한국 사회에 점진적인 변화를 불러올 것이라는 전망도 많았지만, 그만큼 허점도 드러났다. 상시 노동자 수 5인 미만 사업장에는 직장 내 괴롭힘 금지 규정이 적용되지 않는다는 규정이 그렇다. 또한, 직장 내 괴롭힘 신고 접수 후 사용자가 시정 조치를 취하지 않기도 하고, 처벌 역시 미비한 수준에 그친다. 보복

12) "직장 내 괴롭힘 신고 5년새 2배 증가…하루에 27건꼴", 〈한국경제〉, 2024.04.07

이 두려워 신고를 못 하는 경우도 많고, 신고 후에도 여전히 괴롭힘을 당하는 경우도 많다. 사용자와 노동자가 바라보는 눈높이가 다른데, 사용자의 적극적인 태도를 요구한다는 모순점도 있다. 갈 길이 멀다. 그래도 끊임없이 법과 제도를 수정하면서 나아가면 될 일이다.

그리고 소소하고 사소하게는, 일과 삶의 터전에서 인간의 존엄성 존중을 실천하면 좋겠다. 존엄성 존중은 인간 행위의 기본이다. 이 기본을 함부로 어기고 망각하면 사람에게 어떤 짓을 해도 상관없다고 여기고 치명적인 인권 침해가 일어난다. 우리가 안정되고 평안한 삶을 영위하는 것이 누군가의 노동 덕분임을 잊지 말았으면 좋겠다. 서로 다른 사람을 정중하게 대하는 걸 기본으로 여기는 문화, 존엄성을 존중하는 일터에서는 노동자들의 생명이 더없이 존중받는다. 일터에서 일할 맛 나면, 모두가 살맛 나는 삶터가 되지 않을까.

소설 『난기류』 속 일터 괴롭힘 가해자들은 죽음을 맞이하고 A380기는 불길 속으로 사라지는 파국에 이른다. 결국, 일어날 일이 일어나고 만 것이다. 바라건대, 무시무시한 공포는 허구에 그치고, 현실은 그러지 않았으면 좋겠다.

"살아서 일하는 노동은 당당해야 한다."[13]

이수연을 비롯하여 살아남은 노동자들 모두가 주눅 들지 말고 당당히 살아가면 좋겠다. 힘들면 당당하게 쉬고, 일하고 나면 정당한 몫을 시간 맞춰 달라고 당당하게 요구하고, 부당하게 차별하는 자에게 당당하게 따지고, 불합리한 괴롭힘에

13) 『같이 가면 길이 된다』(이상헌, 생각의힘, 2023, P58)

주눅 들지 말고 당당히 맞서기를, 혼자 힘으로 당당하기 힘들 때는 동료들과 힘을 모아 포기하지 않고 뚜벅뚜벅, 함께 나아가기를 희망한다.

사이드 뷰

형식적 자유와 실질적 부자유의 틈바구니에서 '노동력'을 판매해야 하는 사람들의 공통된 사회적 처지에 대하여

먹고살기 위해 해야만 하는 일(노동)을 호구지책(糊口之策)이라 한다. 호구지책은 모든 이의 근심거리이다. 삶을 이어 가는 동안 호구지책으로부터 자유로울 수 있는 사람은 없다. 피할 수 없다는 점에서 호구지책은 인간의 운명을 닮았지만, 대부분의 운명이 그렇듯 그것에 대처하는 방식은 저마다 다르다. 막대한 재산을 가졌다 해도 호구지책의 굴레를 벗어날 수는 없지만 그들의 고단함은 배부른 소리에 불과하다. 몸뚱이가 유일한 재산인 경우 호구지책은 고뇌와 번민의 핵심 근원이다. 평범한 사람은 살아가는 동안 점점 더 많은 노동, 노동하기 위한 노동, 심지어는 노동하지 않기 위한 노동을 해야 한다.

신분제 사회가 아닌 이상 아무리 재산이 없다 하더라도 노동을 강요받지는 않는다. 법적으로 노동은 자유 의지에 따른 결정으로부터 시작되며, 노동의 구체적 내용은 고용 계약의 범위 내에서 정해진다. 노동을 해야 하는 사람이 처한, 노동 이외에는 다른 선택지가 없는 실질적인 부자유의 상황 앞에서 형식상의 자유는 무릎을 꿇는다. 노동은 자유로운 계약에 의한 사회적 활동이라는 법률적 규정은 재산을 소유하지 못한 사람에게는 빛 좋은 개살구에 불과하다. 재산 없는 사람이 내몰려 있는 실질적 부자유의 상황에서 노동은 사실상 거부할 수 없는 무조건적 명령이다. 그 명령을 거부하면 굶어 죽을 각오까지 해야 한다.

◇◇◇◇◇

신분제 사회는 끝났다. 비록 돈을 벌기 위해 노동을 할지언정, 인격까지 저당 잡힌 삶을 살지는 않는다. 노동하는 사람은 임금을 지급하는 사람에게 오로지 노동하는 능력만을 판매한다. 정확하게 말하자면 거래되는 것은 노동자가 아니라 '노동력'이라는 말이다. 이를 주지하듯 노동자를 보호하는 각종 법률은 거래 대상이 사람이 아니라 '노동력'이라는 사실을 토대로 만들어졌다. 하지만 악마는 늘 그렇듯 형식과 실제 사이의 간극에 숨어 있는 디테일 속에 있다.

근로 계약상으로는 사람은 일할 수 있는 능력인 '노동력'만을 판매할 뿐 인격을 판매해서는 안 된다. 하지만 실질적으로 '노동력'만이 판매되고 있는 것인지, 모호한 상황이 적지 않게 만들어진다. '사회생활'이라는 구실로 '노동력' 판매에 필수적이지 않은

인격적 요소가 노동 현장에서는 결정적 역할을 하기도 한다. 직
장 생활을 잘한다는 평가를 듣기 위해서는 노동 계약상으로 명
시된 과업 이외의 모호한 그 어떤 것을 요구하지 않아도 기꺼이
그리고 눈치껏 해 내야 한다. 이 모호한 영역이 노동 현장에서 알
음알음 커져 나가거나, 인사 고과 평가에서 명시적이지는 않지만
암묵적으로 결정적인 요소가 되면 '노동력'을 판매하는 노동자
를 보호하기 위해 만들어진 각종 법률은 사실상 무용지물이 된
다. 일터에서의 각종 차별과 따돌림이 현장에서 괴력을 발휘하
는 유령으로 떠돌고 있는 것도 그 때문이다.

호구지책을 위해 '노동력'을 판매해야 하는 사람의 숫자보다
실제로 구매되는 '노동력'은 항상 적다. 그 차이가 실업률이라는
통계 숫자로 표현된다. 완전 고용을 달성한 자본주의 시장 경제
는 없다. 일정한 수준의 실업률은 '노동력'을 구매하는 입장에서
는 매우 반가운 노동 관리 기법이다. 실업률은 그 어떤 노사 관리
기법보다 정교하게 '노동력'을 판매하는 사람의 교섭력에 제한을
가한다. 실업률이라는 잠정적 위험의 희생자가 되지 않기 위해
'노동력'을 판매하는 사람은 때때로 같은 처지의 사람을 배신하
기도 한다. 실업이라는 잠재적 위험은 '노동력'을 판매하는 사람
과 '노동력'을 구매하는 사람 사이의 갈등을 '노동력' 판매자 사
이의 대립으로 바꾸어 놓는다.

고용된 사람은 이론적으로는 '노동력'을 판매해야만 먹고 살
수 있는 사회적 약자이고, 그 사회적 약자는 연대의 힘으로 처지
의 개선을 꾀해야 한다. '노동력' 판매자의 일치단결은 논리적으

로 맞는 해법이지만, 노동 현장에서는 실업의 위험을 다른 '노동력' 판매자에게 전가하는 폭탄 돌리기로 자신만의 예외를 확보하려는 움직임이 다반사로 일어난다. 고용 형태에 따라 내 편과 다른 편을 구분하고, 정규직과 비정규직이라는 차이가 '노동력'을 판매해야 하는 계급적 보편성보다 강조될 때 노동자의 연대는 설 땅을 잃는다. 이론적으로는 한 직장의 노동조합은 하나이어야 하나, 각종 이유로 복수의 노동조합이 동일 사업장에 설립되는 일도 벌어진다.

계급적 연대에 의해 자신을 보호할 가능성이 줄어들면 자신이 통제할 수 없는 거대한 구조의 벽 앞에서 무력해진 사람은 보상 심리로 자기보다 더 약한 자를 찾아내려 한다. 자신처럼 '노동력'을 판매하는 사람 속에서, 나보다 약한 자를 찾아내는 방법은 다양하다. 고용 형태에 따라, 성별에 따라, 담당 업무에 따라 약한 자는 발명되기도 한다. 그 약한 자를 찾아내 그 약한 자 위에 서게 될 때 자신의 상대적 위치가 상승한다는 착시 현상, 그 착시 현상의 순간적 쾌감에 맛을 들인 자가 있는 한 '노동력'을 판매하는 처지인 사람들 사이의 일치단결이란 불가능하다. '노동력'을 구매하는 진영은 '노동력' 판매자의 이러한 분열을 못 본 척하지만, 이 묘한 상황이 내심 반갑다. '노동력'을 구매하는 입장에서 실업률에 더해 노동 통제를 효과적으로 해낼 수 있는 방법이 추가된 셈이니 '노동력' 판매자 사이의 분열이 가속화될수록 '노동력'을 구매하는 편은 화양연화의 시절을 보낸다.

각자 호구지책을 위해 최선을 다하고, 그 최선이 자본주의 시

장의 경제 체제를 이룬다
은 살기 위해 '노동력'을
놓이게 되는 거대한 비합
리성 속에서 이 '꼴'로 이

노명우

아주대학교 사회학과 교수
마스터 북텐더. 『세상물정의
학』, 『이러다 잘될지도 몰라,
반복될까요?』 등 다수의 책
다수의 책을 번역했다.

같이 읽고 싶은 이야기

텍스티 (TXTY)

텍스티는

모두가 같이 읽고 싶은 이야기를

만들고 제안합니다.

읽고 나면

주변에서 벌어지는 일에 관심이 생기고

다른 이들과 나누고 싶어지는 이야기를 만들겠습니다.

계속해서

이야기의 새로운 재미를 발견하고

이야기를 통한 공감이 널리 퍼지도록 애쓰겠습니다.

텍스티의 독자라면 누구나

이야기 곁에 있도록 돕겠습니다.

난기류

초판 1쇄 발행	2025년 5월 1일
지은이	여실지
사업 총괄	조민욱
책임 편집	조민욱
IP 제작	이원석 박혜림 김하명
IP 브랜딩	홍은혜 텍수LEE
IP 비즈니스	조민욱 김하명
경영지원	옥민주 손혜림
교정·교열	이원석
예타단 2기	강성욱 박영심 황희민
북디자인	그리너리케이브
북-콘텐츠	유수정
인쇄	(주)상지사피앤비
배본	문화유통북스
발행인	유택근
발행처	㈜투유드림
출판등록	제2021-000064호
주소	(02810) 서울특별시 성북구 종암로13길 16-10
대표전화	02-3789-8907
이메일	txty42text@gmail.com
인스타그램	@txty_is_text
홈페이지	https://www.toyoudream.com
ISBN	979-11-93190-32-6(03810)
정가	18,400원

* 이야기 브랜드, 텍스티(TXTY)는 ㈜투유드림의 임프린트입니다.

인격적 요소가 노동 현장에서는 결정적 역할을 하기도 한다. 직장 생활을 잘한다는 평가를 듣기 위해서는 노동 계약상으로 명시된 과업 이외의 모호한 그 어떤 것을 요구하지 않아도 기꺼이 그리고 눈치껏 해 내야 한다. 이 모호한 영역이 노동 현장에서 알음알음 커져 나가거나, 인사 고과 평가에서 명시적이지는 않지만 암묵적으로 결정적인 요소가 되면 '노동력'을 판매하는 노동자를 보호하기 위해 만들어진 각종 법률은 사실상 무용지물이 된다. 일터에서의 각종 차별과 따돌림이 현장에서 괴력을 발휘하는 유령으로 떠돌고 있는 것도 그 때문이다.

호구지책을 위해 '노동력'을 판매해야 하는 사람의 숫자보다 실제로 구매되는 '노동력'은 항상 적다. 그 차이가 실업률이라는 통계 숫자로 표현된다. 완전 고용을 달성한 자본주의 시장 경제는 없다. 일정한 수준의 실업률은 '노동력'을 구매하는 입장에서는 매우 반가운 노동 관리 기법이다. 실업률은 그 어떤 노사 관리 기법보다 정교하게 '노동력'을 판매하는 사람의 교섭력에 제한을 가한다. 실업률이라는 잠정적 위험의 희생자가 되지 않기 위해 '노동력'을 판매하는 사람은 때때로 같은 처지의 사람을 배신하기도 한다. 실업이라는 잠재적 위험은 '노동력'을 판매하는 사람과 '노동력'을 구매하는 사람 사이의 갈등을 '노동력' 판매자 사이의 대립으로 바꾸어 놓는다.

고용된 사람은 이론적으로는 '노동력'을 판매해야만 먹고 살 수 있는 사회적 약자이고, 그 사회적 약자는 연대의 힘으로 처지의 개선을 꾀해야 한다. '노동력' 판매자의 일치단결은 논리적으로 맞는 해법이지만, 노동 현장에서는 실업의 위험을 다른 '노동력' 판매자에게 전가하는 폭탄 돌리기로 자신만의 예외를 확보하려는 움직임이 다반사로 일어난다. 고용 형태에 따라 내 편과 다른 편을 구분하고, 정규직과 비정규직이라는 차이가 '노동력'을 판매해야 하는 계급적 보편성보다 강조될 때 노동자의 연대는 설 땅을 잃는다. 이론적으로는 한 직장의 노동조합은 하나이어야 하나, 각종 이유로 복수의 노동조합이 동일 사업장에 설립되는 일도 벌어진다.

계급적 연대에 의해 자신을 보호할 가능성이 줄어들면 자신이 통제할 수 없는 거대한 구조의 벽 앞에서 무력해진 사람은 보상 심리로 자기보다 더 약한 자를 찾아내려 한다. 자신처럼 '노동력'을 판매하는 사람 속에서, 나보다 약한 자를 찾아내는 방법은 다양하다. 고용 형태에 따라, 성별에 따라, 담당 업무에 따라 약한 자는 발명되기도 한다. 그 약한 자를 찾아내 그 약한 자 위에 서게 될 때 자신의 상대적 위치가 상승한다는 착시 현상, 그 착시 현상의 순간적 쾌감에 맛을 들인 자가 있는 한 '노동력'을 판매하는 처지인 사람들 사이의 일치단결이란 불가능하다. '노동력'을 구매하는 진영은 '노동력' 판매자의 이러한 분열을 못 본 척하지만, 이 묘한 상황이 내심 반갑다. '노동력'을 구매하는 입장에서 실업률에 더해 노동 통제를 효과적으로 해낼 수 있는 방법이 추가된 셈이니 '노동력' 판매자 사이의 분열이 가속화될수록 '노동력'을 구매하는 편은 화양연화의 시절을 보낸다.

각자 호구지책을 위해 최선을 다하고, 그 최선이 자본주의 시장의 경제 체제를 이룬다. 그러나 그 체재 내에서 만들어지는 것은 살기 위해 '노동력'을 판매하는 사람이 가장 불리한 상황에 놓이게 되는 거대한 비합리성이다. 우리는 지금 그 거대한 비합리성 속에서 이 '꼴'로 이 세상을 살아 내고 있다.

노명우

아주대학교 사회학과 교수 겸 연신내 골목길의 독립 서점인 '니은서점'의 마스터 북텐더. 『세상물정의 사회학』, 『인생극장』, 『노명우의 한 줄 사회학』, 『이러다 잘될지도 몰라, 니은서점』, 『왜 우리는 쉽게 잊고 비슷한 일은 반복될까요?』 등 다수의 책을 썼고 『구경꾼의 탄생』, 『사회학의 쓸모』 등 다수의 책을 번역했다.